Cara & Peter - Zwei wie Tag und Nacht

Von Hettie Walden

Buchbeschreibung:

Cara, 33, Journalistin im Sabbatical, tanzt durchs Leben und durch die Londoner Klubszene. Peter, 43, angesehener Kronanwalt, versteckt sich hinter einem Berg aus Akten. Auf einer Vernissage begegnen sie sich, finden zueinander und zum großen Glück. Vermeintlich, denn mit ihnen prallen zwei Welten aufeinander, die so unterschiedlich sind wie Tag und Nacht, die aber eines gemeinsam haben: Die Angst vor der Liebe und die Hoffnung darauf, dass sie sich irren!

Ein Liebesroman vor dem kontrastreichen Hintergrund der Londoner City, in der modernes Leben auf jahrhundertealte Traditionen trifft und der in die Seelen zweier verunsicherter Menschen führt.

Über die Autorin:

Hettie Walden schreibt über Frauen, die zu neuen Ufern aufbrechen und dabei die Liebe finden.

Mehr unter hettie-walden.de

Hettie Walden

Cara & Peter

Zwei wie Tag und Nacht

Ein Liebesroman

Bibliografische Information der Deutschen Nationalbibliothek: Die Deutsche Nationalbibliothek verzeichnet diese Publikation in der Deutschen Nationalbibliografie; detaillierte bibliografische Daten sind im Internet über http://dnb.dnb.de abrufbar.

Lektorat: Sandra Lode, textkontur
Covergestaltung: Dagmar Karnasch
Herstellung und Verlag: BoD – Books on Demand, Norderstedt

ISBN: 978-3-7519-5406-8

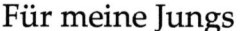

Für meine Jungs

GLÜCK

Samstag, 4. Mai

Ein lautes Quietschen durchdrang die morgendliche Stille am Themseufer, als Peter das schwere Hallentor aufschob. Kühle Luft strömte in das Gebäude und vertrieb den modrigen Geruch, der von den feuchten Ruderbooten ausging. Er hauchte in die Hände, um seine klammen Finger aufzuwärmen. Kroch die Kälte in die Knochen, kamen die Schmerzen. Dann half es, die Hand, die er seit dem Unglück vor fünf Jahren nicht mehr strecken konnte, druckvoll zu massieren. Die Erinnerung an jenen Tag würde ihn nie mehr loslassen, selbst wenn er es wollte, die Hand machte es unmöglich.

Die Halle gehörte zum Richmond Rowing Club, der im Westen Londons lag. Zu so früher Stunde konnte Peter sicher sein, dass er dort allein war. Und genau das war es, was er suchte: Ruhe und Einsamkeit. Vom einen hatte er zu wenig und war froh, es am Wochenende auf dem Fluss zu finden. An das andere hatte er sich in den letzten Jahren gewöhnt. Einsamkeit war für ihn zum Orgelpunkt geworden, ein dunkler Grundton, der ihn ständig begleitete, sobald er die Arbeit hinter sich ließ.

Er schnappte sich sein Ruderboot – ein Rennboot, extrem leicht und schmal geschnitten, einzig und allein dazu gemacht, mit präzisen, ruhigen Zügen übers Wasser zu gleiten – und trug es zum Ufer. Die Sonne würde in den nächsten Minuten am Horizont auftauchen und den Fluss in einen goldenen Spiegel verwandeln. Die Vorfreude darauf erfasste ihn und ließ sein Herz schneller schlagen. Dieses Gefühl war der Grund dafür, dass er jeden Samstagmorgen vor Sonnenaufgang aufstand und zum Bootshaus fuhr.

Es war absolut windstill. Ideal, um ein paar Kilometer auf dem Wasser hinter sich zu bringen. Er ruderte westwärts, die Sonne im Gesicht. Kein Geräusch war zu hören, außer dem Plätschern der eintauchenden Ruderblätter, dem Knarren des Rollsitzes und dem rhythmischen Ein und Aus seines Atems. Ihm schien es in solchen Momenten, als wäre er der einzige Mensch auf dem Planeten.

An guten Tagen erfüllte ihn das Rudern mit Zufriedenheit. Er versank in der Harmonie, die in dem Bewegungsablauf lag, und der Kraft, die jeder Zug ihm abverlangte. An schlechten Tagen packten ihn Dämonen. Immer wieder lief jener Nachmittag vor fünf Jahren wie ein Film vor seinem inneren Auge ab, und er fragte sich, wie er das Unglück hätte verhindern können. Schuld, Verzweiflung und Scham übermannten ihn dann, und er schlug einen härteren Takt an, der ihn bis an seine körperlichen Grenzen brachte. Das Stechen in der Brust schien ihm dann zur Manifestation der seelischen

Pein zu werden. Und das Abklingen in der Erholungsphase gab ihm das Gefühl, dass auch die Ohnmacht schwand.

Am Ende der Bootstour saß er noch ein paar Minuten am Steg, um die Morgenstimmung zu genießen, bevor er sich auf den Nachhauseweg machte. Dort angekommen duschte er, nahm ein ausgiebiges Frühstück zu sich und ging danach, wie an den meisten Samstagen im Jahr, in sein Büro in einer Rechtsanwaltskanzlei im Herzen Londons.

***

Cara hing in den Seilen. Mit dem Abend zuvor hatte sie es eindeutig übertrieben. Jetzt saß sie am späten Samstagnachmittag am Küchentisch, den Kopf in der einen Hand abgestützt, in der anderen eine Tasse Tee. Sie versuchte, sich mit zusammengekniffenen Augen auf die Zeitung zu konzentrieren. Doch schon während sie die erste Zeile las, hatte sie den Inhalt vergessen und musste wieder von vorne anfangen.

Da hörte sie die Haustür und wenig später betrat ihre WG-Mitbewohnerin Livy mit einem kurzen Gruß den Raum. Ein Knall ließ Cara hochschrecken. Neben ihr war das dicke Ringbuch gelandet, das sie in den letzten Tagen immer mal wieder in der Küche hatte herumliegen sehen.

»Ich kann es nicht glauben!«, fauchte ihre Freundin.

Cara blinzelte wie eine Eule, die den Sonnenuntergang verschlafen hat.

»Da! Wir haben gedacht, dass jetzt alles klar wäre mit dem Ausstellungskatalog.« Livy zeigte auf den Entwurf auf dem Tisch. »Und dann kommt er in letzter Sekunde und hat noch Änderungswünsche!«

Cara zog das Ringbuch zu sich herüber. »Wer ist Burmington?«

»Na der da.« Livys Hand schien noch einmal den schweren Gegenstand wegzuschleudern. Das Klackern der Perlen in ihren Rastazöpfen klang wie die Rassel einer Klapperschlange kurz vor dem Biss.

Cara verstand nicht gleich.

»Der Künstler«, bemerkte sie mit abfälligem Ton. »Und heute Abend ist die Vernissage! Kannst du dir das vorstellen? Ohne den Katalog! Ich könnte ausrasten. Nate ist dort, um mit Burmington zu verhandeln, ob das sein muss. Sonst müssen wir alles, was schon gedruckt ist einstampfen. Ich muss nachher noch hin.«

»Vernissage?« Cara richtete sich auf wie ein Airbag bei einem Auffahrunfall.

»Ja.«

»Wann?«

»Ich muss in einer halben Stunde los.«

»Ich komm mit! Das reicht mir.« Ohne auf eine Antwort Livys zu warten, eilte sie in ihr Zimmer. Sie war so aufgeregt, dass sie auf der Suche nach Klamotten den Kleiderschrank hastig aufriss, woraufhin ihr mehrere T-Shirts entgegenflogen. »Verdammt, ich brauch einen zweiten Schrank!«, rief sie entnervt.

Sie war vor gut einem Jahr für eine berufliche Auszeit mit einem kleinen Koffer nach London gekommen, in der Gewissheit, dass hier ihr Eldorado auf sie wartete. Diese Stadt quoll über von Flohmärkten und Secondhandboutiquen und Cara war noch nie mit leeren Taschen aus einer herausgekommen. Wenn ihre Zeit hier vorbei wäre, würde sie eher den Laderaum eines A380 für den Transport ihrer Fundstücke zurück nach Deutschland benötigen. Aber das konnte noch auf sich warten lassen. Im Gegenteil, den Gedanken, London verlassen zu müssen, schob sie ganz weit nach hinten.

Ihr Lieblingsteil, ein ärmelloser Overall mit Schlag im Stil der Siebziger, hing über der Stuhllehne. Der Kommentar ihrer Mutter hatte gelautet:»Mit den Blumen drauf siehst du aus wie eine Prilflasche.« Cara wusste nicht, was das bedeutete, doch da ihre Mutter sich dabei kopfschüttelnd weggedreht hatte, war es wohl kaum als Kompliment gedacht gewesen.

Sie schnappte das Teil, zögerte kurz und schnupperte daran.

»Uuuh, der sollte besser noch auslüften«, gestand sie sich ein. Da lachten sie ihre rosafarbenen Metallic-Boots mit den hohen Absätzen an, die sie sich erst letzten Samstag zugelegt hatte. Den Rest würde sie dem Zufall überlassen. So trippelte sie in Schuhen und Unterwäsche vor ihrem Schrank auf und ab, griff dann blind hinein und fischte das moosgrüne Kleid mit der hohen Taille und dem weitschwingenden Rock heraus. Hastig zog sie es an und betrachtete die Komposition vor dem Spiegel.»Yep, das ist es!«, sagte sie zu sich selbst, während sie ihren Push-up-BH etwas höher schob. Schnell band sie ihre dunkle Mähne zu einem lockeren Knoten zusammen, zog Kajal nach und warf sich die Biker-Jacke über. Ein letzter Kontrollblick fiel zu ihren Gunsten aus: *Make-up okay, Styling hip, die Party kann beginnen. Mal seh'n, was mich heute erwartet,* dachte sie und war schon zur Tür hinaus.

***

Die Vernissage fand in den Docklands im Osten Londons statt. Die alten Hafenspeicher waren hier zu Luxuswohnungen und Geschäftsräumen umgebaut worden. Ein idealer Platz, um junge und moderne Kunst an den liquiden Käufer zu bringen. Die Ausstellung befand sich in einem weitläufigen Loft eines solchen Backsteingebäudes. Die Gemälde, groß wie Werbeplakate an Bushaltestellen, waren freihängend an der hohen Decke befestigt. Wie durch ein Labyrinth drängten sich die zahlreichen Gäste dazwischen hindurch. Ein freier Blick auf die Exponate war so kaum möglich. Der Geräuschpegel war enorm, was aber den beiden Freundinnen den Spaß nicht verderben konnte. Livy hatte beschlossen, noch kurz Zeit mit Cara zu verbringen, bevor sie ihrem Partner zur Seite stehen musste.

»Mann oh Mann, hier ist ja mächtig was los!«, rief Cara begeistert.

»Na ja, Burmington ist tierisch angesagt. Mir gefällt sein minimalistischer Stil ja nicht so. All das Braun und Schwarz macht einen doch depressiv. Aber alle, die was auf sich halten, sind heute Abend hier.« Livy quetschte sich an einer in dunkles Leder gekleideten Van-Helsing-Imitation vorbei. Cara folgte ihr.

»Das ist die coolste Party, auf der ich in letzter Zeit war«, platzte es aus ihr heraus. »Das gibt Stoff für mehr als eine Kolumne!« Sie unterstrich ihre Worte mit einem schiefen Grinsen und flatternden Händen, als hätte sie sich die Finger verbrannt, was van Helsing ein amüsiertes Lächeln entlockte. Sie liebte es, in der Menge zu baden, und fand es prickelnd, mit all diesen schrägen Gestalten zusammen zu sein.

»Na da bin ich gespannt!«, rief ihr Livy über die Schulter zu. »Aber lass mich bitte raus aus deinen Geschichten.«

Sie und Livy zwängten sich weiter durch das Gedränge, um an die Bar zu gelangen. Von dort aus hatten sie freie Sicht auf den Eingang, der erhöht lag. Nicht nur deshalb erinnerte er an einen Laufsteg. Scheinwerfer erhellten den Bereich wie ein Filmset, allein zu dem Zweck, die Eintreffenden in Szene zu setzen. Cara wartete gespannt darauf, wer noch auftauchen würde. Da stolperte schon die nächste Gruppe laut lachend herein. »Livy schau mal, da kommt die Crew der Enterprise!«, wollte sie ihrer Freundin zurufen, doch die war weitergegangen und unterhielt sich mit einem Fremden, dessen Brille Elton John neidisch gemacht hätte.

Mit etwas Abstand zu Captain Kirk & Co betrat ein Mann den Raum, der allein dadurch auffiel, dass er ohne Begleitung gekommen war. Der dunkle Anzug und das weiße Hemd boten einen Kontrast zu dem flippigen Styling der sonstigen Gäste.

Cara war ganz in Gedanken über diesen Sonderling versunken, da vernahm sie plötzlich Livys Kommentar dicht neben dem Ohr.

»Oh, wen hast du dir denn da ausgeguckt. Peter Alsley, der Staranwalt!« Sie schielte Cara über die Schulter. »Zugegeben, er sieht nicht übel aus. Soll aber ziemlich arrogant sein.« Mit dieser wenig schmeichelhaften Aussage war Livys Interesse offensichtlich erschöpft, und sie wandte sich ab.

Cara hingegen war vom Anblick des Fremden gefesselt. Wie bei ihren Klamotten interessierte sie das Außergewöhnliche, das Unerwartete. Und in dieser Umgebung erfüllte der Mann all ihre Kriterien. Sie konnte sich keinen Kreis vorstellen, in dem er nicht herausstechen würde. Allein durch seine Körpergröße, die kerzengerade Haltung und das dunkelblonde Haar fiel er auf wie eine Linde im Weizenfeld.

»Ich weiß nicht, ich finde nicht, dass er arrogant aussieht«, widersprach sie, ohne sich Livy zuzuwenden. Sie hatte die Worte ihrer Freundin gehört, doch von dem, was andere Leute dachten, hatte sie sich noch nie abschrecken lassen. Im Gegenteil! Es reizte sie umso mehr.

»Kann ja sein, ich hab nur gesagt, was man über ihn hört.«

»Hm«, brummte Cara nachdenklich. Dann deutete sie mit der Hand kurz in seine Richtung. »Aber schau doch mal. Der sieht doch knackig aus. Und dieser Anzug! Von der Stange gibt's so was nicht. Sitzt wie angegossen. Ist mal was Anderes.«

Livy tat ihrer Freundin den Gefallen und sah sich Alsley genauer an. »Kann sein, aber er macht ein Gesicht, als würde ihm das Ganze hier tierisch auf die Nerven gehen. Pass auf, wenn du näher als drei Fuß an ihn rankommst, beißt er.«

»Ach Quatsch.«

»Na ja, denk, was du willst. Ich muss jetzt zu Nate«, verabschiedete sich Livy.

Cara blieb zurück, nippte an ihrem Cocktail und feilte an einer Strategie, wie sie sich dem Einzelgänger nähern könnte. Ein siegessicheres Lächeln schlich in ihr Gesicht, als sie sich den weiteren Verlauf des Abends und vielleicht sogar der Nacht in hoffnungsfrohen Farben ausmalte. Da bemerkte sie, dass er zu ihr herübersah. Täuschte sie sich? Das Licht am Eingang war so hell, dass sie das Schwarze unter seinen Fingernägeln hätte sehen können, wenn dort unerwarteterweise welches wäre. Nein, es gab keinen Zweifel: Er sah sie an! Erneut legte sie ihr Glas an die Lippen, als könnte sie sich dahinter verstecken. Sein Blick ruhte unverändert auf ihr und hielt sie gefesselt. Er fixierte sie auf eine Art, die ihr ein wohliges Kribbeln über den Rücken laufen und ein Lächeln in ihrem Gesicht aufleuchten ließ.

Doch dann sprach ihn ein anderer Mann an und nahm in mit einer Umarmung in Beschlag.

Cara kaute nachdenklich auf der Lippe und versuchte das, was eben passiert war, in die Reihe ihrer Erfahrungen einzusortieren. Grübelnd schlenderte sie weiter durch die Ausstellung. Die ersten Gäste verließen die Party bereits wieder, so dass Cara eine bessere Sicht auf die Gemälde hatte. Ab und zu blieb sie vor einem stehen, richtete zwar den Blick auf das Kunstobjekt, doch dachte sie dabei nicht über Komposition, Form- oder Farbgebung nach. Ihre Gedanken kreisten um den einen Moment, als dieser Mann mit scheinbar telepathischen Kräften ihr Blut, wenn nicht gerade in Wallung, so doch immerhin in Unruhe versetzt hatte.

Sie fand ihn kurze Zeit später vor einer beeindruckend großen Leinwand, auf der mit wenigen Pinselstrichen eine karge Winterlandschaft zum Leben erweckt worden war. Das Gemälde war in diffuses Licht gehüllt und er stand im Halbdunkel davor. Cara hatte aus ihrem Blickwinkel beinah den Eindruck, er wäre ein Teil des Kunstwerkes und stünde zwischen blattlosen Birken, den Blick über die Weite der Hügel gerichtet.

Wie soll ich ihn ansprechen, überlegte sie. *Er ist ja nicht auf den Kopf gefallen. Schließlich ist er Anwalt. Livy hat ihn sogar als Staranwalt bezeichnet. Ich muss mir was Originelles, was Witziges, aber auch unglaublich Kluges einfallen lassen. Verdammt, hätte ich in den Katalogentwurf reingeschaut, könnte ich jetzt mit einem schlauen Detail zu den Bildern glänzen.* Doch sie hatte nur lustlos darin geblättert, denn ihr war genauso wie Livy der Stil zu düster. Na ja, sie musste wohl improvisieren.

Sie ging ein paar Schritte vor, stellte sich zu seiner Linken vor das Bild, und tat so, als würde sie es ebenfalls in Augenschein nehmen. Einen echten Plan hatte sie nicht parat, normalerweise fiel ihr spontan etwas ein. Unter Druck zu formulieren war als Journalistin ihr tägliches Brot. Und doch drehte sie jetzt ungewohnt nervös ihr Weinglas in den Fingern. Verstohlen schielte sie zu ihm hinüber. Er überragte sie um gut einen Kopf, trotz ihrer hohen Absätze. Seine rechte Hand hatte er in die Hosentasche gesteckt und die Anzugjacke dadurch nach hinten geschlagen. In der linken hielt er ein Glas, und gab so den Blick auf einen imposanten Siegelring frei.

Wie snobbish, dachte Cara und rollte mit den Augen. Und genau in dem Moment drehte er sich zu ihr um. Sie erschrak und fragte sich, ob sie den Gedanken ausgesprochen hatte und so seine Aufmerksamkeit ausgerechnet in diesem winzigen, unpassenden Augenblick auf sich gelenkt hatte. Unweigerlich führte das dazu, dass sich die Worte, die sie sich eh noch nicht zurechtgelegt hatte, auch noch verflüchtigten. Nur ein Krächzen entwich ihrer Kehle.

Ihn schien das zu erheitern, das Schmunzeln auf den Lippen verriet ihn. Sie konnte zwar in dem schummrigen Licht der Gemäldebeleuchtung die Farbe seiner Augen nicht erkennen, doch die Belustigung darin war offensichtlich. Und sie spürte eine Wärme in diesem Blick, die ihr Mut machte. Ihre Verlegenheit huschte davon und wich einem Wohlgefühl, das sich in ihrem Körper bis in die Fingerspitzen ausbreitete. Erleichtert schenkte sie ihm ein Lächeln, das er erwiderte. Für einige Augenblicke, so schien es ihr, knüpfte sich ein Band zwischen ihnen und es fühlte sich ziemlich gut an. Sie sah sich auf der Zielgerade.

Doch dann verschwand sein Lächeln, als sei es von einer Klippe gestürzt. Er runzelte die Stirn und sein Blick erreichte sie nicht mehr, schien in seinem Inneren gefangen zu sein. Kurz schloss er die Augen und schluckte. Dann drehte er sich mit einem entschuldigenden Gesichtsausdruck und der Andeutung eines Nickens weg und ließ sie stehen.

Cara stutzte wie ein Raubvogel, dem die sichere Beute entgangen war. Einen Moment hörte sie nur noch ein Rauschen in ihren Ohren und seine Schritte auf dem harten Boden.

»Cara? Cara!« Nach und nach drang immer lauter ihr Name zu ihr durch. Sie nahm den Raum um sich herum wieder wahr und bemerkte, wie ihre Freundin sie fragend ansah.

»Was ist denn los? Ich glaub, wir gehen besser nach Hause. Ich hab sowieso keine Lust mehr, hierzubleiben. Ich ruf uns ein Taxi, ich geb nur noch Nate Bescheid. Bin gleich wieder da.«

»Hast du das eben mitgekriegt?«, hielt Cara sie zurück.

»Nein, was denn?«

»Ich wollte diesen Anwalt ansprechen. Ja, ich weiß, was du jetzt sagen willst, aber ich dachte, ich lerne ihn erst mal kennen, bevor ich mir ein Urteil bilde. Und weil er mich vorhin irgendwie …« Sie schüttelte den Kopf auf der Suche nach dem passenden Ausdruck, fand aber keinen. »Und er … er schaut mich an und lässt mich dann ohne ein Wort stehen! Als wäre ich eine hässliche Kröte! Der ist ja noch komischer, als du erzählt hast. Ich fass es nicht!«

»Hey, komm, wir gehen jetzt. Morgen hast du alles vergessen. Du wirst ihm wahrscheinlich nie wieder begegnen. Also, die ganze Aufregung ist die Mühe nicht wert.«

»Nein! Ich will noch nicht nach Hause«, widersprach sie trotzig. »Ich will Spaß haben! Wo ist der nächste Klub?«

**

Er hatte die Tür des Ausstellungsgebäudes hinter sich zufallen gehört und war losgerannt. Im Nu waren Anzug und Schuhe vom Regen durchnässt. Doch er hatte nicht gestoppt, lief bis ihm die Luft in der Lunge brannte und er sich an der Kaimauer am Themseufer anlehnen musste.

Sein Blick fiel auf den schwarzen Strom und er sah darin das Dunkel ihrer Augen, erinnerte sich daran, wie sie sie verdreht hatte, als er sich ihr zugewandt hatte. Keine Ahnung, warum sie das tat, doch es hatte ihn amüsiert. Und das tat es jetzt noch. Und es gefiel ihm. Ihre Nervosität war herzerweichend offensichtlich gewesen. Doch dann hatte sie eine Strähne ihrer dunkelbraunen Haare um die Finger gewickelt. Eine unbewusste Handlung, vielleicht, um ihre Verlegenheit zu überspielen. Aber die Art und Weise, wie sie das tat, wie sie die Locke über die zarte Erhebung ihres

Schlüsselbeins legte, hatte in ihm Erinnerungen heraufbeschworen. Er hatte das seidige Gefühl zwischen den Fingerspitzen gespürt, die Wärme eines vertrauten Körpers wahrgenommen. Diese Bilder waren für immer in ihm verankert. Kurz war das damit verbundene Glücksgefühl aufgeblüht. Doch im nächsten Moment hatte er die Risse bemerkt, durch die die dunkle Seite dieser Erinnerung durchbrach wie Magma, das sich seinen Weg durch die Erdkruste bahnt. Angst hatte ihn ergriffen, und er konnte dies genauso wenig verhindern, wie er glühende Schmelze hätte zurückdrängen können. Eine innere Stimme hatte ihn aufgefordert, zu fliehen, und er hatte gehorcht.

Gut so, das war das einzig Richtige!, mischte sie sich erneut ein.

»Ach, halt die Klappe, ich hab mich benommen wie ein Vollidiot. Was muss sie von mir denken?«

Du verhältst dich ja wie ein Teenager! Liebe auf den ersten Blick, was? Das bildest du dir doch nur ein, spottete der ungebetene Begleiter. *Kontrolle ist das Wichtigste, vergiss das nicht!*

»Kontrolle?«, schnaubte Peter. »Was hat die mir gebracht in den letzten Jahren? Außer dieser verdammten Einsamkeit.«

Sicherheit, erwiderte der Dämon bedeutungsschwer und verzog sich.

»Zum Teufel damit!«, schrie ihm Peter hinterher.

Sonntag, 5. Mai

Caras Gehirn fühlte sich am nächsten Morgen an, als wäre es über Nacht auf die doppelte Größe angeschwollen, und wollte folgerichtig nicht mehr in ihren Schädel passen. Das Pochen zwischen ihren Schläfen war kaum zu ertragen, und sie fragte sich, welcher der vielen Cocktails vom Vorabend dafür verantwortlich war. Die Tour durch Londons Klubs war nach dem Fiasko auf der Vernissage doch noch nach ihrem Geschmack verlaufen. Sie hatte wild getanzt, mit dem ein oder anderen Mann auf der Tanzfläche geflirtet und ihn dann mit einem Fingerschnippen abblitzen lassen. Im Laufe des Abends hatte sich so ihr Ego erholt, und der Alkohol sein Übriges dazugetan, Alsley aus ihren Gedanken zu vertreiben.

Nun schleppte sie sich auf der Suche nach einer Kopfschmerztablette in die Küche. Nate, der unter der Woche immer früh aus dem gemeinsam bewohnten Haus ging, saß am Frühstückstisch und hatte seine Gute-Laune-Playlist aufgelegt.

»Morgen Cara«, rief er ihr zu und nach einiger Zeit meinte er: »Hey, dein Jumpsuit ist ja süß, aber das Muster kommt besser zur Geltung, wenn du ihn richtig herum anziehst.«

Vorsichtig öffnete sie ihre Augen und tastete an der Naht entlang, wo sie den Wäschezettel fand. Als Antwort konnte sie sich nur zu einer Handbewegung aufraffen, die ausdrückte, dass sie sich in ihr Schicksal fügte. Die Welt hatte sich gegen sie verschworen. Grelles Tageslicht strömte durch die Fenster, nur um sie zu quälen. Nates Musik ließ nicht nur die Möbel vibrieren.

»Livy hat erzählt, dass ihr mächtig abgestürzt seid«, versuchte Nate, das Gespräch am Laufen zu halten.

Doch Cara durchwühlte wortlos eine Schublade, bis sie erleichtert die Packung Schmerztabletten herauszog. Sie nahm zwei davon und spülte sie mit Kaffee hinunter. Bevor die Tabletten wirken würden, wäre sie zu nichts zu gebrauchen. In der abwegigen Hoffnung, dass Nate sich nicht als zu mitteilsam entpuppte, setzte sie sich zu ihrem Mitbewohner an den Tisch. Sie wollte sich sofort in ihr Zimmer zurückziehen, sobald sie genug Kraft und Koffein für den Rückweg gesammelt hätte.

»Hey«, legte Nate munter los, während er mit seinen Fingern den Rhythmus auf der Tischplatte trommelte. »Du hattest gestern also eine Begegnung der dritten Art mit diesem Alsley?!«

»Hab Erbarmen mit mir, sprich nicht mit mir, und sprich schon gar nicht von ihm«, gab sie schwach von sich. Sie wollte nicht an ihn erinnert werden, sondern ihre Ruhe haben. Sie wünschte, sie wäre allein, hunderte Kilometer über der Küche, hinge nur an einem Sauerstoffschlauch an der ISS im lautlosen All.

»Burmington kennt ihn gut, Alsley ist so was wie befreundet mit ihm.« Erwartungsvoll lehnte Nate sich zurück und steckte die Daumen unter imaginäre Hosenträger. »Ich kann rauskriegen, wie er zu erreichen ist.«

Obwohl sie ihre Augen kaum öffnen konnte, schaffte sie es doch, Nate mit einem vernichtenden Blick zu durchbohren. »Der Typ ist ein Blödmann, was soll ich mit seiner Nummer.«

»Okay, okay, ich dachte ja nur, wegen dem, was Livy mir erzählt hat. Aber wenn du nicht willst, misch ich mich da nicht ein.« Er schnappte sich seine Tasse und den MP3-Player und verließ die Gefahrenzone.

Jetzt herrschte zwar die gewünschte Ruhe in der Küche, aber Alsley war mit lauten Schritten zurückgekommen und setzte sich in ihrem Kopf fest. Sie musste ihn loswerden und sie wollte ihm nicht in diesem und auch nicht im nächsten Leben je wieder begegnen.

Cara hatte sich noch einmal ins Bett gelegt und wachte am frühen Nachmittag erfrischt auf. Sie fühlte sich fit, und nach einer weiteren Tasse Kaffee, nahm sie sich vor, raus in die Sonne zu gehen.

»Hey, wie sieht's aus?«, platzte sie in die Unterhaltung ihrer WG-Genossen rein.

Nate und Livy standen in der Küche. Fotografien lagen durcheinander vor ihnen auf dem Tisch. Cara erkannte darauf die Gemälde der Vernissage und versuchte, nicht hinzuschauen.

»Habt ihr Lust auf eine Runde durch den Park? Ich brauch jetzt frische Luft.« *Hoffentlich hör ich dann endlich auf, über gestern Abend zu grübeln,* fügte sie in Gedanken hinzu.

»Wir haben noch zu tun. Wir müssen nachher zu Burmington. Wir sind eh spät dran. Sorry! Oder magst du mitkommen?«

»Oh nein, bloß das nicht«, wehrte Cara ab.

So verzog sie sich in ihr Zimmer und setzte sich an den Computer. Sie sah sich nach Klamotten um, las die Nachrichten und gab, nach all diesen Ablenkungsmanövern, doch noch Alsleys Namen in die Suchmaschine ein. Als erstes Ergebnis tauchte er als Mitglied einer Anwaltskammer im Londoner Zentrum auf. Er hatte den Titel eines Kronanwaltes. Soviel Cara wusste, war das eine hochqualifizierte und angesehene Position. Dem folgte eine Menge Hinweise auf Veröffentlichungen aus seiner Zeit an der Universität, und dann gab es da noch mehrere Zeitungsartikel mit Berichten von spektakulären Gerichtsprozessen. Nur einmal war etwas über ihn in der Boulevardpresse erschienen, weil sein Vater, damals ein hoher Richter, von der Queen eine Auszeichnung erhalten hatte. Die Familie war bei dem Festakt fotografiert worden. Sie schätzte Peter auf dem Bild auf Anfang zwanzig. Er war braun gebrannt und wirkte sportlich. Er lächelte, nein er hatte dieses Grinsen im Gesicht, das zeigte, dass er mit sich selbst zufrieden war und nur darauf wartete, die Welt zu erobern. Er strahlte eine Leichtigkeit aus, die der Mann, den sie gestern Abend kennengelernt hatte, verloren zu haben schien. Was hatte ihn verändert? Der Ärger über sein Verhalten verflog und machte ihrer Neugierde Platz. Was war das für eine Welt, in der er sich bewegte? Juristerei und dann noch die Queen. Für sie waren diese Kreise surreal, als wären sie fürs Fernsehen erfunden worden. Na ja, sie würde sich jetzt in den Park aufmachen und das Thema erst mal »ad acta« legen. Als sie merkte, dass sie sich des Juristenjargons bediente, verzog sie das Gesicht zu einem schiefen Lächeln.

***

Peter nutzte den Sonntag, um in die Kanzlei zu gehen. Dem Eröffnungsplädoyer für den am Montag beginnenden Prozess fehlte noch der Feinschliff. Für diese Art von Arbeit war das Wochenende ideal. Im Büro war er absolut ungestört. Zu Hause arbeitete er nur in Ausnahmefällen. Das Appartement, so durchdacht und stilsicher es von einer Innenarchitektin ausgestattet worden war, empfand er nicht mehr als sein Heim als irgendein Hotelzimmer irgendwo auf der Welt. Im Büro hingegen fühlte er sich wohl. Dort hatte er alles, was er brauchte, bis hin zu einem Schlafsofa und einer Dusche. In diesen vier Wänden umgab ihn, was sein Leben ausmachte. Hier waren die Früchte seiner Arbeit präsent. Der Anblick der Akten erfüllte ihn mit ähnlichem Stolz wie andere Menschen das Foto ihrer Kinder auf dem Schreibtisch. Die erledigten Fälle und die Aussicht auf den Sieg bei den laufenden Prozessen umhüllten ihn wie eine wärmende Decke.

Am späten Nachmittag wollte er sich mit Burmington treffen und über den Kauf des Gemäldes verhandeln, das ihn so in den Bann gezogen hatte. Er musste es haben, und er plante, es im Büro aufzuhängen. Denn darin bestand die Verbindung zu ihr, zu der Frau, für die er jeden Stein in London umdrehen wollte, bis er sie fand und um Entschuldigung bitten konnte.

Das Treffen lief wie erwartet. Nachdem die Formalitäten zum Kauf und zum Transport des Gemäldes erledigt waren, fragte er den Freund nach der Unbekannten.

»Bob, gestern war eine Frau auf der Vernissage, die ich leider nicht namentlich kennengelernt habe. Vielleicht kennst du sie ja?« Er sah ihn erwartungsvoll an. »Sie ist ungefähr so groß«, er streckte die Hand auf Höhe seiner Schulter aus, »und hat lange, braune Haare. Sie trug ein kurzes dunkelgrünes Kleid, eine schwarze Lederjacke und ziemlich extravagante Stiefel.«

Burmington rieb sich das Kinn. »Nein, kommt mir nicht bekannt vor. Ich hatte allerhand um die Ohren, hatte Stress mit den Katalogleuten. Bin kaum zu denen gekommen, die ich kenne.« Er machte eine entschuldigende Geste. »Meinst du, die Gästeliste hilft dir weiter? Vielleicht klingelt's ja bei einem der Namen?«

»Eher nicht, ich hab nicht die leiseste Ahnung, wie sie heißen könnte. Kannst du dich etwas umhören? Vielleicht interessiert sie sich ja für eins deiner Bilder und kontaktiert dich.«

»Mach dir da lieber keine Hoffnung, die werden normalerweise über meinen Agenten verkauft. Ich hab damit nur in Ausnahmefällen zu tun. Tut mir leid, aber ich glaub nicht, dass ich dir helfen kann.«

Dies war die aussichtsreichste Spur gewesen. Peter war enttäuscht und fragte sich, wie er sie jemals finden sollte, ohne den leisesten Hinweis auf ihren Namen, ihren Job oder ihre Adresse. So in Gedanken versunken, stürmte er zum Ausgang und übersah dabei das Pärchen, das im selben Moment ebenfalls die Arme nach der Tür ausgestreckt hatte, um ins Gebäude zu gelangen. Und so knallte er dem Mann die Tür auf die Nase, woraufhin diesem eine große Mappe aus den Händen fiel.

»Hey Blödmann!«, fauchte ihn der Fremde an und bäumte sich vor ihm auf.

Peter wich, eine Entschuldigung murmelnd, zurück.

Zum Glück reagierte die Frau geistesgegenwärtig und zog ihren Partner am Ärmel zurück. »Bleib ruhig, Nate! Für sowas haben wir echt keine Zeit.«

In den nächsten Tagen schwand die anfängliche Zuversicht, die Frau von der Vernissage zu finden, immer mehr. Ihm gingen die Ideen aus. Bei über acht Millionen Einwohnern in London war die Wahrscheinlichkeit, sie zufällig zu treffen, nahezu bei null. Für einen kurzen Moment zog er in Betracht, sie mithilfe der *CCTV*-Kameras, die in der Stadt fast jede Ecke überwachten, aufzuspüren. Als Anwalt könnte er sich Zugang zu den Aufnahmen verschaffen. Er müsste allerdings den Weg eines jeden Autos und Taxis, das das Ausstellungsgebäude verlassen hatte, nachvollziehen. Das wäre nicht nur die reinste Herkulesarbeit, sondern auch illegal.

Er war froh darüber, beruflich so sehr eingespannt zu sein, dass ihm nur die späten, einsamen Abende zu Hause blieben, um sich über sie Gedanken zu machen. Er sah sie genau vor sich. Das Funkeln in ihren dunklen Augen, die Überraschung darin, als er sich zu ihr gedreht hatte. Er durchlebte den Moment ihrer ersten Begegnung immer wieder und dann schalt er sich dafür, dass er sich von der Angst hatte übermannen lassen. Er war wie ein Feigling geflohen. Noch im Vorbeigehen hatte er die Fassungslosigkeit in ihrem Gesicht gesehen, und die Erinnerung daran lag ihm schwer auf dem Magen.

»Hey, ich heiße Richard, und wie heißt du?« Er musste laut brüllen, da die Musik im Klub nicht dazu gedacht war, Gesprächen einen dezenten Hintergrund zu geben.

Cara tanzte, ohne eine Miene zu verziehen, weiter, während sie ihn von oben bis unten taxierte. Schließlich kam sie zu dem Urteil, dass er ganz süß aussah. Er war schlank, sein Haar zerzaust, als wäre er eben erst aufgestanden, und sein Lächeln hinreißend. Ein T-Shirt und Jeans zeugten zwar nicht gerade von Originalität, aber das Leben verlangte von einem nun einmal Kompromisse.

Sie lächelte ihn an. »Ich heiße Cara.«

»Hast du Lust auf einen Drink?« Er kam näher an ihr Ohr heran, als es die Lautstärke im Raum erforderte. Das war deutlich. Während sie sich weiter im Rhythmus der Musik bewegte, schaute sie ihm in die Augen und ließ ihn zappeln.

»Okay!«, gab sie schließlich lächelnd nach.

Sie gingen an die Bar, er spendierte ihr einen Drink. Das Gespräch war anfangs unterhaltsam, Richard besaß einen feinsinnigen Humor, und Cara lauschte amüsiert. Doch das Ziel war klar, da war er wenig subtil, und vielleicht war das der Grund, warum sie an diesem Abend nicht auf seine Masche anspringen wollte. So verabschiedete sie sich und verließ den Klub mit einem drückenden Gefühl im Kopf.

Ist es das, was du vom Leben willst? Kurze belanglose Begegnungen, die an dir vorbeiziehen wie Regen in der Straßenrinne? Cara saß zu Hause am Küchentisch und schenkte sich ein Glas von dem schweren, spanischen Rotwein ein, den Nate über irgendwelche obskuren Kanäle beschaffte. *Jeden Abend rausgehen, jeden Abend sich auf die Suche nach Gesellschaft machen. Wie schön wäre es, wenn ich jemanden hätte, der bei mir wäre. Der nur hier mit mir sitzen und die Stille genießen würde.*

Seit sie aus Deutschland weg war, vermisste sie die Nähe ihrer Familie. Sicher, Nate und Livy waren gute Freunde, aber sie waren zu zweit, und Cara kam sich manchmal so überflüssig vor wie eine dritte Niere. Sie lebte seit einem Jahr in London und langsam beschlich sie der Verdacht, dass sie sich genug ausgetobt hatte. Es war eine aufregende Zeit gewesen. Sie genoss die berufliche Ungebundenheit, die ihre freie Mitarbeiterschaft mit sich brachte und die finanzielle Unabhängigkeit, die ihr durch eine Erbschaft ermöglicht worden war. Auch die Freiheit eines Lebens ohne feste Beziehung hatte sie ausgekostet. Aber nach und nach wuchs in ihr ein Gefühl der Leere. Könnte Peter diese füllen? Sie kannte ihn nicht, hatte nur wenig Schmeichelhaftes über ihn von Livy gehört. Zudem hatte er sich wie ein Vollidiot benommen. Und doch war da etwas, das sie an ihm interessant und anziehend fand. Der Augenblick auf der Vernissage, bevor er alles vermasselt hatte, als sie sich in die Augen gesehen hatten und es sich so gut angefühlt hatte, so richtig, so eins. Zugegeben, sie war leicht angeschickert gewesen, doch konnte sie sich das doch nicht nur eingebildet haben.

Plötzlich ging ein Ruck durch ihren Körper. Sie drückte ihren Rücken durch und holte tief Luft. »Was ist denn mit mir los?«, fragte sie sich laut. Ungläubig starrte sie das Glas in ihrer Hand an, als erwarte sie von ihm die Antwort. »Verdammt, ich vertrag den Wein nicht mehr. Ich bin ja völlig sentimental? Und warum mach ich darum so ein Gewese? Ich hab doch nichts zu verlieren, wenn ich ihn kennenlerne. Ich kann's doch auf gut Glück einfach mal probieren.« Kopfschüttelnd stellte sie das Glas auf der Spüle ab und ging ins Bad.

Am nächsten Vormittag stand sie, die Fäuste entschlossen in die Hüften gestemmt, den Blick nach oben zur Spitze des Turms über dem Eingangsportal gerichtet, vor den Royal Courts of Justice. Den schier endlosen Gebäudekomplex der Königlichen Gerichtshöfe hatte sie bisher nicht als solche wahrgenommen, obwohl sie die Straße hin und wieder entlang gefahren war. An diesem Tag hatte sie genug Zeit für eine eingehendere Betrachtung. Hatte sie die historische Fassade mit ihren unzähligen Spitzbögen, Erkern und Türmchen aus weißem Stein schon schwer beeindruckt, flößte ihr die Atmosphäre im Innern des Gebäudes Respekt ein.

»Junge, Junge, das ist mal ein Arbeitsplatz, der sich sehen lassen kann!«, entfuhr es ihr, nachdem sie den Security-Check hinter sich gebracht hatte. Sie stand in der Großen Halle, dem Herzstück des Komplexes. Ihr Blick wanderte vom nüchternen Mosaikboden zum hohen Rippengewölbe. *Sieht aus wie in einer Kathedrale!*, dachte sie, da holte ein Luftzug ihre Gedanken auf den Boden zurück. Der schwarze Stoff einer Anwaltsrobe segelte, einem Schlachtschiff gleich, an ihr vorbei. Ernst dreinblickende Vertreter des Rechts, bepackt mit Aktenstapeln oder Rollkoffer hinter sich herziehend, hasteten kreuz und quer. Es war ein hektisches Gewimmel und entsprechend hoch war der Geräuschpegel.

Cara ging eine der seitlichen Treppen nach oben und betrat kurz darauf den Verhandlungssaal, in dem, so hatte sie recherchiert, Peters Prozess stattfinden sollte. Abgestandene Luft schlug ihr entgegen, als sie die schwere Tür aufschob. Der Geruch von Holzpolitur, Schweiß von langen Debatten und auf zu heißen Heizkörpern verbranntem Staub, ließ ihre Begeisterung für das historische Gebäude schrumpfen. Die Besuchergalerie war fast leer, nur ein paar junge Leute —

vermutlich Jurastudenten — packten ihre Notizblöcke aus und setzten sich auf die vorderste Bank. Sie selbst nahm in der zweiten Reihe Platz. Sie wollte nicht riskieren, dass Peter sie zufällig sah, sollte er sich umdrehen. Sie würde ihn beobachten, herausfinden, wie sein Arbeitsalltag aussah und ob an den Gerüchten um sein Verhandlungsgeschick etwas dran war.

»Erheben Sie sich!«, scheuchte der Gerichtsdiener mit befehlsgewohntem Bass die Anwesenden auf. Schlagartig verstummten die Gespräche. Da trat schon der Richter aus dem Nebenraum. Aus der erhöhten Position hatte Cara freie Sicht auf Peters Rücken. Für einen kurzen Moment musste sie sich ein Lachen verkneifen. Er hatte nicht nur die obligatorische schwarze Robe an, sondern auch die in ihren Augen fürchterlich alberne Perücke auf. Sofort tauchte in ihr das Bild ihrer Großmutter auf, wie sie auf den Knien den Boden der Küche schrubbte. Das Material der Bürsten musste das gleiche sein, wie es für diesen ehrwürdigen Kopfschmuck verwendet wurde.

Der Richter eröffnete die Verhandlung und als Erster stellte der Anwalt des Klägers seine Position dar. Seinem Mandanten, einem Unternehmer, war ein erheblicher Schaden durch das Fehlverhalten des Angeklagten, dem Zulieferer entstanden. Es war kein kleiner Fall. Es ging um knapp eine Million Pfund, das hatte Cara der Prozessankündigung entnommen.

Dann war Peter an der Reihe. Er erhob sich, trat an die hölzerne Umrandung der Geschworenenloge heran und richtete das Wort an die bunt gemischte Gruppe. Aus ihren Gesichtern konnte Cara ablesen, dass die Art und Weise, wie er sie direkt anredete, sie für ihn einzunehmen schien. Er nahm die Punkte des Vorredners auf und schürte Zweifel an dessen Aussagen. Er knüpfte eine Argumentationskette, die für jeden nachvollziehbar und unumstößlich war. Der eine oder andere

Geschworene nickte zustimmend. *Eins zu Null für ihn,* dachte Cara. Im Laufe der Verhandlung wies Peter auf einen neuen Aspekt hin, der sich günstig für seinen Mandanten auswirken könnte. Der Ankläger war darauf nicht vorbereitet und beantragte eine Vertagung. Der Richter stimmte zu und schloss die Sitzung. Prompt wurde es laut im Saal. Diskussionen unter den Zuschauern und den Beteiligten brandeten auf, Türen fielen krachend zu, und Handys klingelten, als hätten sie auf diesen Startschuss gewartet.

Cara schlich sich auf der Galerie nach vorne und spähte über die Balustrade. Sie beobachtete Peter, wie er in aller Ruhe Unterlagen zusammenpackte. Plötzlich hielt er inne und drehte sich langsam um. Er suchte den Bereich hinter sich ab, dann wanderte sein Blick nach oben in ihre Richtung. Erschrocken duckte sie sich, um nach wenigen Atemzügen ihre Nase wieder vorsichtig übers Geländer zu schieben. In dem Moment wurde Peter vom gegnerischen Anwalt abgelenkt. Er hörte ihm zu und zeigte nach kurzer Zeit auf eine weitere Person im Saal. Der Kontrahent nickte und verabschiedete sich mit einem Händedruck.

Cara zog erneut den Kopf ein. Ihr Herz pochte wild wie eine Buschtrommel, die Hilfe herbeirufen wollte. Mit Sicherheit hatte er sie gesehen. Oder etwa doch nicht? Was sollte sie tun? Was würde *er* tun? Sie hörte das Scheppern der Glasscheiben unten, als die Tür zufiel. Noch einmal schielte sie hinunter. Jetzt war der Raum verlassen, bis auf den Gerichtsdiener, der durch die Reihen schlurfte, und nach Vergessenem und Verlorenem Ausschau hielt. Sie schnappte sich ihre Tasche und ging Richtung Ausgang. Immer noch unschlüssig, ob sie Peter in den Gängen suchen oder lieber einen Rückzieher machen sollte, trat sie auf den Flur hinaus. Da erregte ein Geräusch am Ende des Korridors ihre Aufmerksamkeit. Sie kniff die Augen zusammen, da sie im trüben Licht der

Deckenlampen nicht viel mehr als eine schwarze Anwaltsrobe ausmachen konnte. Konnte das Peter sein, der auf sie zusteuerte? Sie war sich unsicher. Doch schließlich war er nah genug, um ihn zu erkennen.

Im ersten Moment fiel ihr nichts Besseres ein, als vorzutäuschen, sie hätte ihn nicht gesehen. Sie fing an, in ihrem Rucksack zu kramen. Da meldete sich ihr Verstand zurück und zeigte ihr den nächsten Schritt klar vor Augen. Sie würde sich für die Schmach an jenem Abend rächen. In ihrem Innersten brodelte es und angriffslustig zog sie die Augen zusammen. *Na warte, du sollst dafür büßen, dass du mich hast stehen lassen!*

»Endlich treffe ich Sie!«, fiel er außer Atem mit der Tür ins Haus. »Wie kommt es, dass Sie hier sind? Was für ein Zufall!«

Sie sah ihn an und heuchelte Unkenntnis. »Ich bin von der Presse und berichte über den Fall.« Mit dem Daumen wies sie auf den Gerichtssaal, aus dem sie gekommen war. »Entschuldigung, kennen wir uns?« Sie schüttelte den Kopf, als fände sie die Idee abwegig.

»Oh!«, erwiderte er überrascht. »Aber ja doch! Erinnern Sie sich nicht mehr?« Er sah verdutzt drein. »Vor vier Wochen, die Vernissage von Bob Burmington!?« In seiner Stimme schwang Verzweiflung mit.

Sie schaute ihn wortlos an, bis sie endlich mit einem kleinen Nicken und einem lauten Atemzug andeutete, dass ihr das Ereignis wieder ins Gedächtnis kam. »Aaaah.« Sie zog den Vokal heiser in die Länge, und man sah fast Marlon Brando in *der Pate* vor sich. Ihre Augen verengten sich zu Schlitzen. »Jaaa, ich erinnere mich!« Kurze dramatische Pause. »Sie!« Sie wollte es ihm heimzahlen und sah an seinem ängstlichen Blick, dass sie damit Erfolg hatte. Um es auf die Spitze zu treiben, richtete sie den Zeigefinger auf ihn. »Sie waren das!«

Er fasste sich an den Kragen und räusperte sich. »Da ist wohl eine Entschuldigung angebracht?« Mit einem verkrampften Lächeln wartete er Caras Reaktion ab, doch sie ließ ihn zappeln. Nach einem kräftigen Atemzug legte er die Hand aufs Herz. »Ich gebe zu, ich hab mich damals wie ein Idiot benommen. Ich hoffe, ich bekomme die Möglichkeit, das zu erklären. Es ist ganz und gar nicht meine Art, mich derart daneben zu benehmen.«

Sie beäugte ihn, kam dann aber zu dem Schluss, dass es an der Zeit sei, der Qual ein Ende zu setzen. Sie versuchte, sich ein Lächeln zu verkneifen, was ihr gründlich misslang.

Erleichtert atmete er auf. »Bekomme ich eine zweite Chance?«

»Wie sollte die aussehen?«, fragte sie und hob dabei das Kinn an.

»Ich mach Ihnen einen Vorschlag: Ich lasse alle meine Beziehungen spielen und besorge ein Bild des Richters von eben. Mit Autogramm!« Das Kräuseln seiner Mundwinkel verriet ihn. »Oder ich lade Sie heute Abend zum Essen ein? Nur, wenn Sie nichts anderes vorhaben.«

»Ist er berühmt, der Richter? Moment, ich muss mir das noch überlegen.« Sie fasste sich ans Kinn. »Okay. Ich nehm das Dinner.«

»Perfekt!«, platzte es aus ihm heraus, woraufhin sich die Umstehenden umdrehten. Dann nahm sein Gesicht einen bedauernden Ausdruck an.

»Ich muss leider zu einem Meeting. Ich bin etwas unter Zeitdruck.« Er kniff die Lippen zusammen und zeigte den Flur hinunter. »Wollen Sie mich ein Stück begleiten?«

»Gerne.«

»Was für ein glücklicher Zufall, dass Sie über diesen Fall berichten. Die heutige Verhandlung war allerdings vergleichsweise unspektakulär. Ich denke, dass die nächsten

Termine interessanter werden, wenn es an die Zeugenbefragung und die Kreuzverhöre geht. Sie sind also Journalistin?«

»Freie Journalistin, ich bin heute für eine kranke Kollegin eingesprungen. Gerichtsreportagen sind eigentlich nicht mein Gebiet.«

»Wie schade. Ich hätte Ihnen gerne Exklusivinterviews gegeben « Nach wenigen Schritten meinte er: »So, hier sind wir.«

Sie hatten den Gebäudeteil erreicht, der der Öffentlichkeit nicht zugänglich war, und wo der Raum lag, in dem Peters Treffen stattfinden sollte.

»Ich muss hier rein. Tut mir furchtbar leid, dass ich jetzt nicht mehr Zeit habe.« Kurz hielt er inne, dann griff er in seine Aktentasche. »Hier ist meine Visitenkarte, da steht die Mobilnummer drauf. Könnten Sie mir eine SMS schicken, wo ich Sie abholen kann? Gegen acht? Passt das bei Ihnen?«

»Okay …« Sie schaute auf die Karte und tat so, als lese sie seinen Namen, »… Peter! Dann sehen wir uns heute Abend.«

Beim Weggehen drehte er sich noch einmal um. »Ich freu mich!«

»Achten Sie auf eine SMS, die mit ‚Cara' unterschrieben ist«, rief sie ihm hinterher.

Als er das hörte, fasste er sich an den Kopf und legte dann in einer entschuldigenden Geste die Hände zusammen, bevor er durch die Seitentür verschwand.

***

Die Unterredung mit dem Richter dauerte knapp dreißig Minuten. Kaum war die Tür zum Besprechungszimmer zugefallen, schaltete Peter sein Handy ein. Der Posteingang zeigte keine Nachrichten. Null! Schonungslos Null! Geknickt verließ er das Gericht. Normalerweise holte er sich um diese Tageszeit im Pub gegenüber ein Sandwich und nutzte den kurzen Weg zum Büro, um frische Luft zu schnappen. Doch heute schien ihn sein Appetit verlassen zu haben. Mit besorgtem Gesichtsausdruck eilte er den Bürgersteig entlang, um nach ein paar Metern in die abgeschiedene Welt des Temple-Bezirks einzubiegen. Erneut schaute er auf das Display, in der Hoffnung, bei dem Lärm auf der Straße vielleicht den Klingelton überhört zu haben. Doch sie hatte sich noch immer nicht gemeldet.

»Rose! Irgendetwas stimmt mit meinem Handy nicht.« Zurück im Büro ging er schnurstracks zu seiner Sekretärin. »Wären Sie so nett, mir eine Test-*SMS* zu schicken?«

Die Nachricht kam postwendend an. Technisch war alles in Ordnung. *Warum schickt sie mir keine SMS, wie verabredet? Ist sie mir doch noch böse? Ich hätte es sein lassen sollen. Verdammt!* Diese Fragen beschäftigten ihn den Nachmittag über weit mehr, als er zulassen wollte und machte es ihm schwer, sich auf die Arbeit zu konzentrieren.

Gegen sechzehn Uhr meldete das Handy dann doch noch den Eingang einer *SMS*.

Hi Peter, Adresse finden Sie weiter unten. War schön, Sie zu treffen! Cara.

Lautstark atmete er auf. Einem ersten Impuls folgend schrieb er zurück: *Kann es kaum erwarten!* Doch etwas in seinem Innern hatte Angst vor der eigenen Courage. So schien ihm plötzlich der *SMS*-Text zu weit vorgegriffen und er änderte es in: *Ich bin um Acht bei Ihnen. Ich freu mich sehr.* Okay, das würde fürs Erste reichen, das war herzlich aber nicht zu emotional.

Nervös trat er von einem Fuß auf den anderen, überprüfte immer wieder den Sitz der Krawatte und strich nicht vorhandene Fusseln vom Revers des dunkelblauen Anzugs. Sein Finger bewegte sich zur Klingel, doch kurz bevor er sie berührte, zog er ihn zurück. *Woher soll ich wissen, dass das gut geht?* Fahrig massierte er seine Hand und blickte sich dabei zum Auto um, in dem sein Chauffeur damit beschäftigt war, das Armaturenbrett abzustauben. Dann holte er tief Luft und klingelte Punkt acht Uhr an Caras Tür. Kurz darauf hörte er hastige Schritte im Treppenhaus, und die Tür flog auf.

Sein erster, zugegeben verstohlener Blick fiel auf ihre Schuhe. Ein erleichtertes Aufatmen, als er dort nicht die rosafarbenen Wanderstiefel von der Vernissage erblickte, konnte er gerade noch zurückhalten. Stattdessen erstrahlte ein Lächeln auf seinem Gesicht. Sie setzte ihre Reize bestens in Szene, so viel verstand er noch von Frauen. Da war die Haarpracht, die ihr am Vormittag wirr um den Kopf gelegen hatte. Jetzt umfloss sie geglättet und seidenweich ihre Schultern. Ihre Augen umgab ein dunkler, rauchiger Hauch, der das Braun ihrer Iris noch geheimnisvoller wirken ließ. Der Ausschnitt des pfauenblauen Wickelkleids zeigte die Andeutung der sanften Rundungen, nicht zu viel und nicht zu wenig. Eine Silberkette ruhte dort, nur zu dem Zwecke, da war er sich sicher, seinen Blick auf sich zu ziehen und den olivfarbenen Ton ihrer gebräunten Haut zu betonen.

HERR, gib mir Kraft, dass ich es nicht verbocke, betete er innerlich. Dann holte er Luft und sagte mit fester Stimme: »Cara, wie schön, dass Sie Sich heute Abend Zeit nehmen konnten.«

»Vielen Dank für die Einladung!«

Sie schaute ihm in die Augen und auf einmal war seine Nervosität verflogen. Was zählte, war dieser Moment, nicht das, was war oder sein würde. Nur das Jetzt. Und plötzlich legte er eine Sanftheit in die Stimme, die ihn selbst überraschte.

»Sie sehen bezaubernd aus!«, brachte er seine Bewunderung zum Ausdruck. Und ohne nachzudenken, nahm er vorsichtig ihre Hand und hauchte einen Kuss auf ihren Handrücken.

»Danke«, war alles, was sie dazu sagte. Doch er sah an ihrem Lächeln, das aufleuchtete wie die morgendliche Sonne über der Themse, dass sie angenehm berührt war. Und von da an nahmen die Dinge ihren Lauf. Er bot ihr den Arm an und führte sie zum Wagen, wo sein Chauffeur bereitstand und die Tür für sie öffnete. Sie stiegen ein und mit einem weichen Klacken fielen die Türen ins Schloss. Die Geräusche der Stadt waren von einem Moment auf den nächsten wie ausgeknipst, nur noch leise Musik aus dem Radio war zu hören.

Peter entspannte sich. Die erste Hürde auf dieser frisch asphaltierten Langstrecke war genommen.

»Wie wär's mit einem Glas Champagner?« Beschwingtheit schien in ihm zu perlen wie die Bläschen in dem angebotenen Drink.

»Hier?«

Statt einer Antwort, fischte er eine Flasche aus der im Fond eingebauten Bar, klappte einen Halter für Gläser zwischen den Rücksitzen auf und schenkte ein. Dann prostete er ihr zu.

»Ich weiß, es ist nicht der optimale Ort für ein Aperitif, aber keine Bange. Jackson — das werden Sie gleich sehen – fährt als würde er Seifenblasen transportieren.« Dann neigte er sich ein wenig zu ihr hinüber und flüsterte: »Sehr zu meinem Leidwesen, wenn es schnell gehen muss.«

»Und wo haben Sie den Hauptgang versteckt?«, meinte Cara beiläufig und nahm den ersten Schluck.

»Würde Sie das beeindrucken?«

»Ich bin mir nicht sicher.« Sie legte gespielte Ängstlichkeit in ihre Antwort.

»Nein, ich hab einen Tisch reserviert. Und ich bin gespannt, wie es Ihnen gefallen wird. Es liegt etwas außerhalb. Und falls

Jackson das Gaspedal *nicht* findet, hab ich noch eine zweite Flasche Champagner dabei.«

»Wie war der Termin mit dem Richter?«, fragte Cara, nachdem sie noch einen Schluck genommen, und Jackson den Wagen in Bewegung gesetzt hatte.

»Oh, das Ganze war schnell beendet. Er muss prüfen, inwieweit er einen neuen Zeugen zulässt, bevor es weiter geht.«

»Hat Ihr Klient eine Chance in dem Prozess?«

»Nun ja, es geht in erster Linie darum, wer die Haftung für die nicht geringen Schäden übernimmt. Mein Mandant ist vertraglich verpflichtet, jegliche qualitätsrelevante Änderung im Herstellungsprozess seinem Kunden zu melden. Das hat er in diesem Fall versäumt, und die Lage ist für ihn nicht besonders rosig. Allerdings muss ihm hier Mutwilligkeit nachgewiesen werden. Das ist die zugegeben kleine Lücke, die ich ausnutzen will.«

»Klingt nicht ganz einfach.«

»Ja, aber ich möchte Sie nicht damit langweilen. Ich kann leider nicht mit spektakulären Mordprozessen oder der Überführung eines waschechten Bösewichts à la Jack the Ripper dienen, vor dem ich die Stadt London rette.« Er verstellte die Stimme und sprach in gespielt pathetischem Ton, woraufhin Cara lachte.

Ihr Anblick wärmte ihm das Herz und vergessen waren die Ängste. Er hatte sich kaum mehr daran erinnert, wie es sich anfühlte, eine Frau zum Lachen zu bringen. Und doch war es ihm jetzt gelungen. Er sah ihr in die Augen und hätte sie am liebsten vor Glück in die Arme genommen. Was er allerdings nicht wollte, war, über sich oder seinen vernunftbetonten Beruf zu reden. Er wollte mehr darüber herausfinden, was in ihrem Kopf vor sich ging, was sie mochte, und vor allem, was sie *von ihm* hielt.

***

Die Fahrt verging wie im Flug, und Cara nahm die Umgebung erst wieder wahr, als das Knirschen von Kieseln unter den Autoreifen das Ziel ankündigte. Jackson fuhr langsam eine mit Laternen gesäumte Auffahrt hinauf. Sie erkannte von ihrem Fenster aus ein Landhaus am Ende des Wegs. Es dämmerte bereits, doch die Fassade im Tudorstil mit ihren schwarzen, senkrecht verlaufenden Balken und dem dazwischen liegenden weißen Mauerwerk, stach noch deutlich hervor.

»Mich erinnern diese Häuser immer an Piratenhosen«, meinte sie. Sie schaute kurz zu ihm hinüber und musste dann lächeln, als sie seinen erstaunten Blick sah. »Doch, der Stoff ist genauso längsgestreift wie das Mauerwerk.«

»Vielen Dank, von jetzt an werde ich immer an verschwitzte, zahnlose Männer denken, wenn ich hierherkomme. Dieses Bild werde ich nicht mehr aus dem Kopf bekommen«, scherzte er.

»Oh, das tut mir leid. Aber vielleicht schaff ich's ja, die Saat für ein paar angenehmere Erinnerungen an heute Abend zu sähen.«

Er schaute sie mit einem flehenden Blick an. »Ich wäre Ihnen dankbar.«

Dann beugte er sich zu ihr hinüber und zeigte zum Dach hinauf. »Was mir bei diesem Häuschen gefällt ist der Mangel an Symmetrie. Die Erker und Giebel sehen aus als hätte sie ein betrunkener Zauberer dort hingehext.«

Mit dem Arm stützte er sich auf der Lehne zwischen ihren Sitzen ab, wo Caras Arm ruhte. Sie berührten sich nicht, doch sie spürte die Nähe. Die feinen Härchen auf ihrem Unterarm kribbelten, als würden sie von Peters Haut angezogen werden. Für einen kurzen Moment nahm sie den angenehm frischen Duft seines Parfums wahr. Es war nicht mehr als ein Zuzwinkern, doch sie wollte es festhalten, und sog unwillkürlich die Luft ein. Was interessierte sie in solch einem Moment denn die Architektur? Die Beinah-Berührung hatte sie so aus dem Konzept gebracht, dass ihr nichts anderes einfiel, als zu lächeln. Schnell richtete sie ihre Aufmerksamkeit auf das Haus, als Jackson auch schon das Auto auf den Platz vor dem Restaurant lenkte.

Der leichte Abendwind strich Cara sanft übers Gesicht, als sie den Wagen verlassen hatte. Er kühlte nicht nur ihre erhitzte Wange, sondern trug auch den süßlichen Duft blühender Robinien und den hellen Gesang einer Amsel, die den Tag verabschiedete, mit sich. Efeu umkränzte die schwere Holztür des Eingangs, durchwoben von einer Waldrebe, deren weiße Blüten in voller Pracht standen. Kleine Lichter, die dazwischen versteckt waren, gaukelten vor, es säßen hunderte Glühwürmchen darin. Im Nu erlag Cara dem Charme der Szenerie. Das Haus und der Park, alles wirkte auf sie auf wundersame Weise weltentrückt, London und der Alltag dort schienen Lichtjahre entfernt zu sein.

Das Innere des Restaurants war unerwartet modern eingerichtet. Nur die Tudorbögen an den Durchgängen, die bleiverglasten Fenster und der grobe Dielenboden erinnerten hier noch an die Zeiten Elizabeths I. Cara wollte sich genauer umsehen, doch schon stand ein Ober bei ihnen, der sie mit einem angedeuteten Kopfnicken begrüßte. »Mr. und Mrs. Alsley, schön Sie heute hier begrüßen zu können. Wenn Sie mir bitte folgen wollen?«

Ein kurzer Blick zu Peter zeigte Cara, dass ihn die Anrede etwas überrascht hatte. Entschuldigend und mit einem Schulterzucken lächelte er ihr zu.

Der Ober führte sie durch ein Kaminzimmer und weiter in einen Wintergarten. Unter üppig rankendem Grün fanden mehrere Tische Platz. Deren bodenlange Tischdecken ließen sie wie umgedrehte Muffinförmchen aussehen. Ganz gegen ihre Natur brachte Cara kein Wort heraus. Die Schönheit des Raumes überwältigte sie. Und beim Anblick der vielen Kerzen, die sich in den Gläsern widerspiegelten, war ihr einziger Gedanke: *Ups, das wird wohl ein Candle-Light...Dinner...Date!*

Sie setzten sich und vertieften sich in die Karten, die ihnen der Ober gereicht hatte. Er kam zurück, als sie sie zur Seite gelegt hatten und nahm die Bestellung auf.

Während Peter mit ihm über passende Weine diskutierte, schaute sich Cara im Raum um. Am Nachbartisch bot sich ein augenscheinlich frisch verliebtes Paar gegenseitig Kostproben des Nachtischs an. Schräg dahinter saßen zwei Männer in Anzügen. Sie bemerkte, dass der eine unterm Tisch das Bein des anderen berührte, weil er dabei die Tischdecke beiseiteschob. *Das hier ist kein Restaurant für Geschäftsessen, das ist wie geschaffen für Dates,* dachte sie. *Mit wie vielen Mrs. Alsleys war er wohl schon hier?*

Sie richtete ihre Aufmerksamkeit wieder auf Peter, nachdem der Ober gegangen war. »Es ist traumhaft hier, wie haben sie diese Perle entdeckt?«

»Ich war zum ersten Mal zur Hochzeit meiner Cousine hier. Aber es hat mir auf Anhieb so gut gefallen, dass ich gerne hierherkomme.«

»Das ist der ideale Ort für ein so romantisches Ereignis«, platzte es aus Cara heraus.

Peter nippte am Wasserglas. »Freut mich, dass es Ihnen gefällt.«

»Gefallen? Ich bin begeistert.«

Da kam der Ober zurück, ließ Peter den Wein probieren und füllte die Gläser.

»Auf unser glückliches Wiedersehen!«, prostete Peter Cara zu.

»Auf den Virus, der meine Kollegin lahmgelegt hat!«

Amüsiert beobachtete sie, wie er ein Prusten unterdrücken musste, und nahm dann einen Schluck.

Sie selbst fand Wein aus dem Supermarkt oder den, den Nate organisierte okay. Aber der würde ihr wahrscheinlich in Zukunft nicht mehr schmecken. Der Tropfen, von dem sie eben gekostet hatte, besaß eine fruchtige Schwere und floss ihr samtweich die Kehle hinunter.

Er musste ihr die Begeisterung angesehen haben, denn über seine Lippen zog ein selbstzufriedenes Lächeln, als hätte er den ersten Satz im Tennis gewonnen.

»Cara. Das heißt ›liebenswert‹, nicht wahr? Was für ein schöner Name!« Er konnte ihn nahezu perfekt mit diesem im Rachen weich angesetzten »K« und dem leicht gerollten »R« aussprechen.

»Ja«, antwortete sie etwas überrascht. »Woher wissen Sie das? Sprechen Sie etwa Italienisch?«

»Ich hatte leider nie die Zeit, die Sprache zu lernen, obwohl ich den Klang mag. Nein, nur Latein«, fügte er entschuldigend hinzu.

Sie lächelte ihn mitfühlend an, dann fing sie an, über sich und ihre Familie zu erzählen. »Mein Vater ist gebürtiger Italiener, er kam als Kind in den Fünfzigern mit den Eltern nach Deutschland. Ich bin nach seiner Großmutter benannt, einer waschechten Sizilianerin.«

»Und Sie sprechen fließend Italienisch?«

»*Si, certamente!*«, gab sie gleich eine Kostprobe und untermalte ihre Aussage mit einer großen Geste. »Es bedeutete meinem Vater viel, seine Wurzeln nie zu vergessen. Insbesondere, weil sein Beruf als Ingenieur verlangte, dass wir ständig umziehen mussten. Länger als vier Jahre waren wir nie an einem Ort.«

»Ich kenne das. Sprache ist Heimat. Ich hab ein knappes Jahr in Paris gelebt. Aber ich war so froh, dort Landsleute zu treffen und vertraute Klänge zu hören.«

»Sie wirken durch und durch englisch«, versuchte sie zu scherzen, »kaum zu glauben, dass Sie jemals die Grenzen Großbritanniens verlassen haben«. Als sie das ausgesprochen hatte, zuckte sie innerlich zusammen. »Oh, ich wollte Ihnen nicht zu nahetreten.« Doch zu ihrer Überraschung schlich sich ein amüsiertes Lächeln auf seine Lippen.

»Sie haben ja recht. Das liegt wahrscheinlich an meinem Beruf. Und an meinem Vater. Er war ebenfalls Jurist, zuletzt Richter am High Court. Ich bin in einer sehr konservativen Umgebung aufgewachsen. Die Details erspare ich Ihnen aber besser. Was mich viel mehr interessiert, ist die Frage, wie es Sie nach London verschlagen hat.«

»Oh, das ist eine lange Geschichte!« Sie zog das »a« in die Länge und winkte ab.

»Legen Sie los, wir haben alle Zeit der Welt.« Er stützte den Kopf in die Hand, als würde er es sich gemütlich machen, um ihrer Erzählung zu lauschen. Und Cara berichtete von ihrer Kindheit in verschiedenen Ländern, was es hieß, nirgendwo richtig zu Hause zu sein. Die Familie als einzige Konstante in all den Jahren.

Peter zählte ebenfalls die Stationen seines Lebens rund um den Globus auf: Sydney, Boston, Toronto. Wobei er zögerte, bevor er den letzten Namen aussprach. Ein wehmütiger Ausdruck zog über sein Gesicht, und er schien für einen Moment seinen Gedanken zu versinken.

Das blieb Cara nicht verborgen und als sie sah, dass sich seine Miene verdüsterte, versuchte, sie ihn abzulenken.

»Wie sieht Ihr Alltag aus, Peter?«

»Oh mein Gott, das wollen Sie nicht wirklich hören!«

»Ich brenne darauf!«

»Auf eigene Gefahr! Sie sollten eine stabile Seitenlage einnehmen, für den Fall, dass ich sie zu Tode langweile?«

»Dieses Risiko gehe ich ein.«

»Nun gut. Ich bin Verteidiger, das haben Sie ja heute sehen können. Nicht ohne Stolz kann ich sagen, dass ich vor zwei Jahren als Kronanwalt anerkannt worden bin. Davor war es eine Plackerei. Nächtelang über Akten sitzen, immer unter Zeitdruck arbeiten. Man bekommt Fälle abends auf den Tisch gelegt, die am nächsten Tag verhandelt werden sollen.« Er schüttelte den Kopf über die Erinnerung an das, was damals sein Leben bestimmt hatte. »Aber jetzt macht es Spaß, weil ich mir die Rosinen rauspicken kann. Ich hab mein Team, das viel Routinearbeit von mir fernhält und es mir ermöglicht, mich auf den kreativen Teil zu konzentrieren.«

»Klingt, als wären Sie am Ziel angekommen?«

»Nein, noch nicht ganz. Es gibt noch eine Stufe nach oben in unserer Kanzlei.«

»Ist die Luft da oben nicht sehr dünn?«

Er musste lachen. »Nein, im Gegenteil. Es ist ein gutes Gefühl, sich auf den Weg zum Gipfel zu machen. Um Ihr Bild aufzugreifen. Und noch ergreifender ist es, oben anzukommen.«

»Von da aus geht's doch nur noch bergab?«

»Keineswegs. Irgendwo entdeckt man dann einen weiteren, höheren Berg, den man unbedingt bezwingen will.«

Sie unterhielten sich bis nach Mitternacht über Gott und die Welt. Es waren nur oberflächliche, aber durchaus persönliche

Dinge wie Reiseerlebnisse, musikalische Vorlieben und das eine oder andere Vorhaben in nächster Zukunft, über die sie redeten. Die Zeit verflog, und die Rückfahrt lag vor ihnen. So verließen sie das Restaurant und stiegen in den Wagen, den Jackson vorgefahren hatte.

Cara lehnte sich entspannt im Autositz zurück und genoss die angenehme Schwere, die der Wein und die Unterhaltung in ihr erzeugt hatten. Sie lächelte, als sie die vergangenen Stunden vor ihrem inneren Auge Revue passieren ließ. Peter war ein formvollendeter und aufmerksamer Gentleman gewesen. Ungewohnte Vokabeln für ihre Ohren. Der Handkuss, den sie zuerst für irritierend *oldschool* hielt, rührte sie dann doch. *Wie in einer Geschichte von Jane Austen,* dachte sie und musste schmunzeln. Aber Peter hatte es verstanden, diese Geste mit einer Selbstverständlichkeit auszuführen, dass darin nichts Lächerliches lag. Im Gegenteil, Cara hatte sich geschmeichelt gefühlt. Das hatte unter der Vielzahl ihrer Verehrer, noch keiner hingekriegt. Sie sah zu ihm hinüber und betrachtete sein Profil. Er war ein attraktiver Mann, seine Gesichtszüge ebenmäßig, das wellige Haar perfekt geschnitten und sorgfältig aus dem Gesicht gekämmt. Der weiße Hemdkragen war faltenlos und betonte die leichte Bräune seiner Haut. Lächelte er, kräuselten sich die Mundwinkel wie die Oberfläche eines Sees, die ein Windhauch streichelte. Er strahlte Stil und Souveränität aus. Und doch war er auch sensibel und zurückhaltend in seiner Art. Das alles zusammen ergab eine einzigartige Mischung, die Cara unwiderstehlich fand. Doch da war nicht nur körperliche Anziehung. Im Laufe des Abends hatte sich zwischen ihnen eine Atmosphäre der Vertrautheit ausgebreitet, die sie einhüllte wie die Wärme eines Kaminfeuers im Winter. Wenn sie nicht aufpasste, würde sie sich, Gott möge es verhindern, in ihn am Ende noch verlieben.

Der Alkohol feuerte ihren Wagemut an, und in ihr brannte nur eine Frage: Sie wollte endlich wissen, was bei der Vernissage vorgefallen war.

»Peter, ich muss Ihnen etwas gestehen. Ich hab Sie an dem Abend bei Burmington beobachtet. Sie waren von diesem Gemälde, vor dem wir uns begegnet sind, geradezu gefesselt. Was hat Sie daran so fasziniert?«

»Ich weiß, es mag auf den einen oder anderen Betrachter eher trübsinnig wirken, mich hat es an eine Reise erinnert, die ich mit meinem Vater unternommen hatte, ein paar Jahre bevor er starb.«

»Waren Sie deshalb so …« Sie suchte nach dem passenden Wort »… aufgewühlt?«

»Nein, das war nicht der Grund.« Seine Stimme klang fest und bestimmt, doch sah er ihr nicht in die Augen. Sein Blick wanderte nach unten zu seinen Händen.

Da bemerkte Cara, dass er den rechten Handballen langsam, aber mit kräftigem Druck massierte. Erst jetzt fiel ihr auf, dass er den Ringfinger nicht strecken konnte.

Da schaute er zu ihr herüber. »Cara, ich bitte Sie für mein Fehlverhalten aufrichtig um Entschuldigung. Ich versichere Ihnen, es lag nicht in meiner Absicht, Sie zu kompromittieren. So etwas käme mir nie in den Sinn.«

Er redet, als stehe er vor Gericht, dachte sie. *Ich muss wohl noch ein bisschen warten, bis er mit der Wahrheit rausrückt.* Sie signalisierte ihm mit einem Nicken und einem warmen Lächeln, dass sie verstand.

Jackson chauffierte sie durch den nimmermüden Stadtverkehr der City und hielt vor Caras Zuhause an. Peter begleitete sie noch bis zum Eingang.

»Vielen Dank für den wunderschönen Abend.« Er zog die Schultern ein wenig hoch und hatte die Hände in den Hosentaschen.

»Nichts zu danken. Es war mir ein Vergnügen.« Sie lächelte ihn an, neigte dabei ihren Kopf zur Seite.

Dann entstand eine Pause, in der er zögerte, als koste es ihn all sein Selbstvertrauen. Er nahm ihre Hand und schaute ihr tief in die Augen, bevor er weitersprach. »Cara kann ich Sie wiedersehen?«

Ihr fielen tausend Antworten auf einmal ein: *Aber ja doch, natürlich, liebend gern, ich wäre ja blöde, wenn nicht, es war ein so schöner Abend* ... Doch, statt etwas zu sagen, legte sie ihre Hand sachte an seine Wange. Ihre Lippen suchten seine, und sie musste sich auf die Zehenspitzen stellen, um sie zu erreichen. Er neigte sich ihr entgegen und sie küsste ihn.

Mit einem Lächeln drehte sie sich um und verschwand im Hauseingang.

Samstag, 1.Juni

Es war Samstagmorgen und Cara war für ihre Verhältnisse früh wach geworden. Sie öffnete die Jalousien und die Vorhänge und ließ die Sonne ins Zimmer. Dann legte sie sich wieder ins Bett und kuschelte sich in ihre Decke. Ihr erster Gedanke galt Peter, und ein Lächeln erschien auf ihrem Gesicht. Zugegeben, mit der Frage nach der Vernissage hatte sie es beinahe vergeigt, aber sie hatte nicht das Gefühl, dass er ihr das krummnahm. Es erstaunte sie, wie verletzlich er sich gezeigt hatte. Das war kein Standardprogramm gewesen, wie sie zuerst spekuliert hatte. Wo würde das hinführen? Ein kurzer Flirt, eine Affäre mit einem außergewöhnlichen Typen oder mehr? Sie wusste es nicht, und es spielte auch keine Rolle.

Sie mochte ihn, das war schon mal nicht schlecht. Für sie stand fest, dass die Zeit mit ihm interessant werden könnte.

Also, es war Samstag und die Sonne schien. Es war ein idealer Tag, um sich mit ihm zu verabreden und noch ein paar Argumente dafür zu sammeln, vielleicht eine Art Beziehung mit ihm einzugehen.

***

Peter erwachte in seinem riesigen Bett. Allein. Wie immer. Wie die letzten fünf Jahre jeden Morgen. Er hatte genug davon. Der Abend mit Cara war wunderschön gewesen. Ihr Gespräch war von einer Leichtigkeit untermalt, die nach und nach sein Herz erfasste. Wie wunderbar dieses Miteinander, dieser Gleichklang zweier Menschen sein konnte! Er hatte es völlig vergessen. Aufbruchstimmung packte ihn. Er würde es wagen, wagen müssen, sonst müsste er seine Tage nur als leere, perfekt funktionierende Hülle fristen.

Der aber nichts und niemand etwas anhaben kann, meldete sich sein Dämon.

Und Peter nahm die Zweifel auf, weil sie in den letzten Jahren ein Teil seines Innern geworden waren. Er glaubte, dass sie ihn am Leben hielten wie ein Organ. Doch war da auch ein anderer Teil, der genau so essentiell war, ohne den kein Blut durch die Adern floss. Er dürstete nach Gesellschaft, nach Liebe, nach Berührung, und er sehnte sich nach einer Frau. Er stellte sich vor, wie Cara jetzt neben ihm läge. Er sah die Szene genau vor den Augen: Sie schläft. Er streichelt sanft über ihre Haut und weckt sie dadurch. Ihr Haar ist zerzaust, und ein Lächeln liegt auf ihren Lippen. Sie rekelt sich und der warme Duft ihrer Haut streift sein Gesicht.

Das war zu viel! Um die Bilder zu stoppen, sprang er aus dem Bett, zog Ruderklamotten an und griff nach der

Sporttasche, die immer gepackt neben der Wohnungstür stand. Er fuhr an den Fluss. Wie gewohnt schnappte er sein Ruderboot und ließ es zu Wasser. Es ging ihm heute nicht um Ruhe und Natur. Er musste die Gedanken im Zaum halten. Deshalb legte er einen schnellen Takt an. Schon nach kurzer Zeit kam er ins Schwitzen und das Einzige, was sich im Kopf breitmachte, war das Geräusch seines Atems. Eine Stunde später war er ausgepowert und zufrieden. Es ging ihm gut. Er fuhr nach Hause, um zu duschen und zu frühstücken.

Als er genüsslich das Wasser über den Körper laufen ließ, tauchten aus dem Nichts die Erinnerungen an Violet auf. Deutlich sah er die Szene, wie sie sich kennengelernt hatten.

Es war eine Feier seiner Kanzlei in Toronto gewesen. Er hatte sie sofort in der Menge entdeckt. Sie war eine Schönheit. Sie hatte langes, dunkelbraunes Haar, war gertenschlank und hochgewachsen, beinahe so groß wie er selbst. Ihre Bewegungen waren geschmeidig und ihr Blick ruhig und geheimnisvoll. Ihm entging nicht, dass sie ihn genau in Augenschein nahm, und er genoss es. Schnell suchte sie das Gespräch mit ihm. Es schien alles klar zu sein. Sie waren beide attraktiv, gebildet und füreinander geschaffen wie zwei Puzzleteile. Nach einer Stunde, die sie anstandshalber noch auf der Party zubrachten, verschwanden sie und gingen zu ihm nach Hause. Die Erinnerung an das, was dann geschah, nahm ihm immer noch den Atem. Die Wochen danach vergingen wie im Rausch. Aus der Leidenschaft wurde Liebe, und beide waren sich sicher, den Partner fürs Leben gefunden zu haben. Doch es sollte anders kommen.

In dem Moment klingelte das Telefon.

»Peter, hallo, hier ist Cara«, hörte er ihre Stimme aus dem Anrufbeantworter. Er war aus der Dusche gesprungen und stand nun triefend da, ein Handtuch um die Hüften geschlungen, als er den Hörer abnahm.

»Cara, was für eine schöne Überraschung! Hast du gut geschlafen?«

»Ja, zwar etwas kurz, aber so tief, mich hätte eine Elefantenherde nicht wachgekriegt!«

Peter konnte die Fröhlichkeit in ihrer Stimme hören, und seine Laune besserte sich schlagartig.

»Hast du schon gefrühstückt?«, fragte sie.

»Nein, ich komme gerade aus der Dusche.«

»Wie wär's, ich kenne da ein kleines Café, ein paar Straßen entfernt von hier. Da gibt es den besten Cappuccino! Und du weißt, ich bin die Richtige, um so was zu beurteilen. Ach ja! Und vor Butter triefende Croissants! Komm, sag ja!«

»Das klingt herrlich, genau das, was ich jetzt brauche.« Und das war nicht nur auf den Nährwert des Essens bezogen. »Ich zieh mich schnell an und komm dann zu dir.« Und nach einer kurzen Pause meinte er: »Ich kann's kaum erwarten!«

***

Es klingelte früher an der Tür, als Cara erwartet hatte. Hastig zog sie sich die Schuhe an und warf sich eine Weste über, dann stürzte sie aus der Wohnung.

Da stand er vor ihr. Im Vergleich zum Vorabend war er weniger sorgfältig frisiert, ein bisschen strubbelig, als käme er vom Sport. Um die Schultern hatte er sich einen dunkelblauen Baumwollpullover gelegt. Dazu trug er ein weißes, körperbetont geschnittenes Hemd und eine blaue Hose.

Meine Güte, wie kann es sein, dass ein Schreibtischtäter so einen durchtrainierten Körper hat? Warum erst ins Café? Wir könnten gleich nach oben gehen, schoss es ihr durch den Kopf.

»Hallo Peter«, druckste sie etwas verlegen. Hoffentlich waren ihre Wangen nicht so rot wie sie sich anfühlten.

»Was für eine wunderbare Idee an diesem herrlichen Tag!«, begrüßte er sie. Dann gab er ihr einen überhasteten Kuss, als traute er seiner Erinnerung an den vorangegangenen Abend nicht.

Sie schenkte ihm ein Lächeln und zeigte dann die Straße hinunter. »Wir müssen hier lang. Ich hab dir nicht zu viel versprochen. Du wirst es lieben.«

Über der Tür des Cafés stand auf einem Emaille-Schild der Name des Besitzers, der demzufolge *Dave* hieß.

»Hier geht's rein«, ächzte Cara, als sie gegen die schwere Tür drückte, die sich etwas widerwillig öffnen ließ. Die geschliffenen Glaseinsätze klirrten dabei im schwungvoll geformten Holzrahmen. Das Innere des Cafés erinnerte an einen Gemischtwarenladen aus den Anfängen des letzten Jahrhunderts. Die Wände waren bis unter die stuckverzierte Decke mit wuchtigen Holzregalen verkleidet. Alte Kaffeemühlen mit blitzenden Messingkurbeln und orientalisch anmutende Mokkakännchen wurden zusammen mit kugelbäuchigen Teekannen darauf präsentiert.

Cara und Peter waren nicht die Einzigen, die an diesem Morgen die Idee gehabt hatten, hierher zu kommen. Die meisten Tische waren besetzt. Der Raum war erfüllt vom Stimmengewirr der Gäste. Bedienungen schlängelten sich zwischen den Leuten hindurch und riefen den Baristas Bestellungen über den Tresen zu. Für kurze Zeit übertönte das Mahlen und Zischen des monumentalen Kaffeeautomaten hinter der Theke alle anderen Geräusche. Als Entschädigung für die Attacke auf die Ohren, wehte daraufhin der Duft der frisch gemahlenen Bohnen herüber.

Sie fanden noch einen freien Platz am Fenster. Peter nahm die Karte und überflog den Inhalt.

»Du meine Güte, wo bin ich denn hier gelandet? Käse aus Frankreich, Schinken aus Spanien, Salami aus Italien, selbstgebackener Kuchen, Kaffee und Tee in allen Variationen. Ich bin begeistert!«

»Und das Schöne ist, dass Ernährungsempfehlungen draußen bleiben müssen. Hast du das Schild an der Tür gesehen?«

»Ja, und man kann das nur unterstützen. Womit fangen wir an? Sollen wir alphabetisch vorgehen?«

»Nach dem Essen gestern Abend bin ich mir nicht sicher, ob ich es überhaupt bis ‚C' schaffe.«

»Die Croissants sind ein Traum!«, nuschelte Peter später mit vollem Mund.

»Ich hab dir nicht zu viel versprochen, oder?«

Schnell schluckte er hinunter. »Wir haben doch erst ein Drittel der Speisekarte durch. Wie soll ich da eine Aussage treffen?« Er hob seinen Arm, um eine der Bedienungen herbeizurufen. »Ich brauch mehr Stichproben. Und du?«

Cara musste lachen. Sie geriet immer mehr in seinen Bann. Er war charmant und humorvoll. Er ließ sich auf sie ein, hörte zu. Und er war nicht – und damit konnte er bei ihr am meisten punkten — der Typ, der mit irgendwelchen Prahlereien über seine Errungenschaften und Qualitäten beeindrucken musste. Er wusste, wer und was er war. Nein, er machte sie zum Mittelpunkt. Welche Frau konnte dem schon widerstehen?

Eine Stunde später waren sie bei ‚P' wie »Panettone« angelangt und Cara gab auf.

»Egal, ob es noch etwas mit »Q« gibt, ich kann nicht mehr.« Sie lehnte sich mit einem zufriedenen Lächeln auf den Lippen zurück und legte die Hände auf den Bauch.

Peter trank seinen Tee aus. »Okay, dann hab ich gewonnen, ich nehm noch ein kleines Stück Tiramisu.«

»Ich trag dich aber nicht nach Hause!«, ermahnte sie ihn mit gespielter Ernsthaftigkeit.

»Nicht nötig, versprochen. Ich ruf Jackson an.«

»Cara, wie wär's mit einem Ausflug ans Meer?«, fragte er später, als sie auf die Straße traten.

»Wann! Jetzt gleich?«

»Ja, warum nicht?«

»Was hast du vor?« Sie lächelte skeptisch.

»Den Tag nutzen? Du weißt doch: *Carpe diem*!«, erwiderte er lächelnd und breitete die Arme aus.

»Okay, gutes Argument! Damit hast du mich überzeugt!« Sie nickte zustimmend.

»Na, dann nichts wie los!« Er nahm sie bei der Hand und drehte sich zum Gehen um.

»Wo geht's denn hin?«, hielt sie ihn zurück.

»Warst du schon mal in Lyme Regis?«

»Nein. Doch Moment mal, gibt's da nicht eine Mole, die in jeder Jane Austen-Verfilmung auftaucht?«

»Oh, du liebst romantische Liebesgeschichten? Interessant!« Er redete wie Mr. Spock, wenn dieser etwas über die menschliche Spezies lernte.

»Tja, beurteilen Sie ein Buch nicht nach seinem Cover, Herr Anwalt«, schäkerte sie.

»Ich kenne da einen Strand, abgelegen, ruhig und mit sehr feinem Sand.«

»Aber das liegt nicht gerade um die Ecke. Sollte ich nicht noch meine Zahnbürste holen?«

»Ach nein, wir kaufen das Nötigste unterwegs. Komm, sei spontan!«

»Na gut«, stimmte Cara zu und dachte, *warum nicht.*

Sie parkten in der Nähe der Küste. Cara konnte das Meer riechen, als sie die Autotür öffnete. Möwen kreischten über ihren Köpfen, und ein zarter, blauer Streifen am Horizont wies die Richtung, in die sie gehen mussten. Peter nahm die Picknickdecke, Strandtücher, Getränke und Sandwiches, die sie kurz zuvor noch gekauft hatten, aus dem Kofferraum. Der Weg führte über einen schmalen Trampelpfad zwischen mannshohen, großblättrigen Stauden und leuchtend gelb blühenden Sträuchern hindurch zum Strand.

Hier kommen nicht oft Leute vorbei, dachte Cara, als sie einen Zweig zur Seite schob. *Wie schön, ein lauschiges Versteck!* Da tauchte vor ihnen ein Gatter auf, auf dem »Privatweg« stand. Peter öffnete es, ohne zu zögern, was Cara erstaunte. Sie spielte die Entrüstete: »Du als Mann des Rechts übertrittst es mit solcher Leichtigkeit?«

Er erwiderte, ebenfalls Entrüstung vortäuschend: »Was denkst du von mir? Ich kenne den Besitzer.«

Wenige Meter weiter verschwand das Gebüsch und gab den Blick auf eine Bucht frei. Eine Sichel aus weißem Sand schmiegte sich an kristallklares, türkisblaues Wasser. Keine Menschenseele war zu sehen, und so, wie dieser Strand lag, war auch niemand zu erwarten. Es schien unmöglich, auf einem anderen Weg als dem, den sie benutzten, dorthin zu gelangen. An beiden Enden der Bucht ragten Felsen hoch und bis weit ins Meer hinein. Einzig auf der gegenüberliegenden Seite schlängelte sich ein Pfad ein Stück den Hang hoch, um dann über eine Wiese zu einem kleinen Cottage zu führen.

Dieser Anblick und der herrliche Sonnenschein forderten Cara zum Baden auf. Sie konnte es kaum erwarten, hinunter zum Strand zu gelangen, und drängelte sich an Peter vorbei, um die Erste zu sein. Während sie mit großen Schritten über den Sand stelzte und ihre Begeisterung offensichtlich war wie die eines Kindes im Spielzeugladen, rollte er die Picknickdecke aus und schenkte Champagner ein. Sie kam zu ihm gerannt.

»Woher kennst du die Bucht? Es ist umwerfend hier! Das war eindeutig die lange Fahrt wert!« Sie drehte sich zum Meer um und breitete die Arme aus, als wollte sie es umarmen.

»Auf dein Wohl!«

Cara drehte sich wieder zu ihm um und nahm das Glas entgegen.

»Und auf diesen wahrgewordenen Traum.« Sie prostete ihm zu und nippte an dem Getränk. Dabei zog sie auffordernd die Augenbrauen hoch.

»Ich hab dir doch erzählt, dass ich den Besitzer kenne. Nun ja …«, druckste er herum, »… das Gelände gehört meiner Familie.«

»Das alles?«

»In der Tat!« Er antwortete im Tonfall und mit der gespielten Hochnäsigkeit eines englischen Lords.

»Oh!", gab sie ebenfalls nasal zurück. »Ich bin beeindruckt.« Sie ließ ihren Blick über die Bucht schweifen. »Lebt deine Familie hier in der Nähe?«

»Nein, wir sind übers ganze Land verteilt. Ich bin der Einzige, der mal schnell hier vorbeikommen kann.« Er sah sie leicht schief an. »Wir sind hier also ungestört.«

Auf Caras Lippen zeichnete sich ein schelmisches Lächeln ab. »Wenn das so ist …« Sie reichte ihm das Glas. Jetzt würde sie Nägel mit Köpfen machen. Egal, ob ihr Verstand noch Argumente *für* Peter sammeln wollte. Ihr Körper übernahm nun das Kommando. Sie ging zum Ufer. Auf dem Weg dorthin zog sie im Gehen ihr Kleid aus, wenige Meter weiter ihren BH und kurz vor dem Ufer entledigte sie sich noch des winzigen Rests. Dann warf sie einen Blick über die Schulter zu ihm und tauchte ab im kühlen Nass. Sie machte ein paar schnelle Schwimmzüge, um sich aufzuwärmen. Als sie dann zum

Strand zurückschaute, stand Peter da wie Frau Lot, kurz nachdem sie sich umgedreht hatte. Doch dann ging ein Ruck durch seinen Körper. Er warf die Gläser in den Sand, zog hastig Hemd und Hose aus und stürmte los. Ohne zu zögern, sprang er mit dem Kopf voran ins Wasser und schwamm rasch zu ihr.

Sie lächelte ihn an, ließ ihn glauben, er sei am Ziel, doch dann tauchte sie ab. Erst einige Meter hinter ihm, kam sie prustend zum Vorschein. Sie lachte, als sie sah, wie er sich nach ihr suchend im Kreis drehte. Dabei verschluckte sie sich, so dass sie husten musste.

»Na warte, ich krieg dich!«, rief er und setzte ihr nach.

Sie kreischte laut auf und schwamm ein Stück weg. Doch dann stoppte sie.

»Gib auf! Du kommst mir niemals hinterher «, neckte sie ihn.

»Du magst vielleicht schneller schwimmen, aber es sieht ganz danach aus, als könnte ich mich heute in anderer Hinsicht zu den Siegern zählen.« Er verharrte, eine Armlänge von ihr entfernt, auf der Stelle. »Bekomm ich jetzt meinen Gewinn?«

»Du musst ihn dir nur noch holen!«

Die leichten Druckwellen, die seine Bewegungen verursachten, streiften unter Wasser über ihre Haut und die Vorahnung auf das, was folgen würde, erfüllte ihren Körper. Dann legten sich seine Hände sacht auf ihre Hüften.

»Lass mich aus dem Pokal trinken«, neckte er sie mit einem schiefen Lächeln auf den Lippen.

Cara prustete.

Doch dann zog er sie zu sich heran. Und als seine Arme sie umschlangen, verflog die Lust am Schlagabtausch und machte dem Begehren Platz.

»Ist dir kalt? Du hast ja eine Gänsehaut!« Sie waren zurück am Strand und Peter bemerkte besorgt, das Cara mit den Zähnen klapperte. Schnell reichte ihr ein Strandtuch.

»Ich muss mir schleunigst was anziehen«, bibberte sie und schlüpfte in ihr Kleid. Die Kraft der Sonne hatte nachgelassen. Der Wind, der den Duft der Wiesen von oberhalb der Bucht aufs Wasser hinaustrug, frischte unangenehm auf. Dankbar nahm sie seinen Pullover an.

Als Peter sich sein Hemd überstreifte, fiel Caras Blick für einen kurzen Moment auf seine unverhüllte Brust. Und was sie sah, erschreckte sie. Narben zeichneten sich dort als helle Linien ab, die längste maß nicht mehr als Caras kleiner Finger, die anderen war kürzer und rundlich.

Als er wieder den Kopf aus dem Hemd herausstreckte schien er ihre Reaktion zu bemerken. Hastig zog er den Hemdsaum nach unten und stopfte ihn in die Hose. Cara erkannte, dass jetzt nicht der Augenblick war, ihn danach zu fragen, so neugierig sie auch war.

»Hast du das Häuschen dort oben gesehen?«, lenkte er ab. »Lass uns hingehen.« Er fing an zusammenzupacken.

Sie schaute ihn verdutzt an und meinte nur: »Mr. Alsley, haben Sie noch mehr Überraschungen auf Lager? Erst ziehen Wolken auf, nur um mich noch mehr frieren zu lassen und jetzt lockt mich die Aussicht auf ein warmes Plätzchen in Ihr Netz! Wie machen Sie das?«

Er lächelte triumphierend und gab ihr einen Kuss. »Tja, Miss Mazzini, das bleibt Betriebsgeheimnis!« Dann nickte er in Richtung des Häuschens und meinte: »Es hat einen Kamin, und dir wird ruckzuck warm werden.« Und mit einem breiten Lächeln fügte er noch hinzu: »Sonst kann ich ja nachhelfen.«

Das Cottage stammte nach Peters Angaben aus dem achtzehnten Jahrhundert. Eingeschossig, mit einem tief heruntergezogenen Reetdach, Sprossenfenster und weiß getünchter Fassade, gab es in Caras Augen das perfekte Kalendermotiv ab. Der Anstrich musste erst vor kurzem erneuert worden sein, nirgendwo blätterte er ab, und die Blumen in dem Bauerngärtchen vor dem Eingang machten einen gepflegten Eindruck, nicht eine Pflanze ließ den Kopf hängen oder hatte dürre Zweige. Das konnte Peter unmöglich alleine machen. Sie fragte sich, wer ihm half, und ob nicht plötzlich jemand auftauchen könnte.

Er schloss die Haustür auf und ging voran in den Flur.

»Komm rein, es ist zwar etwas kleiner als der Buckingham Palast, dafür aber wesentlich gemütlicher.«

Cara folgte ihm und konnte im Vorbeigehen durch eine halb geöffnete Tür ein Bett und einen Kamin ausmachen.

»Da ist die Küche.« Peter wies in das Zimmer auf der gegenüberliegenden Seite. Sie steckte den Kopf hinein. Ein rotes Sofa mit einem Tisch und zwei Stühlen davor ergänzten die kleine Küchenzeile darin. Sie nahm schwach den Geruch von Zimt wahr, der Bilder von Apple Crumble heraufbeschwor. Ihr Magen reagierte prompt mit einem lauten Knurren.

»Du gehst am besten erst mal duschen, damit dir warm wird. Essen gibt's danach«, meinte Peter mit einem Blick auf die Quelle des Geräusches. Er zeigte auf die Tür des dritten Zimmers, das dem kleinen emaillierten Schild nach, das Bad war. »Handtücher liegen drinnen auf dem Regal«, rief er ihr noch nach.

Cara drehte das Wasser in der Dusche auf und nach einigem Poltern und Röhren sprang der Durchlauferhitzer an und spendete die heißersehnte Wärme.

Der erste Schritt ist getan, dachte sie bei sich. Sie nahm etwas Duschgel und zarter Lavendelduft mischte sich in den warmen Nebel. *Er will, was ich will!*, da war sie sich sicher. Sie seifte sich ein und konnte dabei nur daran denken, wie es sich anfühlen würde, wären es seine Hände. Ihr Körper war schon beim Gedanken an das Kommende wie unter Strom und jede Faser drängte in Peters Arme. So sprang sie nach kurzer Zeit aus der Dusche, schnappte sich den Bademantel und kuschelte sich in den weichen Stoff, der frisch gewaschen duftete. Den Kragen drapierte sie sorgfältig, sie wollte weder zu viel verhüllen noch preisgeben. Dann schnappte sie sich ein Handtuch und verließ das Bad. In jeder Hinsicht zielstrebig ging sie in die Schlafkammer.

Das Zimmer war nicht groß und die Decke so niedrig, dass sie sie fast hätte berühren können. Und doch umfing es sie auf wohlige Art. Die Dämmerung war hereingebrochen und der Raum war erfüllt mit warmem Kerzenlicht. Das Bett nahm einen beträchtlichen Teil des Raumes in Anspruch. An den Ecken ragten gedrechselte Pfosten hoch, sodass es aussah wie ein Himmelbett, nur ohne Himmel. Sie ging darauf zu und strich mit der Hand über eines der Kopfkissen. Es war frisch bezogen. Eine graublaue Decke lag akkurat gefaltet auf dem schneeweißen Laken. *Wie im Hotel*, dachte sie.

Peter kniete am Kamin und war damit beschäftigt, ein Feuer darin zu entfachen. Er versuchte, den schwächlichen Flammen mit dem Schürhaken auf die Sprünge zu helfen. Nachdem er ein letztes Mal kräftig in die Glut gepustet hatte und es aufloderte, erhob er sich.

»So, gleich wird's warm hier drin. Du solltest nicht mit nassen Haaren im Zimmer herumstehen, du erkältest dich noch.« Er nahm ihr das Handtuch aus der Hand und legte es ihr um den Kopf. Mit sachten Bewegungen rieb er ihre Haare trocken.

Sie stand nur noch eine Handbreit von ihm entfernt. Zu ihrem größten Entzücken sah sie, dass sich auf seinem Hemd, das noch klamm vom Meerwasser auf der Haut lag, jeder Muskel abzeichnete. Ein Präsent, das es nur noch auszupacken galt! So schlüpften ihre Finger unter den Stoff und öffneten Knopf für Knopf. Mit jedem zerrte das Verlangen mehr an ihr wie ein Kind, das mehr Süßigkeiten einforderte. Doch Süßigkeiten waren nicht das, was Cara vorschwebte. Sie wollte diesen Körper! Sie hatte ihn längst zum Zentrum ihrer Phantasien gemacht. Jetzt wollte sie, dass seine Berührung ihr Inneres zum Toben brachte, dass sein Gewicht ihr den Atem nähme, und sie betete zu Gott, dass er das Handwerk verstehen möge. Die Vorfreude prickelte auf ihrer Haut. Sie legte den Kopf in den Nacken und seufzte wohlig, in Erwartung des Eroberungssturms.

Doch ihre Ouvertüre verhallte ohne Folgen. Irritiert sah sie ihn an. Er schien zu zögern, wirkte, als müsste er sich noch über etwas klar werden, als suchte er Ermutigung in den hintersten Ecken seines Erinnerungsvermögens, oder vielleicht auch etwas tiefer. Sie küsste ihn, in der Hoffnung ihn zu sich zurückzuholen. Dann, immer noch unsicher, neigte er sich zu ihr und küsste sie. Anfangs vorsichtig, als würde er tückisches Neuland betreten, dann auf eine Weise, die die Leidenschaft, die in ihm brennen konnte, ankündigte wie Blitz und Donner den nahenden Sturm.

Entschlossen zog er sie an sich heran und Cara versank in seinen Armen. *Endlich!* Voller ungestümer Erwartung streifte sie den Baumwollstoff von seinem Körper. Unter den Duft des Feuers mischte sich der salzige Geruch, den der warme Männerkörper auf sich trug als wollte er den Nachmittag am Strand festhalten. Ihre Finger fanden einen Spalt zwischen seiner Leiste und dem Hosenbund. Die Berührung ließ seine Haut flattern wie ein Blatt im Monsunwind. Unwillkürlich zuckte er zurück.

»Kitzlig?«, kicherte sie und zog ihn am Bund wieder zu sich heran.

»Nein«, hauchte er. »Nur überhaupt nicht mehr daran gewöhnt.« Er lächelte sie an und zog die Augenbrauen entschuldigend hoch. »Das wird sich legen, ich versprech's dir.«

Das Feuer im Kamin loderte und erfüllte den Raum mit trunkener Wärme. Der Wind, der eben noch an den Fenstern gerüttelt hatte, ließ nach und in der einsetzenden Ruhe glaubte Cara, den Schlag ihres Herzens zu hören.

»Lass mich dich ansehen«, bat Peter. Dann schob er den Mantel von ihren Schultern und der Stoff fiel leise raschelnd zu Boden.

Cara hielt den Atem an. Er stand so dicht bei ihr, dass seine Wärme auf ihrer Haut brannte. Er hauchte einen Kuss auf ihre Lippen, zog sie zu sich und presste seinen Körper an ihren. Als er sie hochhob und zum Bett trug, fing sie an, innerlich zu jubeln. Sie war mehr als bereit, in die Hitze des Liebesspiels einzutauchen.

»Warte«, bremste er sie, als sie nebeneinanderlagen, und seine Stimme klang brüchig, als verlangte es viel von ihm. »Ich möchte es gut machen, will erst lernen, was dir gefällt.« Sie wollte etwas sagen, da legte er ihr sanft einen Finger auf die Lippen. Dann machte er sich gewissenhaft an das neue Fachgebiet.

Er will mich in den Wahnsinn treiben!, dachte Cara nach kurzer Zeit. *Was für eine niederträchtige Taktik. Aber wehe er hört jetzt auf!* Mit schlafwandlerischer Sicherheit fand er genau die Stellen, die ihr »Leiden« nur vergrößerten.

»Peter, ich halt das nicht mehr aus«, gestand sie ein. Erschrocken nahm sie wahr, wie ihre Stimme zu einem Krächzen verkümmert war.

»Geduld«, mahnte er zwischen zwei Küssen an.

»Das ist so gar nicht meine Stärke!«, stöhnte sie.

Er lachte auf.

»Oh mein Gott!«

»Darauf hab ich gewartet«, scherzte er. Dann endlich schmiegte er sich an sie. Auffordernd drängte sie sich ihm entgegen und sein Körper antwortete, ohne jede Zurückhaltung. Er gab dem Begehren, der Lust und dem Hunger auf die Vereinigung nach und Cara war endlich am Ziel.

Einige Zeit später lag sie wach und betrachtete Peter, wie er schlief. Die Farben des Zimmers verblassten im Widerschein des Mondes, doch deutlich nahm sie seine Silhouette wahr. Ein Lächeln auf den Lippen, lauschte sie dem gleichmäßigen Rhythmus seines Atems. Der zarte Kuss, den sie ihm gab, ließ ihn kurz eine Grimasse ziehen. Schlaftrunken fand seine Hand zu ihr, bevor er wieder in Morpheus' Armen versank.

Sie war verwirrt. Bislang waren für sie Sex *mit* und Gefühle *für* jemanden zwei Paar Stiefel. Doch das, was in den vergangenen Stunden passiert war, brachte dieses Weltbild ins Wanken. Sie hatten sich mehr als einmal geliebt und mit jedem Mal schien sie sich weiter zu entfernen von dem, was ihr vertraut war. Von Mal zu Mal ging mit der körperlichen Vereinigung eine Verbindung ihrer — ja, sie fand kein anderes Wort — Seelen einher. Als hätten sich ihrer beiden Grenzen aufgelöst. Sie war eins mit ihm geworden, mit dem Raum, mit der Wärme des Feuers im Kamin. Die Konturen um sie herum waren verschwommen, die Zeit hatte an Bedeutung verloren. Und aus einem fremden Gefühl heraus wollte sie nicht, dass dies endete und der Morgen graute. Sie wollte für immer hier mit ihm sein.

Sonntag, 2. Juni

Peter erwachte im Morgengrauen, weil er fror. Das Feuer im Kamin musste lange zuvor ausgegangen sein, denn es roch unangenehm nach kaltem Rauch. Zudem hatte Cara die gemeinsame Decke in Beschlag genommen. Er ging zum Fenster, um frische Luft hereinzulassen und die Tagesdecke, die zusammengefaltet auf dem Sofa am Fußende des Betts lag, zu holen. Er wollte sie nicht wecken, so hüllte er sich in den kratzigen Stoff des Überwurfs und legte sich neben Cara. Es war so, wie er es sich ausgemalt hatte. *Du liebe Güte, das ist erst vierundzwanzig Stunden her,* erinnerte er sich. *Vierundzwanzig Stunden, die mein Leben komplett umgekrempelt haben.*

Ihr Anblick erfüllte ihn mit einer Weite in seinem Herzen und einer Leichtigkeit, wie er sie lange nicht mehr empfunden hatte. Wie Cara so neben ihm lag, einen Arm um den Kopf gelegt, die Decke zu sich hinübergezogen und um ihren Körper beinahe kunstvoll drapiert. Ihr Po schaute heraus, und er schob den Stoff ein wenig zur Seite, um dem Bild den letzten Schliff zu geben. So spärlich verhüllt, sah sie aus wie eine Göttin aus einem antiken Gemälde. Ihre Haut schimmerte im weichen Licht der aufgehenden Sonne. Er hätte sie stundenlang betrachten können. Sie war perfekt. Und diese Perfektion wollte er würdigen. Was ihm im Eifer der Nacht entgangen war, konnte er nun bewusst aufnehmen, die Zartheit ihrer Haut, die schwere Wärme ihrer Brüste, der Duft ihrer Vereinigung, der ihren Nabel noch umgab.

Sie musste noch tief geschlafen haben, denn anfangs merkte sie nichts von den Liebkosungen, doch nach und nach wachte sie auf.

»Mmmmh, das mag ich, hör bloß nicht auf«, kommentiert sie sein Tun mit einem wohligen Seufzen.

»Ihnen auch einen guten Morgen, Miss Mazzini«, neckte er sie, hörte aber nicht auf.

Bis sie aus dem Bett kamen, stand die Sonne so hoch am Himmel, dass der Sitzplatz vor dem Cottage zum Verweilen einlud. Peter zauberte zu Caras offensichtlicher Verwunderung Toast und Marmelade hervor.

»Deine Zaubertricks fangen an, mich zu beunruhigen.« Aus dem Augenwinkel sah er, wie sie ihn schief anblickte. Breit lächelnd hielt er im Kühlschrank nach weiteren Zutaten Ausschau.

»Abrakadabra!«, murmelte er geheimnisvoll und reichte ihr Butter und Eier.

Ungläubig dreinschauend nahm sie es entgegen.

»Das Zauberwort heißt ‚Millers'. Ein Ehepaar aus dem Ort, das mir die Vorräte auffüllt, wenn ich anrufe, und die sich auch sonst um das Haus kümmern.«

»Sehr praktisch«, musste sie eingestehen.

Im Nu hatten sie ein ausgiebiges Frühstück zusammengestellt, saßen vor dem Häuschen in der wärmenden Sonne und tranken Kaffee.

»Wie kommt man dazu, ein so traumhaftes Stück Land zu besitzen?«, fragte Cara neugierig.

»Ich weiß es nicht genau, aber ein Vorfahr meines Vaters hatte es einem verarmten Earl abgekauft, müsste Ende des neunzehnten Jahrhunderts gewesen sein. Seitdem ist das Land hier in Familienbesitz. Wir konnten uns bis heute nicht von diesem Fleckchen Erde trennen.«

»Dem Himmel sei Dank! Es ist der Wahnsinn.« Sie nahm einen Schluck Kaffee und schreckte plötzlich hoch. »Hast du etwa auch noch einen Adelstitel?«

»Würde dir das gefallen? Lady Alsley klingt doch gut?«

»Nein, um Gottes willen! Du weißt, ich habe deutsche Wurzeln, und in unserem Kopf ist Adel etwas aus dem Mittelalter oder aus österreichischen Spielfilmen. Außerdem könnte ich nie eine Lady abgeben. Dazu bin ich zu chaotisch, zu ungezwungen und hab übrigens auch zu schlechte Umgangsformen.«

Peter musste laut auflachen, als er das hörte. »Ich kann dich beruhigen, einen Adelstitel kann ich nicht vorweisen. Und was deine Umgangsformen anbelangt, stimme ich dir zu.« Er küsste sie sanft aufs Ohr und flüsterte: »Man zieht sich nicht einfach vor einem ausgehungerten Mann auf dem Weg ins Wasser aus, Lady Alsley.«

»Und man dreht sich um, wenn man auch nur einen Funken Anstand im Leib hat, und rennt nicht noch hinterher, Lord Alsley!« Sie deutete ein Beißen an und schnappte nach ihm.

Er zog sie zu sich auf seinen Schoß, »Komm her, du ungezogenes Mädchen!«

***

»Lass uns einen kleinen Spaziergang machen«, drängte Cara, und Peter erklärte sich einverstanden. Ein Pfad führte vom Cottage weg in den dahinterliegenden Buchenwald. Über ihnen ein dunkelgrünes Dach aus hohen Baumkronen, unter ihren Füßen ein Polster aus Blättern und Moos, spazierten sie am Rand des Waldes entlang. Cara zog ihre Schuhe aus und forderte Peter dazu auf, es ihr gleich zu tun.

»Komm, es ist herrlich! Der Boden ist wunderbar weich und kühl.« Sie konnte an seinem überraschten Gesichtsausdruck sehen, dass ihm die Idee neu war, doch er nahm sich ein Beispiel an ihr.

»Autsch!«, rief er plötzlich. »Diese Wurzeln sind ja die reinsten Stolperfallen!«

»Du benimmst dich wie ein Stadtkind!«, lachte Cara laut auf.

»Ich bin ein Stadtkind! Ich liebe ebene, asphaltierte Flächen!«, erwiderte er schmollend.

»Komm, da vorne unter dem Baum ist ein wunderschöner Platz zum Ausruhen. Dann schau ich mir deine schwere Verletzung an.«

Er setzte sich zwischen die armdicken Wurzeln der alten Buche auf den Boden und lehnte sich an den Stamm. Ein kühler, erdiger Geruch stieg vom Moos auf, das er dabei berührte.

»Die Aussicht hier ist herrlich. Da unten liegt das Häuschen, schau«, forderte sie ihn auf, während sie sich zwischen seine angewinkelten Beine setzte und sich an ihn schmiegte.

Eine leichte Brise wehte vom Meer herauf. Das Rauschen der Blätter und das Kreischen der Möwen lieferten die Musik zu dieser Idylle.

»Erzähl mir von dir, Cara. Wie lebst du? Und du bist mir noch die Geschichte schuldig, wie du auf die Idee gekommen bist, nach London zu ziehen.«

»Na ja, du weißt ja, ich wohne zusammen mit zwei Freunden in einer WG. Livy hab ich vor ein paar Jahren auf einer Indienreise kennengelernt und seitdem engen Kontakt mit ihr gehalten. Wir sind uns damals zufällig in einem Backpackers über den Weg gelaufen und haben uns sofort gut verstanden. Für den Rest des Urlaubs sind wir dann zusammen durchs Land gezogen. Sie lebt schon länger hier und hat mich schließlich überredet, nach London zu kommen. Nun bin ich seit gut einem Jahr dort. Ich liebe dieses städtische Getümmel, Menschen aller Hautfarben überall, Kreativität sprießt aus allen Gassen, kein Stillstand, ständig verändert sich was. Es ist so aufregend!«

»Ich bekomme davon nicht wirklich etwas mit, muss ich zu meiner Schande gestehen. Ich hab die letzten Jahre überwiegend im Büro oder im Gerichtssaal zugebracht.«

Nach einer kurzen Pause meinte Cara: »Ich hab ein Bild von dir im Internet gesehen.« Sie schaute ihn an, er blickte verdutzt zurück.

»So was gibt's? Das wusste ich nicht.«

»Doch, auf irgendeiner Boulevard-Zeitungs-Homepage hab ich im Archiv ein Foto von dir gefunden. Dein Vater hat eine Auszeichnung von der Queen entgegengenommen. Du warst vielleicht zwanzig oder so.«

»Ach ja, ich erinnere mich.«

»Erzähl mir von dieser Zeit, du hast so unbeschwert ausgesehen, als würde dir die Welt gehören.«

»Das dachte ich damals auch.« Er hielt kurz inne und schaute dann skeptisch zu ihr. »Wann zum Teufel hast du im Internet nach mir gesucht? Wir kennen uns doch erst seit vorgestern?«

»Na ja, nach der Vernissage.« Cara fühlte sich erwischt. »Livy kannte dich.«

»Du kanntest meinen Namen? Und hast mich vier Wochen lang leiden lassen?«

»Hätte ich einen Mann kontaktieren sollen, der mich inmitten von hunderten Leuten einfach hat stehen lassen?«

Er beruhigte sich wieder. »Okay. Verstehe.« Er nickte. »Aber … oh, du bist so eine Schauspielerin. Du hast so getan, als würdest du dich nicht an mich erinnern!«

»Nehmen Sie sich in Acht, Lord Alsley! Die Schauspielerei liegt bei uns Südländern im Blut!« Sie tippte ihm mit dem Zeigefinger leicht auf die Nase. »Nun erzähl aber von früher.«

»Das muss kurz nach dem College gewesen sein, wenn ich mich recht erinnere. Natürlich gehörte mir die Welt! Ich war ein Eton-Schüler, wir wurden darauf getrimmt, uns die Welt zu nehmen.«

»Du warst in Eton? Im Internat also?«

»Ja, seit ich dreizehn war. Manches war nicht leicht. Der eine oder andere Punkt an der Schulordnung nervte. Immer um halb acht raus, fürs Frühstück fertigmachen und anschließend zur Morgenandacht gehen. Was für ein Drill! Ich hab das oft verflucht. Aber man lernt dort, dass ein geregelter Tagesablauf einem in schwierigen Zeiten Halt geben kann. Das hat mir später im Leben so manches Mal geholfen.«

»Was für ein Albtraum!«, entfuhr es Cara.

»Ich hatte viel Spaß! Ich hab wahnsinnig gerne Sport gemacht. Rudern und Rugby.«

»Rugby? Autsch, das ist doch brutal.«

»Natürlich gibt's Verletzungen, aber man ist entsprechend durchtrainiert. Ich war Mannschaftskapitän. Das ist eine verantwortungsvolle Position im Team. Die Jungs kamen mit Problemen immer zu mir. Ich hatte wohl schon damals den Drang, andere zu vertreten und ihnen zu helfen.«

»Du hast eine Narbe am Knie, wo kommt die her, Ritter Alsley?« Sie stichelte, und er zwickte sie dafür in die Seite. Kurz dachte sie dabei an die Spuren auf seiner Brust, doch sie hielt sich zurück. Er würde davon erzählen, wenn er bereit wäre.

»Okay, ich geb's zu, die hab ich vom Rugby. Es war mein Schicksalsspiel gegen ein anderes College. Kurz vor Spielende stand es unentschieden. Ich war ganz knapp davor, den Ball hinter der Ziellinie totzulegen, da schnappte mich ein Spieler der gegnerischen Mannschaft, und plötzlich hat es in meinem Knie geknackst. Ich musste operiert werden und konnte danach nicht mehr spielen. Das war ein Schock. Als es mir wieder besser ging, meinte mein Mentor, ich sollte mal Rudern ausprobieren. Das hab ich dann getan und mich nicht allzu schlecht geschlagen. Wir haben im Achter sogar die eine oder andere Collegemeisterschaft gewonnen, und ich liebe diesen Sport heute noch.«

Peter versank mit einem seligen Lächeln auf den Lippen in Gedanken.

»Und du? Wie war deine Schulzeit? Erinnerst du dich gern daran?«, versuchte er, den Faden wieder aufzunehmen.

»Nein, ganz und gar nicht. Die ersten Jahre bin ich in Singapur auf die internationale Schule gegangen und danach dann in Deutschland aufs Gymnasium. Ich musste dort erst mal Freunde finden, und das, wo alle sich schon aus der Grundschule kannten. Mein Deutsch war ziemlich holprig, sodass ich immer eine Außenseiterin war. Mein Bruder hat mich auf dem Schulhof immer beschützt, wenn ich mich mit irgendwelchen Kindern angelegt hatte. Er hatte ganz schön zu tun, ich war ein Hitzkopf und konnte es gar nicht leiden, wenn sich jemand über mich lustig machte. Dafür war ich in Englisch Klassenbeste.« Mit stolzgeschwellter Brust schaute sie ihn Bewunderung einfordernd an, woraufhin er sie anerkennend anlächelte.

»Nach dem Abitur ging ich nach Hamburg auf die Journalistenschule. Danach das Volontariat bei einer überregionalen Zeitung, wo ich alle möglichen Resorts durchlaufen hab. Letztendlich machten mir aber Reiseberichte am meisten Spaß. Da konnte ich von meinen Sprachkenntnissen und meiner Reiselust profitieren. Aber ich war nicht zufrieden und wollte deswegen was Neues anfangen, obwohl mich jeder gewarnt hat, dass es Selbstmord gleichkäme, die Stelle für eine Auszeit aufzugeben. Dann kam die Reise nach Indien und ich lernte Livy kennen. Sie ist aus den USA ausgewandert, wusste also, was es bedeutet, vertrauten Boden zu verlassen. Wir haben vorher viel darüber geredet. Das hat mir bei der Entscheidung geholfen.«

»Ich bewundere deinen Mut.«

»Der Entschluss hierher zu kommen, war richtig. Auch wenn ich meine Familie jetzt nicht mehr oft sehe.« Sie holte tief Luft. »Das ist es mir im Moment wert. Ich genieße die Freiheit hier. Ich nehm nur Aufträge an, die mir Spaß machen. Zum Beispiel meine Kolumne.«

»Erzähl mir mehr davon.«

»Ich schreib darüber, wie man aus Sicht eines Fremden die Briten und ihre Eigenheiten sieht. Auf humorvolle Art natürlich. Es kommt so gut an, dass die Zeitung den Vertrag verlängert hat.«

Zärtlich fuhr er mit den Fingern durchs Haar. »Ich bin froh, dass du den Schritt gewagt hast. Wir wären uns sonst nie begegnet. Und ich werde alle deine Artikel lesen, damit ich weiß, was du über mich und meine Landsleute denkst.«

Als sie sich dem Cottage näherten, schwebte die Sonne nur noch knapp über dem Horizont. Der Himmel mischte für einen dramatischen Sonnenuntergang die feurigsten Farben seiner Palette.

»Cara, wir müssen bald los und nach London zurückfahren. Ich hab morgen früh um sieben Uhr mein erstes Meeting und im Laufe des Tages noch zwei Sitzungen im Gericht.«

Sie waren vor dem Häuschen angekommen und Peter schloss die Tür auf. Dabei hatte er ihr den Rücken zugedreht, sprach so mehr zur Wand als zu ihr, als ob er es vermeiden wollte, ihr in die Augen zu sehen. »Ich bring dich nach Hause.«

Die Neutralität und die Plötzlichkeit, mit der Peter ihr diese Botschaft vor die Füße warf, traf sie unvorbereitet und schlagartig wie das Schwert eines Henkers den entblößten Hals der Verurteilten.

»Verstehe«, meinte sie und die Einsilbigkeit ihrer Antwort spiegelte dies wider. »Ich hol noch schnell meine Handtasche, dann können wir los.« Sie hastete ins Bad. Dort setzte sie sich hin und atmete tief durch. *War's das? Ein nettes Wochenende und jetzt bringt er mich nach Hause?* Sie fühlte sich benommen und unfähig, einen klaren Gedanken zu fassen. Für sie hatte es als Spiel begonnen, ein Versuch sollte es sein, ihren Erfahrungsschatz auszuweiten. *Bin ich dieses Mal der Spielball? Kann es sein, dass ich ihn falsch eingeschätzt habe?* Seit sie sich zum ersten Mal geliebt hatten, durchströmte sie ein unbekanntes Rauschmittel ihre Adern. Sollte Peter ihr etwas ins Glas gemixt haben, dann wollte sie mehr, denn sie war schon jetzt abhängig davon. Plötzlich keimten unsinnige Gedanken auf dem Nährboden des Entzugs von dieser imaginären Droge auf. *Er macht das doch öfter,* schoss es ihr durch den Kopf. *Im Restaurant kannte man ihn gut, die Millers füllen ihm den Kühlschrank. Das kann doch nur bedeuten, dass er Frauen spontan hierherbringt. Nichts anderes ergibt Sinn! Und jetzt? Jetzt ist der Spaß vorbei, und ich werde zurückgebracht wie ein Mietwagen!*

Wut stieg in ihr hoch, und sie spannte ihren Körper an, als müsste sie sich rüsten, dieses Gefühl abzuwehren. Brennende Hitze pulsierte durch ihre Adern und suchte sich ein Ventil. Doch statt loszubrüllen oder gegen die Tür zu hämmern, flossen leise Tränen. So durcheinander kannte sie sich gar nicht. Nie hätte sie geglaubt, dass Verletzlichkeit ein Teil von ihr war. Und sie ärgerte sich darüber, dass sie sich nicht im Griff hatte.

Beim zögerlichen Klopfen an der Tür schreckte sie hoch.

»Cara? Alles in Ordnung?«, drang Peters Stimme gedämpft zu ihr durch.

»Ja, ich komm gleich!« Sie versuchte, möglichst neutral zu klingen. Es half nichts, hier drin sitzen zu bleiben. Sie atmete ein paar Mal tief durch, spritzte sich kaltes Wasser ins Gesicht, um nicht völlig zerknittert auszusehen, und öffnete die Badezimmertür.

»Oh, Liebling.« Er gab ihr einen zarten Kuss auf die Stirn, der sie etwas beruhigte. »Es geht mir genauso. Ich konnte doch nicht ahnen, dass all das passieren würde. Ich hätte sonst sämtliche Hebel in Bewegung gesetzt und die Termine abgesagt.«

Als er mit den Fingern durch ihr Haar strich, fühlte sie die Magie seiner Nähe. Sie wollte ihn für alle Zeit festhalten, obwohl sie doch an ihm zweifelte und wütend auf ihn war.

»Aber ich habe keine Wahl. Ich bin Peter Alsley. Man erwartet von mir, dass ich mein Bestes gebe. Ich kann im Gerichtssaal nicht übermüdet oder unaufmerksam sein.«

»Ich weiß«, knurrte sie leise. Und trotz all der vernünftigen Argumente wünschte sie sich, dass sie widersprechen und ihn überzeugen könnte, nie mehr von hier fortzugehen, hier zu leben und sich zu lieben bis ans Ende ihrer Tage.

Auf dem Weg zurück nach London köchelte in Caras Gedankenküche der Eintopf aus Zweifel, Sehnsucht und verletztem Stolz weiter. Geraume Zeit saß sie schweigend neben ihm, bis es aus ihr herausbrach: »Peter, war's das mit uns?«

Er fuhr zum Glück nicht schnell, denn er erschrak so sehr, dass er einen Moment zu lange zu ihr hinüber starrte. Gerade noch rechtzeitig zog er nach rechts, als knapp vor ihm ein Wagen ausscherte. Das Auto schwankte gefährlich bei dem Ausweichmanöver. Er hielt den Atem an und schien erst wieder Luft zu holen, als er am nächsten Rastplatz rausfuhr.

»Cara? Was geht in deinem Kopf vor? Wie kommst du auf diese Frage?« Seine Stimme klirrte. Die Anspannung der letzten einsilbig verbrachten Stunde entlud sich.

Doch, statt zu antworten, stieg sie aus dem Auto aus und eilte weg. Sie wollte sich nicht mit ihrem irrationalen Gedanken auseinandersetzen, das sie sich ja selbst nicht erklären konnte. Wie hätte sie da Peter ihre Beweggründe darlegen können?

»Cara, bleib verdammt nochmal stehen!«, hörte sie ihn hinter sich fluchen. Sie hielt inne, erschrocken über den Klang der Stimme. Als sie sich umdrehte, sah sie die Verzweiflung in seinem Gesicht. Er stand da, wenige Schritte von ihr entfernt. Müde hingen seine Arme an der Seite, ausgelaugt wie zwei zu oft benutzte Lappen.

»Cara, erklär mir bitte, warum du mich das gefragt hast.« Er bemühte sich um einen ruhigen und beherrschten Ton.

»Was denkst du denn, hm?« Sie hob das Kinn und sah ihn fragend an. »Gib's zu, das ist deine Wochenendroutine.« Der Damm brach. Und selbst, wenn ihre Argumentationskette auf dünnem Eis daherschlitterte und sie möglicherweise falsch lag, nie und nimmer würde sie einen Rückzieher machen.

»Nach dem Büro, etwas nette Entspannung. Irgendeine findest du bestimmt, wenn dir danach ist. Bei Gericht gibt's mit Sicherheit genügend Praktikantinnen oder Anwältinnen oder was auch immer, die auf dich scharf sind. Und dann lockst du sie in deine Falle, die dir die Millers startklar machen.« Ihre Finger bewegten sich wie die Beine einer Spinne. »Und Sonntagabend! ,Oh, das tut mir leid, Wochenende rum, ich bring dich noch nach Hause. Tschüss!'« Sie verstellte ihre Stimme, um ihn nachzuäffen.

Während ihrer Anklage fiel ihm die Kinnlade runter, und er stand immer noch fassungslos da, als sie geendet hatte. Er drehte sich halb weg, als hoffte er, von irgendwo her Unterstützung zu bekommen. Aber außer ihnen war niemand auf dem Parkplatz. Er schüttelte den Kopf, als er wieder in ihre Richtung sah, und gab nur stotternd Laute von sich. »I…, ich weiß nicht …« Erneut blickte er weg. »Ich weiß nicht, was ich sagen soll.«

»Ha! Hab ich dich ertappt!«, triumphierte sie.

»Was? Nein!«, widersprach er energisch. Und nachdem er ruhig ein- und ausgeatmet hatte, fügte er hinzu: »Okay, Cara, das ist nicht der richtige Ort, um das auszudiskutieren. Lass uns weiterfahren und wir reden zu Hause in Ruhe.«

»Pah, ich werd' mich doch nicht freiwillig ins Netz der Spinne begeben!«

»Du kommst hier heute nicht mehr weg ohne mich. Steig also bitte ins Auto, und wir fahren dann zu dir.«

Cara schien zumindest einen Punkt auf der nach oben offenen Richterskala weniger zu beben und folgte ihm zum Auto.

»Fahr zu dir, ich möchte nicht, dass Livy und Nate was mitkriegen«, wies sie ihn kurzangebunden an.

Peter lenkte den Wagen in die Tiefgarage eines modernen Apartmenthauses im Westen der Stadt. Von dort aus fuhren sie mit dem Lift in den fünften Stock, wo sich seine Wohnung befand.

Als Cara diese betrat, war sie zuerst beeindruckt. Die großzügigen, weitläufigen Räume waren mit sicherer Hand modern eingerichtet. Edelste Materialien wie Schiefer, heller Naturstein und Eichenholz waren verwendet worden. Und das Licht war nicht einfach zur Beleuchtung gedacht, nein, es war ein Mittel der Inszenierung. Kunstwerke wurden dadurch ins Zentrum der Aufmerksamkeit gerückt und Möbeln eine Funktion zugewiesen. Was allerdings in dieser Wohnung nach Caras Ansicht fehlte, war Peter. Es lag nichts Persönliches rum, kein Kleidungsstück, kein benutzter Teller, kein Buch. *Vielleicht hat er ja noch woanders eine unaufgeräumte Bude, in der angebissene Pizza rumliegt.* So abstrus der Gedanke war, er amüsierte sie und sie musste lächeln.

»Peter, was ist das hier?«

»Meine Wohnung, warum fragst du?«

»Das ist keine Wohnung, das ist ein Hotelzimmer. Wo sind deine persönlichen Sachen?«

»Wie meinst du das? Die sind aufgeräumt.«

Ungläubig schaute sie sich um.

»Magst du eine Tasse Tee?«, fragte er.

»Ja, gerne. Darf ich mich etwas umschauen?«

»Ja, klar. Fühl dich wie zu Hause.«

Das würde sie hier nie können. *Es ist irgendwie ...* Sie suchte nach dem Begriff ... *steril! Ja genau, steril.*

Er kam mit dem Tee auf sie zu und bat sie, sich aufs Sofa im Wohnzimmer zu setzen. Beide nahmen einen Schluck. Dann fing er an zu erzählen.

»Als ich in Toronto lebte, habe ich dort jemanden kennengelernt. Sie hieß Violet. Ich dachte, sie ist die Frau, mit der ich alt werde. Aber ich lag falsch. Sie hat mich vor fünf Jahren verlassen. Die genaueren Umstände tun hier und jetzt nichts zur Sache, also frag nicht danach.« Er hielt kurz inne und nahm sich dann Zeit für einen weiteren Schluck. »Seitdem fiel es mir schwer, Vertrauen in einen anderen Menschen zu fassen. Um ehrlich zu sein, ich hab es gar nicht erst versucht. Mein Leben besteht aus Arbeit, das ist, was mir das Blut durch die Adern treibt.« Wieder machte er eine Pause. »Ich hatte nicht das geringste Interesse an einer Beziehung. Und schon gar nicht an One-Night-Stands. Das Einzige, was mir Halt gab, war, morgens ins Büro zu gehen und abends über den Akten einzuschlafen.« Er sah sie an, als wollte er sie fragen, ob sie ihm glaubte, ob sie verstand. Doch Cara gab nicht preis, was in ihr vorging.

»Und dann begegne ich dir auf dieser Vernissage, und all das, was mich jahrelang umklammert hatte, schien sich aufzulösen. Ich hab dich gesehen, und es kam mir vor, als hätte man mir einen Defibrillator aufs Herz gesetzt und mich mit der Maximaldosis ins Leben zurückgeholt. Nur war ich damals ein Gefangener meiner Angst.« Er sah sie mit einem sanften Lächeln an. Dann kniete er vor sie hin, als wollte er verhindern, dass sie seinem Blick auswich.

»Es ist unglaublich, wir kennen uns gerade mal ein paar Stunden, und doch weiß ich es ganz sicher. Ich bin mir im Klaren darüber, dass ich viel riskiere, wenn ich mich auf dich einlasse. Aber ich kann nicht anders.« Er nahm ihre Hände. »Ich liebe dich.«

Cara hielt einen kurzen Moment die Luft an. Ihre weit aufgerissenen Augen sprachen Bände. Peters Geständnis brachte sie an die Grenzen dessen, womit sie umgehen konnte. Ein Flirt, eine Affäre, ein Abenteuer, okay. Aber Liebe! Dieses Wort flößte ihr Respekt ein, machte ihr Angst wie ein Alien, über den man nichts aber auch gar nichts wusste, und schon gar nicht, ober er Freund oder Feind war. Sie versuchte, eine passende Antwort zu finden. Doch nichts, was ihr in den Sinn kam, schien angemessen. Sie schaute ihm in die Augen und schüttelte kaum merklich den Kopf.

Sie erhob sich, und Peter tat es ihr gleich. Sie stand dicht vor ihm, und es machte sie verrückt, wie sehr sie seine Anziehung spürte. Doch gleichzeitig wollte sie fliehen, wie sie es immer tat, wenn sie sich überfordert fühlte.

»Peter, ähm«, räusperte sie sich, »es tut mir leid, ich kann jetzt nicht darüber reden, ich bin total durcheinander.« Sie küsste ihn schnell und ging zur Tür. »Ich ruf dich morgen an.«

»Cara! Du kannst nicht einfach gehen! Bleib hier!«, hörte sie ihn noch auf dem Flur hinter ihr her brüllen, als wäre er ein Schiffbrüchiger und sie der rettende Kutter, der ohne ihn zu sehen, weiterfährt.

Sie rannte aus dem Haus und fand zum Glück gleich ein Taxi. Als sie eingestiegen war, schnappte sie nach Luft, als tauchte sie in dem Moment aus großer Tiefe auf. Sie musste in Ruhe nachdenken, ihre Gedanken sortieren. *Peter war sich so sicher,* überlegte sie. *Und ich? Was ist mit mir? Was will ich überhaupt? Noch nie hat es einer ernst gemeint! Und noch nie fühlte ich mich zu jemandem so hingezogen. Was soll ich nur tun? Verdammt!*

Sie seufzte und versuchte dann, mit mäßigem Erfolg, sich von der schrägen indischen Musik, die der Taxifahrer eingelegt hatte, ablenken zu lassen.

Montag, 3.Juni

Peter wachte um halb fünf Uhr morgens auf und konnte nicht mehr weiterschlafen. Wie in einer Endlosschleife sah er Cara, wie sie zur Tür hinausgerannt war.

Was hat sie für ein Theater veranstaltet, als sie geglaubt hatte, sie wäre nicht mehr als ein flüchtiges Abenteuer für mich. Und als ich ihr klarmache, wie viel sie mir bedeutet, rastet sie aus. Ich werde nicht schlau aus ihren Reaktionen. Sie sind unlogisch und sogar gegensätzlich. Damit hab ich weiß Gott nicht gerechnet. Sie will mich wohl in den Wahnsinn zu treiben!

In dem Maß wie er sich über ihr Verhalten ärgerte, fühlte er sich verletzt. Sie hatte ihn in dem Augenblick verlassen, in dem er endlich anfing, sich wie ein kompletter Mensch zu fühlen, Sehnsucht zu verspüren und Liebe zu empfinden. Und prompt klopfte sein Dämon an und kroch herein.

Na, hab ich dir's nicht gleich gesagt? So ein Unfug!, spottete er und verzog sich sogleich wieder, eine Schleimspur zufriedener Selbstgerechtigkeit hinterlassend.

Peter antwortet mit einem mürrischen Brummen und stand auf. Eine Stunde später saß er im Büro. Er empfand es als Erholung, dort zu sein. Cara schien hier Lichtjahre entfernt.

Nur Burmingtons Gemälde bildete noch eine Verbindung zu ihr. Er hängte es ab und stellte es in einen unbenutzten Nebenraum. Er war wieder Peter Alsley, der erfolgreiche Anwalt. Keine Ahnung, was am Wochenende in ihn gefahren war. Er würde sich in Zukunft mehr in Acht nehmen. Mit diesen Gedanken stürzte er sich auf seine Aufgaben.

Die erste Sitzung war um sieben Uhr früh. Zu Mittag traf er sich mit einem Staatsanwalt zum Essen, um einen neuen Fall zu besprechen. Nachmittags lief auch die zweite Verhandlung wie erwartet, so dass Peter sich gegen siebzehn Uhr zufrieden in seinen Bürostuhl zurücklehnen konnte.

Da war sie wieder. Mit einem Trompetenstoß kündigte Cara ihre Rückkehr in seine Gedanken an. Er versuchte, sich vergeblich dagegen zu wehren. Kurz überlegte er, sein Handy auszuschalten, um nicht erreichbar zu sein. Sie wollte sich melden, hatte zum Glück die Büronummer nicht, und zu Hause hatte er keinen Festanschluss. Er hatte es in der Hand, ob er mit ihr reden wollte oder nicht. Da kam ihm der alte Rechtsgrundsatz *in dubio pro reo* in den Sinn. »Im Zweifel für den Angeklagten«, sagte er laut. Das gab ihm zu denken. Als Anwalt sollte er sie zuerst hören, bevor er ein Urteil fällte. Woher hätte sie wissen sollen, was sie in ihm auslöste? Hatte sie ihm nicht auch eine zweite Chance gegeben? Doch dieses Mal würde sie auf einen Peter treffen, der gewappnet war. Sie musste sich gute Argumente einfallen lassen, um ihn noch einmal so weit zu kriegen, sich ihr zu offenbaren.

***

Am späten Vormittag wachte Cara schlecht gelaunt auf. Sie fühlte sich, als hätte sie in den vergangenen Stunden mit einem Känguru geboxt. In der Nacht war sie mehrmals aufgestanden, hatte versucht mit warmer Milch mit Honig, Baldriantropfen, Unmengen von Schokolade und schließlich mit Alkohol, Schlaf zu finden. Aber nichts hatte geholfen. Die Gedanken waren zermürbend ziellos in ihrem Kopf herumgerast. Jetzt schien ihr bleischwerer Körper im Bett festzukleben. *Bloß nicht aufstehen, hier unter meiner Decke ist alles in Ordnung.* Sie lauschte, ob Livy noch in der Wohnung war, doch kein Geräusch war zu hören.

Schade, sie könnte mir helfen. Vielleicht sollte ich sie anrufen und fragen, ob sie Zeit hat. Sie suchte ihr Handy, legte es dann aber doch wieder beiseite. Sie hatte Peter versprochen, ihn im Laufe des Tages anzurufen. Sie musste also in den nächsten Stunden zu einer Entscheidung kommen oder sich zumindest einen Plan zurechtlegen.

»Aber wie soll ich das?«, befahl sie sich. »Geh's professionell an! Du bist Journalistin. Recherchiere die Fakten!« Doch ohne Livy fühlte sie sich hilflos. Sie rief sie doch an.

»Hi Livy, ich brauch deine Hilfe!«

»Worum geht's denn? Ist es dringend?« Das Rauschen im Hörer verriet, dass Livy in der U-Bahn unterwegs war.

»Ich brauch dich zum Reden.«

»Okay? Ich kann aber nicht vor drei zu Hause sein, reicht das?«

»Ja, klar. Danke, bis dann.« Cara war erleichtert, aber bis drei Uhr würde sie sich noch ablenken müssen, nur wie?

Es war Nachmittag geworden, und Cara tigerte im Schlafanzug durch die Wohnung. Da hörte sie die Haustür zufallen. Das musste Livy sein. Sie ging runter in die Küche, wo sie auf ihre Freundin traf. Die beiden tauschten eine kurze Begrüßung aus, bevor Livy in ihr Zimmer verschwand.

Cara setzte Tee auf und goss sich eine Tasse ein. Trotz der sommerlichen Temperaturen hielt sie den heißen Becher fest umschlossen, als müsste sie ihre Hände damit wärmen. Sie kauerte sich auf einen der Stühle, bot, da sie die Beine anzog, den perfekten Anblick eines Häufchen Elends.

Livy kam zurück und schenkte sich ebenfalls Tee ein. Dann setzte sie sich zu Cara an den Tisch. Sie nahm einen Schluck und verzog das Gesicht.

»Melissentee? Ist es so schlimm?«

Cara antwortete mit einem kulleräugigen Blick.

»Also, was ist los? Erzähl!«

»Ich war mit Peter über Nacht weg, am Meer.«

»Welcher Peter?

»Alsley«, gestand Cara.

»Fass ich das? Ich dachte, du wärst sauer auf ihn«, fiel Livy aus allen Wolken.

»Warum nicht? Es hat sich so ergeben«, versuchte Cara, diesen Aspekt kleinzureden.

»Am Samstag sind wir nach Lyme gefahren, er hat dort ein Cottage am Meer mit Privatstrand.« Sie rollte mit den Augen. »Ich weiß, wie du über ihn denkst. Aber er ist der aufmerksamste und liebenswürdigste Mann, den ich je kennengelernt habe. Er ist intelligent und sanftmütig. Er ist … perfekt!« Sie merkte, dass sie begann, sich hineinzusteigern, weshalb sie etwas flapsig hinzufügte: »Und er hat einen Traumkörper!«

Livy zog die Stirn kraus.

»Gestern Abend meinte er dann, wir müssten zurückfahren, er hätte am Montag sehr früh Termine und er würde mich besser nach Hause bringen.« Ihre Augen verengten sich vor Ärger.

»Was ist daran falsch?«

»Ich weiß nicht warum, aber in mir kam der Verdacht hoch, dass er das öfter macht. Irgendwelche Frauen abschleppt und in sein Cottage lockt.«

»Im Ernst?«

»Naja, es war alles so vorbereitet. Essen im Kühlschrank, frisch gewaschener Bademantel für Gäste. Er hat extra Leute dafür, die das Häuschen startklar machen, wenn er anruft.« Jetzt konnte Livy nicht mehr daran zweifeln, dass sie nur ein Wochenendvergnügen für ihn war. Caras Indizienkette war abgeschlossen, Livy würde nicht anders können, als zu bestätigen, dass ihre Schlussfolgerung logisch war.

»Hm. Noch was?«, hakte Livy stattdessen nach.

»Ich hab ihn auf dem Heimweg zur Rede gestellt.«

»Du hast was?« Livy klang amüsiert.

»Ja!« Cara hob die Schultern. »Ich wär sonst geplatzt. Ich musste wissen, ob ich recht hab.« Es bereitete ihr Unbehagen, davon zu erzählen, weil sie ahnte, dass sie überreagiert hatte. »Wir sind dann zu ihm gefahren, um uns auszusprechen. Du glaubst nicht, wie er lebt. Er wohnt wie im Hotel, modern und stylish, nirgendwo ein Stäubchen und alles aufgeräumt.«

»Klingt jetzt nicht wirklich schlimm. Nicht jeder ist so chaotisch wie du.«

Plötzlich wurde Cara nachdenklich, als müsste sie eine schwere Rechenaufgabe lösen.

»Er hat mir von seiner letzten Beziehung erzählt, und dass die Trennung heftig war. Dann hat er mir auf die wunderbarste Weise, die es gibt, seine Liebe gestanden.« Sie machte ein Geräusch, als müsste sie gleichzeitig husten und schlucken. »Und ich bin einfach weggegangen.«

Livy stutzte. »Warum?«

»Ich weiß nicht. Vielleicht Panik?« Betrübt versuchte sie, ihre Tränen zurückzuhalten. »Er muss mich ja dafür hassen.«

»Zumindest müsstest du dich nicht wundern, wenn's so wäre.« Sie lehnte sich über den Tisch zu ihrer Freundin und legte ihr für einen Augenblick tröstend die Hand auf den Unterarm.

»Und du? Was empfindest du für ihn?«, fuhr sie fort.

»Zuerst dachte ich, es wird eine Affäre wie viele. Aber da ist mehr. Ich mag ihn, er ist so verletzlich, und man sieht es ihm überhaupt nicht an. Das finde ich interessant an ihm. Und ich hab das Gefühl, dass er sich nur mir so zeigt. Und trotzdem hält mich etwas zurück.«

»Hast du dich verliebt? Du bist ganz schön durch den Wind.«

»Ich weiß nicht.« Sie dachte nach. »Ich weiß ja gar nicht, was das ist: Liebe.«

»Oh, Cara.«

»Doch! Heißt es nicht, dass man sich ganz hingibt? Ich hab ihm meinen Körper gegeben, was mich allein schon gewaltig durcheinandergebracht hat. Aber mehr nicht. Und er? Er war so ehrlich zu mir. Du hättest sehen sollen, wie traurig seine Augen waren, als er von der früheren Beziehung erzählt hat. Er war so verletzlich in dem Moment.«

»Na ja, es ist ja noch nicht vorbei. Du kannst immer noch dazulernen.«

»Ich weiß nicht. Dazu müsste ich Einiges loslassen, Kontrolle abgeben können. Das ist, glaub ich, das größte Problem.«

»Das ist möglicherweise so eine Henne-Ei-Geschichte.«

Cara zog ungläubig die Nase kraus.

»Doch, man weiß nicht, was zuerst da war, das Huhn oder das Ei, die Liebe oder das Loslassen? Das eine wächst durch das andere. Es wäre einen Versuch wert, Cara. Peter scheint ein liebenswerter Mensch zu sein, der es verdient hat, dass du dir etwas Mühe gibst. Rede mit ihm. Sag ihm, was du mir gesagt hast. Erzähl ihm von deinen Ängsten. Öffne dich ihm gegenüber.« Sie lächelte sie an. »Versuch es wenigstens, versuch zu lieben.«

»Okay«, gab Cara mit ungläubigem Gesichtsausdruck zurück.

»Du schaffst das schon. Bei deinem Dickkopf erreichst du doch immer, was du dir vornimmst!«

Sie nahm all ihren Mut zusammen, als sie seine Nummer wählte. Es klingelte drei Mal, bevor er abnahm.

»Ja, bitte?«

Oh mein Gott, dachte Cara, *er hasst mich, er wird mir nie verzeihen.* Sie brachte keinen Ton raus.

»Cara, bist du das?« Seine Stimme klang etwas weicher.

»Peter?«, war alles, was ihrer Kehle entweichen wollte.

»Cara, das Wichtigste an einem Telefonat ist, zu sprechen. Nur zu diesem Zweck wurde es erfunden.«

»Kannst du herkommen?«

»Um was zu tun?« Er betonte die Worte überdeutlich.

»Reden.« Ihre Stimme war nur noch ein Piepsen. Sie hörte, wie er am anderen Ende der Leitung tief einatmete, bevor er weiterredete.

»Ja, ich komme. Es wird allerdings noch etwas dauern, so gegen sieben, ist das okay? Und ich werde heute wieder gehen.«

»Okay. Bis nachher.«

Am frühen Abend klingelte es an ihrer Tür. Cara hatte schon auf ihn gewartet, und öffnete im selben Augenblick.

»Hallo Peter«, begrüßte sie ihn zaghaft.

»Hallo.« Er gab sich reserviert. Forsch trat er ein und schaute sich im Haus um. Cara war es auf einmal peinlich, wie chaotisch es darin aussah. Am Eingang häuften sich jede

Menge Schuhe und die Garderobe war überfüllt, weil dort noch die Winterjacken hingen. Sie liebte die alten Möbel, die in der offenen Küche standen und an vergangene, langsamere Zeiten erinnerten. Sie fühlte sich normalerweise aufgehoben zwischen dem Sammelsurium aus Teekannen und Tassen auf den Regalen, das von Pflanztöpfen mit üppig wucherndem Grün unterbrochen wurde. Doch Peter hatte eine Kälte mit ins Haus gebracht, die diese Gefühle zumindest für den Moment einfroren.

»Magst du Tee?«, fragte sie ihn, nachdem er sich zu ihr umgedreht hatte.

»Nein, danke. Lass uns gleich zur Sache kommen. Ich habe nicht viel Zeit.«

»Oh, ja klar«, stammelte sie.

Wortlos wies sie ihm den Weg die Treppe hoch zu ihrem Zimmer. Unangenehm berührt sah sie zu, wie er sich darin umschaute, als wäre Stubendurchgang. Sein Gesichtsausdruck verriet nicht, was er dachte. Doch ihr war klar, der Kontrast zu seinem Heim könnte nicht größer sein. Wäre seine Wohnung der Nordpol, so wären ihre vier Wände der Südpol, ach was, sie wäre etwas, das unendlich weit davon entfernt läge. Sie hatte zwar aufgeräumt, allerdings hatte sie nie genug Platz in den Schränken, sodass viele Kleidungsstücke an Haken an der Tür oder einfach über einer Stuhllehne hingen. Ihr Bett erinnerte durch seine Größe mehr an einen Boxring und die Decken darauf waren zerwühlt, als hätten sie als Caras Sparringspartner herhalten müssen. Auf ihrem Schreibtisch stand ein Laptop zwischen zwei Türmen aus Zeitungen, Magazinen und Notizen und einer kleinen Tischleuchte.

»Peter, ich muss dir zuerst sagen, dass es mir furchtbar leidtut«, begann sie das Gespräch.

»Was genau, Cara?«

»Vieles, aber vor allem, dass ich einfach gegangen bin. Ich würde gerne versuchen, es dir zu erklären.«

»Nur zu, ich höre.« Sie bemühte sich, seinem festen Blick standzuhalten. Da war er, der Anwalt Alsley, der einen Gegner im Gerichtssaal vernichten konnte.

»Peter, du machst mir Angst!«, versuchte sie die Mauer zu durchbrechen.

Er drehte sich schnaubend weg und starrte aus dem Fenster. Reflexartig sah Cara nach draußen, als wollte sie in dem Wirrwarr aus Balkonen, Wäscheleinen und Feuerleitern der gegenüberliegenden Häuser das finden, wonach er schaute.

»Okay, also.« Sie holte tief Luft. »Ich bin gegangen, weil ich mir nicht klar darüber war, was zwischen uns ist und was sein wird. Was du gesagt hast, war das Schönste, was ich je von einem Mann zu hören bekommen hab.« Sie hielt inne in der Hoffnung, dass er eine Reaktion zeigte, sich zu ihr umdrehte. »Aber es hat mir Angst gemacht. Ich hatte das Gefühl, dass du mir die Verantwortung für dein Leben übergibst.« Sie senkte ihre Stimme. »Wie soll ich das tragen können?« Nach einer weiteren Pause holte sie erneut tief Luft. »Und ich war mir nicht sicher, ob ich ebenso lieben kann wie du. Ich weiß, dass das Wochenende keine Routine für dich war. Es war albern von mir, so etwas zu denken.« Sie seufzte ungeduldig, er musste sich doch endlich mal regen. Aber er stand stocksteif da wie Nelson auf dieser blöden Säule auf dem Trafalgar Square.

»Peter, mir ist so was noch nie passiert. Ich habe viele Männer kennengelernt, aber mit dir ist es so anders, dass ich nicht weiß, wie ich mich verhalten soll. Ich bin damit überfordert. Kannst du das verstehen?«

Sie glaubte zu sehen, dass sich sein Rücken etwas entspannte.

»Dreh dich bitte um!« Halb befahl sie, halb flehte sie in an.

Sie hörte, wie er tief einatmete.

»Du bist nicht für mein Leben verantwortlich. Das hab ich nie von dir verlangt, Cara. Ich kann auf mich selbst aufpassen. Ich hab nur gesagt, dass ich viel riskiere. Und im Moment glaube ich beinah, dass es zu viel ist. Wir sind erst zwei Tage zusammen und sollten uns nicht streiten. Du vertraust mir nicht, und nach gestern fällt es mir schwer, dir zu vertrauen. Wie soll das funktionieren?« Endlich drehte er sich zu ihr um, und Cara konnte die Resignation in seinen Augen erkennen.

»Ich weiß es nicht. Vielleicht muss das Vertrauen erst auf die Probe gestellt, erst bewiesen werden?«, schien sie mehr sich selbst zu fragen.

»Glaubst du mir etwa nicht?«

»Ich kenne dich ja kaum, Peter.«

Nach mehreren deutlich hörbaren Atemzügen, zwischen denen er immer wieder ansetzte, etwas zu sagen, und dann doch stumm blieb, ging ein Ruck durch seinen Körper, als fiele ein großes Gewicht von ihm ab. Er kam auf sie zu und stand nun dicht vor ihr. Zuerst zögerte er, doch dann nahm er sie in den Arm. »Oh, Cara.«

Sie war die ganze Zeit fürchterlich angespannt gewesen. Peters anfängliche Kälte hatte ihr einen Schreck eingejagt, der ihre Knie noch immer zittern ließ. Jetzt beruhigte sie der Kontakt seines Körpers.

»Ich muss für ein paar Tage weg. Ich hab einen Termin in Glasgow. Ich bin am Freitag wieder zurück.« In seiner Stimme lag die Milde, die Cara vertraut war.

»Kannst du noch ein bisschen bleiben?«

»Nein, mein Flug geht in wenigen Stunden.« Sein ruhiger Ton nahm der Tatsache die Schärfe.

»Okay.«

»Vielleicht ist es gut, wenn wir uns ein paar Tage nicht sehen. Wir haben beide genug zu überdenken.«

»Kann ich dich anrufen?«

»Mein Terminkalender ist von morgens bis abends voll. Sogar die Abendessen sind verplant.«

»Du willst nicht, dass ich mich bei dir melde.« Sie ließ den Kopf hängen, wodurch ihr die Haare ins Gesicht fielen.

»Ich muss mir über ein paar Dinge klar werden, und das kann ich nicht, wenn ich deine Stimme höre.«

»Okay.«

»Ich ruf dich an, wenn ich zurück bin.«

»Ist gut.«

»Ich muss jetzt los.« Nach einem unsicheren, hastigen Kuss verließ er das Zimmer. Sie hörte nur noch, wie die Haustür ins Schloss fiel.

Sie trat ans Fenster und schaute dem abendlichen Treiben in den gegenüberliegenden Wohnungen zu. Familien, die gemeinsam das Abendessen einnahmen, Paare, die mit dem ersten Glas Wein den Feierabend einläuteten, Mütter, die Berge von Wäsche aufhängten und Opas, die auf dem Geländer lehnten und sich von Balkon zu Balkon unterhielten.

Das ist das Leben, dachte sie. *Ob es bei allen so kompliziert ist wie bei mir? Aber sie haben sich alle gefunden und die meisten scheinen miteinander glücklich zu sein.*

Die Haustürklingel riss sie aus ihren Gedanken. Sie ging nach unten und öffnete. Wie eine Lokomotive unter Dampf stürzte Peter ohne Gruß ins Haus. Schnurstracks ging er an ihr vorbei nach oben in ihr Zimmer.

Sein wortloses Eintreten verblüffte Cara. Einen Augenblick lang starrte sie ins Leere und fragte sich, ob sie ihre vorangegangene Unterhaltung nur geträumt hatte. Dann zuckte sie mit den Schultern, meinte »Na gut!«, und folgte ihm.

Als sie die Zimmertür hinter sich zumachte, fand sie sich plötzlich in seinen Armen wieder. Ungestüm presste er die Lippen auf ihre, und sie erwiderte den Kuss, anfangs dankbar, dann immer begieriger. Damit hatte sie nicht im Geringsten gerechnet und sie wusste nicht, ob sie sich überrumpelt oder erleichtert fühlen sollte. Doch Peter ließ ihr keine Zeit, nachzudenken. Er hob sie hoch und warf sich zusammen mit ihr in die Kissen. Cara lachte kurz überrascht auf über diesen stürmischen Anflug von Leidenschaft. Dann war klar, wo der Weg hinführte. Sein Anblick war atemberaubend. Wie er so heftig schnaubend am Fußende des Bettes kniete und hastig die Kleider auszog! Cara spürte nur noch ihren Unterleib und fing ihrerseits an, sich ihrer Kleidung zu entledigen. Sie war bereit, hieß ihn willkommen wie Penelope ihren jahrelang vermissten Odysseus. Die aufgestaute Enttäuschung, der Zweifel aneinander und die Sehnsucht nacheinander befeuerten ihre Bewegungen und gipfelten in der ersehnten Vereinigung.

Wenig später erhob sich Peter aus dem Bett und sammelte seine Kleider zusammen. Er zog sich an und beugte sich zu ihr, um ihr einen leidenschaftlichen Abschiedskuss zu geben. Als er in der Tür stand, drehte er sich um und hielt kurz inne, um ihr zuzulächeln. Dann verließ er das Zimmer.

Cara verkroch sich unter ihrer Bettdecke und lächelte in sich hinein. *Damit kann ich's bis Freitag aushalten!*, dachte sie und schlief glückselig ein.

Freitag, 7. Juni

Ihr Telefon klingelte. Seit Mittag trieb sie eine innere Unruhe um. Sie hatte, obwohl sie sich das nie eingestehen würde, auf seinen Anruf gewartet. Immer wieder hatte sie nervös auf die Uhr geschaut und bei jedem Klingeln des Handys Herzrasen bekommen. Diesmal war es Peter.

»Cara?«, krächzte es aus dem Lautsprecher des Telefons, für einen kurzen Moment von der Durchsage übertönt, die zum Boarding aufrief. »Ich bin noch in Glasgow. In etwa eineinhalb Stunden komm ich in London an.« Dann klang es gedämpfter. Peter musste die Hand schützend über sein Handy gelegt haben, um den Flughafenlärm auszuklammern. »Ich hab solche Sehnsucht nach dir.«

Sie konnte sein Lächeln hören, und es vergingen Sekunden, bevor er weiterredete. »Ich hab die ganze Woche davon geträumt, wieder bei dir zu sein.«

Jackson hatte sie abgeholt, und so kam Cara rechtzeitig im Ankunftsbereich des Flughafens an. Doch der Flug hatte zwanzig Minuten Verspätung. Sie hielt die Anspannung kaum aus, ging auf und ab und konnte sich durch nichts ablenken. Die Wartezeit zog sich endlos hin, bis die Schiebetüren aufgingen. Sie entdeckte ihn sofort, selbst in so einer dicht gedrängten Menschenmenge fiel er durch seine Körpergröße auf.

Als sich ihre Blicke trafen, fing er trotz der schweren Taschen an zu laufen. Er nahm sie in den Arm, drückte und küsste sie, als wäre er ein Jahr im Ausland gewesen. Ohne Telefonanschluss.

»Hast du schon was vor?«, fragte er, als sie im Auto saßen und Jackson das Gepäck verstaute.

»Ich hab noch nichts gegessen.«

»Gute Idee, ich bin völlig ausgehungert. Das Essen im Flugzeug könnte man sinnvoller als kompostierbares Verpackungsmaterial einsetzen.« Er verzog etwas angewidert das Gesicht. »Jackson fahren Sie zu Luigi. Und bringen Sie bitte mein Gepäck nach Hause. Das war's dann für heute.«

»Sehr gern, Sir.«

***

Da Luigi war ein überschaubares, italienisches Restaurant in der Nähe von Peters Wohnung. Der Besitzer stammte aus Sizilien, und es hatte sich noch nicht herumgesprochen, welche Perle kulinarischer Köstlichkeiten hier schlummerte. Das Ambiente wirkte authentisch, kam gut ohne kitschige Malereien azurblauer Küstenszenerien an der Wand aus. Auch war es nicht unterkühlt modern, wie sich die schickeren Italiener gerne gaben.

Peter liebte den Augenblick, wenn er dieses Kleinod betrat. Der Duft von Knoblauch und Basilikum stieg ihm dann immer bewusst in die Nase. Er sah, dass Cara tief einatmete. Ihr rutschte ein italienisches Wort heraus, das er zwar nicht verstand, das sich aber ganz danach anhörte, als sei sie schwer beeindruckt.

»Buona Sera, Signor Peter«. Der untersetzte, mit spärlichem Haarwuchs gesegnete Mann, der auf Peter zugewatschelt kam und ihn mit einem kräftigen Händedruck begrüßte, war ein Wirt, wie man ihn in Süditalien zu Tausenden finden konnte. Hier in England war er eher eine Rarität und für Peter wie ein Kurztrip in den Süden. »Oh, que bellezza!«, rief er mit einem Blick auf Cara und trat einen Schritt zurück, als bräuchte er mehr Platz, um sie in Augenschein zu nehmen. Ihr Polka-Dot-Hose im Stil der 50er passte wunderbar in diese Umgebung und verlangte nur noch nach einer Vespa an ihrer Seite.

»Signor Peter, Sie sind ein Glückspilz. Emilia, komm her«, rief er über die Schulter durch den Raum. Eine ebenfalls kleine Frau mit schwarzem Haar, das sie zu einem beeindruckenden Turm hochgesteckt hatte, kam aus der Küche.

»Ah, Signor Peter, Sie waren lange nicht mehr hier, welche Freude, Sie zu sehen!« Dann wandte sie sich Cara zu. »Oh jetzt verstehe ich, warum! So eine Schönheit behält man gern für sich. Wie heißt sie denn?«

»*Mi chiamo Cara*«, gab sie zur Antwort. »Mein Vater ist Italiener, *è Siciliano.*«

Von da an musste sich Peter ausklinken. Das Gespräch ging komplett an ihm vorbei. Er verstand nicht das Geringste. Er mischte sich nur kurz ein, um darauf hinzuweisen, dass sie zum Essen hergekommen waren und er sich gerne setzen würde. Luigi und Emilia ließen nicht mehr von Cara ab und freuten sich über den — wie sie es nannten – »Familienzuwachs«.

»Stell dir vor, die beiden kommen aus einem Ort in Sizilien, der nicht weit von dem Wohnort meiner Großmutter entfernt ist. Ist das nicht ein wahnsinniger Zufall? Die sind ja so süß. Ich fühl mich wie zu Hause!« Ihre Augen verklärten sich etwas, sie wirkte überglücklich, und man sah ihr an, welche Freude es ihr bereitete, Italienisch zu sprechen.

»Bestell Du, Cara. Ich möchte heute speisen wie ein echter Italiener.«

»Okay, kein Problem!« Sie stürzte sich mit einem seligen Grinsen auf die Aufgabe. Sie bestellte das Essen und den Wein, was Luigi wieder zu einem kurzen Gespräch mit ihr nutzte. Er freute sich, eine Fachfrau bei sich zu haben.

Peter hatte sich bislang auf Pasta und Pizza beschränkt. Was Cara zusammenstellte, sprengte seine bisherige Erfahrungswelt. Es gab Zucchini in Knoblauch und Olivenöl angebraten. Kleine Pizzen mit Anchovis, deren Salzgehalt unter die Genfer Konvention fallen müsste. Gebratener Fisch mit einer Kombination aus Gewürzen, die direkt aus dem Himmel kommen musste. Zu guter Letzt noch eine *Panna Cotta* mit einem Klecks Pfirsichmus darauf.

Zufriedene Sattheit ließ Peter im Stuhl zurücksinken und eine Hand auf den Bauch legen. Er genoss die Entspannung, die der Rotwein in allen Gliedern bewirkte. Amüsiert beobachtete er, wie Luigi den Kontakt zu Cara suchte. Er verstand zwar absolut nichts vom Inhalt, doch er lauschte dem Klang ihrer Gespräche, als wären sie süßestes Vogelgezwitscher. Caras Gesichtszüge sprachen Bände. Sie konnte in einem Moment wütend dreinblicken und wild gestikulieren, weil sie sich offensichtlich über irgendetwas fürchterlich aufregte, und nach einer weiteren Bemerkung Luigis lauthals anfangen zu lachen.

Sie war so unglaublich schön und strahlte so viel Lebensfreude aus! Er liebte ihr Temperament, obwohl es ihn schon an den Rand der Verzweiflung gebracht hatte. Als er in sich hineinhorchte, glaubte er, Glück zu verspüren, und ein Lächeln erhellte sein Gesicht.

Der Abend neigte sich dem Ende zu, und sie gingen den kurzen Weg zu Peters Wohnung in enger Umarmung.

»Das war wunderbar«, schwärmte Cara. »Ich hab mich wie zu Hause gefühlt. Und es war das beste Essen in ganz London! Da geht nichts drüber!«

»Ich ahnte ja nicht, wie viel dir deine Heimat bedeutet. Du bist ja richtig aufgeblüht. Und deine Stimme klingt wundervoll, wenn du Italienisch sprichst. Ich denke, ich muss die Sprache doch noch lernen, damit ich mehr davon zu hören bekomme.«

»Oder wir gehen jeden Abend zu Luigi«, schlug Cara vor.

»Und in einem Jahr müssen wir uns dorthin rollen lassen, weil wir kugelrund geworden sind.«

»Wir können ja gleich ein paar Kalorien abtrainieren, was hältst du davon.«

»Ich begrüße ihren Vorschlag und stimme dem Vorhaben voll und ganz zu, Signora Mazzini.«

»Signorina!«, korrigierte sie ihn mit gespielt empörter Miene.

***

Sie betraten seine Wohnung, und Cara war überrascht über den Eindruck, den sie dieses Mal davon bekam. In der offenen Küche stand Geschirr auf der Spüle, und auf dem Wohnzimmertisch lagen aufgeschlagene Bücher, ein Aktenordner und ein Notizblock. Schnell hatte er leise Lounge-Musik aufgelegt und nur wenige Lampen angeschaltet. Erst jetzt fiel ihr eine Skulptur auf, die in einer indirekt beleuchteten Nische einen Platz gefunden hatte. Es war ein stark abstrahierter Frauentorso, der entfernt an die Standbilder der Antike erinnerte. Doch dieser hier war aus Holz. Cara konnte sich nicht zurückhalten und fuhr mit der Hand über die polierte Oberfläche des Kunstwerks. Alles an dem Appartement schien ihr plötzlich weich und behaglich. Sie musste kichern, als Peter sie von hinten umarmte und die Nase an ihrem Ohr rieb.

»Ich kann mich kaum bewegen, so viel hab ich gegessen. Und ich muss unter die Dusche. Lauf nicht weg!« Er ließ von ihr ab und ging ins Bad.

Cara hörte, wie er das Wasser aufdrehte, dann entschloss sie sich, hinterherzugehen. Weiches Licht spiegelte sich in der gläsernen Duschabtrennung, hinter der sich Peter gerade die Seife aus den Haaren wusch. Der Duft des Duschgels füllte den Raum. Prustend rieb er sich den Schaum aus dem Gesicht, da sah er sie. Er wirkte überrascht, als hätte er sie nicht kommen gehört.

»Darf ich dir zusehen?«, fragte sie ihn.

»Da weiß ich was Besseres. Komm zu mir!«, erwiderte er.

»Lass uns wegfahren«, meinte er, noch außer Atem.

»Ja! Nichts wie weg. Wohin?« Sie trat aus der Dusche und langte nach einem Badetuch.

»Ich hab es geschafft, die Termine für nächsten Montag zu verschieben. Wir haben also drei ganze Tage, nur für uns.« Er sah sie erwartungsvoll an.

»Ich würde am liebsten mit dir nach Lyme fahren oder einfach nur hier im Bett bleiben.«

»Hättest Du Lust auf einen Segeltörn? Ich hab die Wetterprognosen abgefragt und es könnte nicht besser sein.«

»Du hast ein Segelboot?«

»Nein, kein eigenes, aber ich kann kurzfristig eines organisieren. Ich hab schon vorgefühlt und es ist dieses Wochenende noch frei.«

»Da fragst Du noch?«

Sie fuhren noch am selben Abend an die Südküste nach Christchurch, um die Yacht zu übernehmen. Erst nach Mitternacht erreichten sie ihr Ziel. Kein Mensch war mehr unterwegs. Nur von der anderen Seite des Flusses, an dessen Ufer Boote wie Perlen auf einer Schnur aufgereiht lagen, drangen noch leise Musik und Stimmengewirr herüber. Das Licht der bunten Lampions spiegelte sich im Dunkel des Neumonds auf dem Wasser.

Peter holte eine Taschenlampe aus dem Auto und ging zu einem Bootsschuppen in der Nähe. Dort sollte in einem Schließfach der Schlüssel für das Boot liegen. Kurze Zeit später kam er mit einem Zettel zurück.

»Wir müssen hier lang, das Boot liegt da hinten.« Er beleuchtete mit dem schmalen Lichtkegel der Taschenlampe den Weg.

»Funktioniert das immer so unkompliziert mit der Übergabe?«

»Ja, ich ruf bei dem Vermieter an, von dem ich den Schließfachschlüssel hab, und er legt dann den fürs Boot rein. Ist natürlich eine Vertrauenssache, aber wir kennen uns schon lange. Da sind wir.« Er zeigte auf die Yacht, die vor ihnen vertäut lag und ging zuerst an Bord.

»Warte, ich geh vor.«, sagte er zu ihr, als Cara ebenfalls das Boot betreten hatte. Er schloss die Tür zur Kajüte auf und ging hinein. Cara stieg am Steuerrad vorbei die wenigen Stufen hinab in den Rumpf. Da nahm sie das leichte Schwanken unter ihren Füßen wahr. Sie fühlte sich etwas benommen und musste sich setzen.

Das Boot war bei einer Belegung mit zwei Personen recht geräumig. Zwei Seitenbänke und ein abgeklappter Tisch in der Mitte boten genug Platz zum Essen. Linker Hand befand sich eine kleine Kombüse. Im Bug der Yacht erkannte Cara die Koje, die mit Matratzen ausgelegt war und immer mehr zum Ziel ihrer sehnsüchtigen Träume wurde. Sie wollte sich nur noch hinlegen.

»Alles Okay?« Peter sah sie besorgt an.

»Ja, mir ist nur etwas unwohl. Ich bin auch müde.«

»So oder so ist es das Beste, wenn wir gleich zu Bett gehen. Es ist spät. Wir sollten morgen – besser gesagt heute — früh loskommen. Wir richten uns ein, wenn wir den Proviant gekauft haben.«

»Klingt perfekt.« Mit diesen Worten verschwand Cara kurz in der Nasszelle und verkroch sich dann in der Koje. Sie merkte nicht mehr, wie Peter ins Bett kam, so schnell war sie eingeschlafen.

Am frühen Morgen weckte er sie sanft. »Liebling, wach auf. Wie fühlst du dich?«

Cara kniff die Augen zusammen, helles Licht fiel durch das am oberen Rand der Kajüte umlaufende Fensterband. Der Duft von Ingwer wehte ihr in die Nase.

»Morgen«, murmelte sie. »Ich hab geschlafen wie ein Bär.«

»Hier, ich hab dir eine Tasse Ingwertee gemacht. Altes Hausmittel gegen Seekrankheit.«

»Mmh, das tut gut.« Cara hatte einen großen Schluck genommen und kroch nun aus den Federn. Sie gab Peter einen Kuss und verkündete dann: »Jetzt will ich mir aber das Boot genauer ansehen.«

Das Sonnenlicht blendete sie, als sie das Deck betrat. Sie versuchte, ihre Augen abzuschatten, doch das half nur wenig. Mit Ausnahme des Holzbodens im Bereich des Cockpits strahlte jeder Quadratzentimeter der Yacht schneeweiß zurück.

»Wow!«, war alles, was sie rausbrachte.

»Komm, schau dir das Vordeck an«, winkte Peter ihr auffordernd zu. »Na wie findest du das? Es gibt nichts Schöneres als draußen auf See hier zu dösen. Fernab von Lärm und Hektik. Nur wir beide.« Bei diesen Worten zog er sie zu sich heran und gab ihr einen Kuss. »Ich weiß genau, was du jetzt denkst, meine Liebe.«

»Dasselbe wie du!«, lächelte sie ihn verschmitzt an.

»Nichts da! Wir müssen uns an die Arbeit machen!«, lenkte er vom Thema ab und klatschte in die Hände.

Sie fuhren ins Ortszentrum und frühstückten in einem kleinen Café mit Blick auf den rechteckigen Turm der malerischen Kirche von *Christchurch*. Im Dorfladen fanden sie, was sie für die kurze Zeit auf See benötigten. Alles lief reibungslos ab, und so waren sie am späten Morgen startklar zum Auslaufen. Peter warf den Motor an, und schipperte den Fluss entlang.

»Wie geht's dir?«, fragte er nach einiger Zeit.

»Gut, ich hatte es mir schlimmer vorgestellt. Aber ich hab wohl Seefahrerblut in den Adern.«

»Das hier ist ein Fluss, nicht Kap Horn.«

»Angeber!«

Die halbe Welt schien sich auf den Weg gemacht zu haben. So folgten sie den anderen Schiffen durch die Fahrrinne des *Christchurch Harbours*. Schließlich passierten sie die schmale Durchfahrt zwischen zwei vorgelagerten Landzungen und gelangten aufs Meer hinaus. Peter setzte die Segel und nahm Kurs auf die *Isle of Wight* auf.

Zuerst schipperten sie an der Küste entlang, bis Cara das Gefühl hatte, standfest geworden zu sein. Peter gab die Kommandos und Cara befolgte sie, soweit sie das Seemännisch verstand.

Ihr gefiel es, ihn in der Rolle des Skippers zu sehen. Ihr imponierte, mit welcher Geschicklichkeit er sich auf dem Boot bewegte und wie jeder Handgriff bei ihm saß. Noch mehr beeindruckte sie aber sein Anblick, wie er so am Steuerrad stand. Er trug ein weites, weißes T-Shirt mit blauen Querstreifen, ganz nach Matrosenmanier und eine dunkelblaue Leinenhose. Er lief, wie auf einer Yacht üblich, barfuß. *Von wegen Stadtkind*, dachte sich Cara und erinnerte sich an die Szene im Wald. Seine verspiegelte Sonnenbrille wirkte verwegen, der Wind zerzauste sein Haar und schien jegliche Steifheit aus ihm zu vertreiben.

Die Zahl der Boote um sie herum nahm ab, so dass nicht mehr Peters ganze Konzentration verlangt war.

»Nimm das Steuer in die Hand!«, forderte er sie auf.

»Ich? Und was, wenn ich eine Fähre ramme oder schnurstracks auf die Küste zurase?«

»Wir haben Windstärke drei, da kann von *rasen* keine Rede sein. Komm, trau dich.«

»Deine Verantwortung.«

Sie musste lachen, als sie merkte, wie sich über das Steuerrad eine Verbindung zu dem Boot aufbaute. Sie spürte die Kraft des Windes, der in die Segel blies, und nahm so die Geschwindigkeit intensiv wahr. Sie hatte Spaß dabei und nach und nach verschwand jegliche Zurückhaltung. »Das ist der Hammer! Ich hab den Wind in meinen Händen«, rief sie und Peter lachte aus Freude über ihre Begeisterung.

Am späten Nachmittag kamen sie in die Gewässer um die *Isle of Wight* und Peter schlug vor, in einem kleinen Restaurant, das direkt am Hafen in *Cowes* lag, zu Abend zu essen.

Nach dem üppigen Mahl und einem Glas Rotwein wurden Caras Glieder schwer wie Blei. »Ich hätte nie gedacht, dass Segeln so anstrengend ist«, seufzte sie.

»Magst du zurück zum Boot?«

»Oh ja, ich schlaf sonst hier auf dem Stuhl ein.«

»Dann trag ich dich ins Bett.«

»Du wärst ein toter Mann, bis wir dort ankämen. Seit ich dich kenne, bin ich nur am Futtern!«

Sie zahlten und verließen das Restaurant. Zurück auf dem Boot war Cara plötzlich gar nicht mehr müde.

»Komm, lass uns noch ein wenig aufs Vordeck liegen. Es ist so mild. Es wäre schade, den Abend schon zu beenden.«

»Okay, ich hol uns noch ein Glas Wein.«

Währenddessen legte sie sich auf die Matte unterm Vorsegel und richtete den Blick zu den Sternen hoch. Sie war sprachlos. In London war es unmöglich, selbst bei klarem Himmel, irgendwelche Objekte auszumachen, da die Stadt viel zu viel Helligkeit aussendete. Aber hier. Der kleine Ort und die wenigen Laternen am Bootssteg waren die einzigen Lichtquellen weit und breit. Und so funkelten die Sterne am Firmament wie Diamanten auf nachtblauem Samt.

Da ging das Licht in der Kajüte an.

»Oh nein, mach es bitte wieder aus, Peter. Und komm her. Es ist umwerfend!«

Vorsichtig tastete er sich im Dunkeln seinen Weg zu ihr.

»Autsch!«, hörte sie ihn kurz jammern.

»Hier sind ja wohl keine Wurzeln, an denen du dir die Zehen stoßen könntest«, lachte sie.

»Nein, aber dieses verdammte Tau, das mein Schiffsjunge hat rumliegen lassen, ist genauso hart.« Er legte sich neben sie und meinte: »Früher stand darauf Kielholen.«. Er reichte ihr ein Glas Rotwein und gab ihr einen Kuss.

»Da durften Frauen sowieso nicht an Bord gehen.«

»Das hatte seinen Grund. Offensichtlich.«

»Gelobe Besserung, Captain!« Cara nahm einen kräftigen Schluck und ließ sich dann auf die Matte zurücksinken.

»Das ist der Wahnsinn. Ich hab die Milchstraße noch nie so deutlich gesehen. Schau, wie klar sie sich gegen den Nachthimmel abzeichnet. Und siehst du die drei hellen Sterne? Das Sommerdreieck. Es ist wunderschön.«

Minutenlang lagen sie so nebeneinander, blickten zu den Sternen hoch und sagten nichts. Dann hörte Cara das Knarzen der Matratze, als sich Peter zu ihr drehte.

»Cara.« Seine Stimme klang rau.

Sie legte sich ebenfalls auf die Seite, schob einen Arm unter ihren Kopf. In seinen Augen spiegelte sich schwach das Licht der Laternen am Anleger und sie glaubte ein sanftes Lächeln auf seinen Lippen zu erkennen.

»Cara, versprich mir, dass du nicht gleich wegrennst, wenn ich dir jetzt etwas sage?«

»Ich bin hart im Nehmen.«

Er kam ihr näher und sie spürte seinen Atem leicht über ihre Wange streichen, bevor er sie küsste. » Ich liebe dich!«

Trotz Vorwarnung hielt Cara kurz den Atem an. *Er hat es wieder gesagt,* dachte sie beunruhigt, doch nicht mehr panisch. Sie machte Fortschritte. »Ist das hier real? Ich komm mir vor wie in einem Traum!«, erwiderte sie.

»Ich bin mir sicher, dass gleich der Wecker klingelt. Aber lass uns die wenigen Minuten noch genießen.« Er klang nicht ganz bei der Sache, während er diese Worte unter zahlreiche Küsse mischte. In dem Moment hörten sie Stimmen und Schritte sich nähern. Cara kicherte und Peter ließ sich genervt auf die Matte zurückfallen. »Morgen legen wir in einer einsamen Bucht an. Wir gehen irgendwo weitab von jeglicher Zivilisation vor Anker.«

Cara fuhr mit ihren Fingern durch sein von Wind und Salzwasser zerzaustes Haar. »Der Traum ist noch nicht zu Ende. Komm mit unter Deck.«

Sonntag, 9.Juni

Am nächsten Morgen legten sie früh ab und Peter beschloss, dass Cara für eine Fahrt auf hoher See reif sei. Sie hielt sich bestens. Er war stolz auf sie, wie schnell sie die grundlegenden Handgriffe verinnerlicht hatte und wie gut sie zusammenspielten.

Die Wellen schlugen hoch und Peter freute sich darauf, den Kampf mit dem Element aufzunehmen. Er war hochkonzentriert. Das Gewässer um die Insel war stark befahren. Fähren, Lastschiffe und eine Unmenge kleiner Segeljachten bewegten sich hier.

Am späten Nachmittag kehrten sie zurück nach *Cowes*. Beim Abendessen meinte Cara: »Peter, ich erkenn dich kaum wieder. Das Segeln bringt ganz neue Seiten an dir zum Vorschein. Du bist euphorisch und ausgelassen. Wenn dir die Gischt ins Gesicht spritzt, lachst du vor Freude. Und du scheinst eine schier endlose Energie zu besitzen, wenn du das Boot steuerst. Wo versteckst du dieses Temperament die ganze Zeit?«

»Ich weiß. Es ist der Wind. Das Wasser. Die Sonne. Es ist ein so körperliches Erlebnis. Ich liebe die Herausforderung, die direkte Auseinandersetzung mit den Kräften. Für mich ist das ein Spaß, als würde ich mich mit einem alten Freund messen. Und hoffentlich nie verlieren. Man findet keine Zeit, über irgendetwas nachzudenken. Man muss handeln. Es zählt nur der Augenblick. Man braucht jede Faser des Körpers und jede muss bereit sein. Einen intellektuellen Zugang zu diesem Gefühl gibt es nicht. Es ist einfach wie es ist.«

Cara beugte sich über den Tisch, legte eine Hand an seine Wange und küsste ihn. »Ich liebe dich, Peter.«

»Cara, das ist das erste Mal, dass du das zu mir sagst.«

»Und wenn du dich gut hältst, nicht das letzte Mal,« versuchte sie, zu scherzen.

Montag, 10. Juni

Am nächsten Morgen stachen sie in See zurück nach *Christchurch*. Als sie sich dem Hafen näherten, hatte Cara den ersten ruhigen Moment an diesem Tag, nach all den

Handgriffen, die das Boot abverlangte. Sie setzte sich aufs Vordeck, während Peter das Schiff ans Ziel schipperte.

Sie war erschöpft von all den Eindrücken und Aufgaben auf dem Boot, auch hatte sie die halbe Nacht wachgelegen, hatte darüber gegrübelt, was sie zu ihm gesagt hatte. *Ich liebe dich.* Es war ihr erschreckend leicht über die Lippen gekommen. War es die Urlaubsstimmung, die sie hatte übermütig werden lassen? War Peter ein Mann, den man festhalten wollte? Hatte er sie erobert? Sie konnte sich keinen anderen Reim darauf machen, als den, dass sie sich verliebt hatte. Die Anziehung, die er auf sie ausübte, das Kribbeln auf ihrer Haut, das durch seine Nähe einstellte, und — bei Gott — wie es sie aufwühlte, wenn er sie voller Begehren anschaute.

Sie beobachtete ihn. Er hatte viele Facetten, die sie erst nach und nach entdeckte. Er war der smarte Anwalt, der Verteidiger von Recht und Gesetz im Gerichtssaal, der sich das Korsett von Verhaltenskodex und jahrhundertealten Traditionen anlegt. Er konnte die Selbstbeherrschung in Person sein, aber auch verstummen und in Panik geraten, wenn er eine Frau kennenlernte. Er gab den tollkühnen Eroberer der Weltmeere, sobald er Wasser unterm Kiel hatte. Und ließ er seinen Charme spielen, gepaart mit diesen herrlich antiquierten Gepflogenheiten, widerstand ihm sowieso keine Frau.

»Peter, du bist nicht normal!«, entschlüpfte ihr das Resümee ihrer Überlegungen.

Einen kurzen Augenblick schaute er sie verdutzt an, kam dann aber doch zu dem Schluss: »Ich fasse das jetzt einfach als Kompliment auf.«

»Ich wäre nicht hier, wenn es mir nicht gefallen würde.«

ZWEIFEL

Montag, 17. Juni

Eine Woche später fand Peter auf dem Schreibtisch einen ungeöffneten Brief, auf dem in schnörkeliger Schrift das Wort »persönlich« gedruckt war. Er konnte sich denken, was darinstand, da der Absender der Vorsitzende der Anwaltskammer war. Er öffnete ihn mit gemischten Gefühlen, und die Vorahnung bestätigte sich. Es war die Einladung zum jährlichen Empfang des *Middle Temple Inns*, der Kammer, der Peter angehörte. Das an sich war kein Anlass zur Besorgnis. Er fand diese Treffen interessant, da sich neue Kontakte ergaben und alte gepflegt wurden. Das Essen war immer vorzüglich und der Expertenvortrag über Neuerungen in der Rechtsprechung war in der Regel informativ und angenehm kurzweilig. Seine Freude über die Einladung wurde nur durch einen Aspekt getrübt. Sie umfasste die Partner der Eingeladenen. »Avec« war das kurze Wort, das ihm Unbehagen bereitete. Für die Begleitungen war während der

Fachgespräche ein separates Unterhaltungsprogramm geplant. Peter hatte keine Ahnung, was in diesem Teil ablief. Die letzten Jahre hatte es ihn herzlich wenig interessiert und als Violet ihn noch begleitet hatte, nahm sie als Fachfrau ebenfalls am Hauptprogramm teil. Dieses Mal war alles anders.

Was sollte er Cara sagen. Sollte er ihr von der Einladung erzählen und ihr die Entscheidung überlassen? Es war nicht so, dass er sie niemandem hätte vorstellen wollen. Doch hatte sie sich oft genug über seinen Berufsstand lustig gemacht, angefangen von der Perücke, die sie als Wischmopp bezeichnete, bis hin zu dem Thema Standesdünkel innerhalb der Anwaltschaft. Für sie war das Gewerbe zwar nobel, aber in der Form überaltert. Weiß Gott, sie hasste alles Konservative.

Sie nicht einzuladen, brachte ihn in Erklärungsnot. Sie würde es herausfinden und ihm vorwerfen, dass er sich für sie schämte. Ihr von der Einladung zu erzählen und ihr nahezulegen, nicht mitzugehen, würde sie ebenfalls verletzen, auch wenn er gute Argumente anführte. Er saß in der Falle.

Er war in der Entscheidungsfindung immer noch kein Stück weiter, als das Telefon klingelte, ihn aus den Gedanken riss und seinen Arbeitstag einläutete. Er steckte die Einladung in die Jackentasche und dachte den Tag über nicht mehr daran, da er viel zu beschäftigt war.

***

»Dir ist da was aus der Tasche gefallen.« Peter war direkt nach der Arbeit zu Cara gefahren und stand nun, den regennassen Mantel in der Hand, in der Garderobe. Cara hob die Karte auf und hielt sie ihm hin. »Oh, das sieht aber edel aus.« Sie zog sie just in dem Moment zurück, als er danach greifen wollte und las sie genauer. »Eine Einladung zum Empfang? Und ‚Avec'! Das klingt spannend!« Sie lachte ihn an, wohl wissend, was es bedeuten würde, wenn er sie mitnähme. Sowohl für ihn als auch für sie selbst.

»Cara, das wäre für dich unglaublich langweilig! Glaub mir.«

»Du willst mich davon abhalten?«

»Nein, natürlich nicht! Aber …« Er druckste herum. »Und überhaupt, was ist denn das für eine Begrüßung? Krieg ich keinen Kuss?«

»Sogar noch mehr.« Mit diesen Worten schmiegte sie sich an ihn und warf ihm einen eindeutigen Blick zu. Dann machte sie einen Schritt von ihm weg. »Aber erst erklärst du mir, was das ist.«

»Das ist das jährliche, langweilige Zusammentreffen der langweiligsten Juristen im gesamten Erdenrund. Alte Männer treffen sich und reden über Paragrafen.«

»Du gehst also nicht hin?«

»Ich muss. Es würde auffallen, wenn ich nicht dabei wäre.«

»Echt? Bist du so wichtig?«

»Ich bin der Wichtigste überhaupt!« Er plusterte sich auf wie ein Pfau, kurz bevor er ein Rad schlägt, konnte aber ein Schmunzeln nicht unterdrücken.

»Und ich wäre die Begleitung des wichtigsten Mannes?«

»Cara, im Ernst, du hättest keinen Spaß an der Sache.«

»Woher willst du das wissen?«

»Ich kenne dich. Keiner dieser Herren – und wahrscheinlich keine der Damen — würde sich für vegane Ernährung zur Rettung des Welternährungsproblems oder für ein Verbot für Ölschieferabbau interessieren. Sie kommen alle von einem anderen Planeten und haben mit dem realen Leben auf der Erde nichts am Hut. Es sei denn, es kommt zu ihnen in den Gerichtssaal.«

»Ich könnte denen so Manches darüber erzählen.«

»Und dich über so manche Bemerkung deines Gegenübers fürchterlich aufregen. Du würdest explodieren.« Er sah sie flehend an.

Cara legte ihre Arme um seinen Hals und schaute ihm in die Augen.

»Ich nehm vorher ein paar Beruhigungstropfen, dann klappt das schon. Es ist deine Welt, und ich möchte sie kennenlernen. Weil *du* dort bist.«

Samstag, 13.Juli

Die Veranstaltung fand in der Middle Temple Hall, dem Versammlungsort der Anwaltskammer, statt. Cara und Peter näherten sich zu Fuß dem roten Backsteingebäude, das wegen der Türme und hohen Glasfenster einer Kirche ähnelte. Neben dem Eingang der Halle verharrte eine kostümierte Wache mit Hellebarde. Cara fühlte sie auf seltsame Weise in vergangene Jahrhunderte zurückversetzt und hätte sich nicht gewundert, wenn Heinrich VIII in einer Kutsche um die Ecke gebogen wäre. Es war ein milder Sommerabend, und die Sonne schlich sich noch eben so über die umstehenden Häuser zu dem Platz vor der Halle hindurch. Die Blätter in den Bäumen raschelten im Wind, und das Plätschern des nahen Springbrunnens fiel in diese Melodie mit ein. Wenige Meter vom Verkehr auf dem Victoria Embankment befand sich hier eine Oase von beeindruckender Ruhe und Zeitlosigkeit.

Im Innern des Gebäudes gelangten sie durch einen hölzernen Torbogen in die große Halle und Cara konnte vor Staunen ihren Mund nicht mehr schließen. »Du meine Güte, wo sind wir denn hier gelandet? Es sieht ja aus wie in Hogwarts.« Sie senkte vor lauter Ehrfurcht ihre Stimme.

»Das ist sie, die Middle Temple Hall. Der Name geht auf die Tempelritter zurück, die hier im Viertel bis Anfang des vierzehnten Jahrhunderts ihren Sitz hatten.«

»Der Templerorden? Die Jungs, die die Kreuzzüge erfunden haben?«

»Nicht ganz, aber so ungefähr.« Er musste über Caras Definition des Ordens lachen. »Und seitdem gibt es die Anwaltskammer, die Middle Temple Inn. Sie ist eine von vieren in England.«

»Was? So lange schon? Du meine Güte!«

»Und was dir am besten gefallen wird, hör genau zu, hier in dieser Halle wurde Shakespeares *Was ihr wollt* 1602 uraufgeführt. Dir als seinem glühendsten Fan dürften doch die Knie weich werden, oder?«

Das taten sie. Cara schaute sich mit großen Augen um, wie ein Kind, das in einen weihnachtlich geschmückten Spielzeugladen kommt. Ihr Blick wanderte über die Hunderte von Holzkassetten, die die Wand halbhoch verkleideten. In jeder befand sich ein geschnitztes und bemaltes Emblem, das durch indirekte Beleuchtung hervorgehoben wurde. Darüber ragten Fenster bis zur kunstvoll ausgestalteten Decke hinauf. Das letzte Licht der Sonne brachte die dort abgebildeten Wappen zum Leuchten. Über die gesamte Länge des Saales erstreckten sich vier Tafeln, die in Rot und Weiß eingedeckt waren.

»Ich liebe diese Halle, wenn sie so festlich herausgeputzt ist«, meinte er. »Siehst du da oben die kleine Skulptur?« Er zeigte auf eine Figur, die in der Menge der symbolträchtigen Schnitzereien im Eingangsportal fast nicht zu sehen war und den unten Vorbeigehenden die Zunge herausstreckte.

»Meine Lieblingsfigur!«

»Wie hast du denn die entdeckt?«

»Nun ja, nicht alle Veranstaltungen, die einem hier geboten werden, sind fesselnd. Ich hab hier drin schon viel Zeit verbracht.«

Cara war begeistert. In London war sie es zwar gewohnt, mit jedem Schritt etwas Historisches unter den Füßen zu haben, aber das hier war umwerfend. Ehrfurcht erfasste sie. Sie konnte ein wenig nachvollziehen, dass das Tamtam um Traditionen und Rituale noch eine weitere Funktion hatte, als die, sich gegenüber den normalen Menschen abzugrenzen. Sie erkannte, dass diese Verbindung zu den Altvorderen über Jahrhunderte hinweg eine Verpflichtung darstellte, das, was man erreicht hatte, maximal zu nutzen und sein Bestes zu geben. Und zurück bekam man ein Gefühl von Wichtigkeit, von Dauer und Nachhaltigkeit.

Ständig begegneten sie Peters Kollegen oder ehemaligen Mentoren und schüttelten Hände. Er bewegte sich souverän auf diesem Parkett. Er redete jeden mit dem korrekten Titel an, wusste Bescheid, in welche Prozesse er verstrickt war. Er gratulierte denen, die einen Sieg errungen hatten, und ermunterte die, die gerade schwierige Fälle bearbeiteten. Das war seine Welt. Dort war er hineingeboren worden.

Cara hingegen empfand das alles als anstrengend. Obwohl sie nicht viel reden musste, befand sie sich in einem Zustand konstanter Anspannung. Sie war sich unsicher, wie sie sich verhalten sollte. Auf keinen Fall wollte sie Peter in Verlegenheit bringen. Immer wieder ertappte sie sich dabei, dass sie flach atmete. Dann zwang sie sich, tief Luft zu holen, was Peter meist mit einem fragenden Blick kommentierte. Die Leute verhielten sich ihr gegenüber freundlich. Aber echtes Interesse an ihrer Person zeigte keiner. Sie fühlte sich, als wäre sie durchsichtig. So verlegte sie sich aufs Beobachten. Zu den Diskussionen konnte sie sowieso nichts beitragen. Aber sie würde das Ganze hier zu ihrem Vorteil nutzen. Das würde eine saftige Abrechnung in ihrer Kolumne geben. Stoff gab es hier mehr als genug.

Der Aufruf, sich zu setzen kam und das Essen wurde serviert. Peter und Cara gegenüber saß ein älteres Ehepaar. Cara schätzte sie auf um die Sechzig. Beide hatten etwas Verkniffenes um den Mund. Sie musste an die Theorie denken, dass Eheleute sich im Laufe ihres gemeinsamen Lebens optisch anglichen. Für dieses Paar traf das zu.

Der Mann richtete nach kurzer Zeit das Wort an Peter: »Alsley, was halten Sie von dem Urteil im Welmington-Prozess. Ist das nicht indiskutabel. Ich frage mich, wo dabei Recht und Ordnung bleiben.«

Peter antwortete nicht sofort, sondern machte die beiden erst einmal mit Cara bekannt. Sie nickten sich alle zu, ohne mehr als ein »Angenehm« auszutauschen. Robertson richtete erneut einen auffordernden Blick an ihn.

»Nun ja, ich finde, hier sollte sorgfältig zwischen wirtschaftlichen und gesellschaftlichen Interessen abgewogen werden. In diesem Fall prallen Recht und Moral auf äußerst unangenehme Weise aufeinander. Ich muss sagen, ich kann das Urteil verstehen.«

»Ach papperlapapp. Es gibt Gesetze, und die muss man einhalten. Diese neumodische Art, Interpretationsspielraum zuzulassen, vergällt mir zunehmend meine Arbeit.«

Peng! Cara hörte förmlich, wie die zarte Blase aus Verständnis und Rücksichtnahme platzte. Vor ihr wedelte das sprichwörtliche rote Tuch. Sie kannte die Geschichte, da sie wochenlang durch die Medien gegangen war. Es ging um einen gravierenden Fall von Gesundheitsgefährdung der Bevölkerung durch unsachgemäße Deponierung von Chemieabfällen.

Sie konnte nicht fassen, wie jemand hier ein anderes als das erfolgte Urteil überhaupt in Erwägung zog. Mit ihrer

Zurückhaltung war es damit vorbei. »Was würden Sie sagen, wenn Sie in der Nähe der Deponie wohnten und dort ihre Kinder großziehen wollten?«, ging sie auf Angriff.

Robertson schien überrascht, dass Cara das Wort an ihn richtete. Mit hochgezogenen Augenbrauen sah er sie an. »Darf ich fragen, ob und in wieweit Sie juristisch gebildet sind?«

»Sie dürfen. Ich habe keine juristische, sondern eine journalistische Ausbildung. Außerdem mangelt es mir nicht an Empathie für die Familien, die unter der Skrupellosigkeit der Großkonzerne leiden müssen.«

»Das ist doch das, was ich meine. Es gibt Gesetze, und es gibt die Meinung der Öffentlichkeit. Nicht immer ist das kompatibel.«

»Wie wollen Sie denn den Menschen auf der Straße Vertrauen in das Rechtssystem einflößen, wenn es nicht alles tut, um das Wohl und die Gesundheit der Bevölkerung zu schützen?«

»Meine Liebe, aus ihnen spricht der Laie. Nutzen Sie die Möglichkeiten, die Sie haben, und lassen Sie sich das von Alsley erklären. Ich denke, es wird ein erhellender Vortrag.« Er nahm Messer und Gabel in die Hand. »Nun aber Schluss mit dieser unergiebigen Debatte. Ich wünsche einen guten Appetit.«

Cara kochte. Wie sie solche arrogante, selbstherrliche Schnöseligkeit verabscheute! Kurz blickte sie zu Peter.

Der legte ihr die Hand auf den Oberschenkel. An sein Gegenüber gewandt, meinte er nur: »Dr. Robertson, mit Verlaub, hier möchte ich abschließend ein Zitat anführen: *Tempora mutantur et nos mutamur in illis*, die Zeiten ändern sich und wir ändern uns mit ihnen.«

Als Antwort kam nur ein Brummen aus dem Mund des Angesprochenen. Das Essen beanspruchte plötzlich seine ganze Aufmerksamkeit.

Caras Zorn schien etwas abzukühlen. Innerlich tanzte sie einen Freudentanz. Sie konnte nicht umhin, Peter dafür zu bewundern, wie er diesen alten Dickschädel mit einem lateinischen Zitat in die Schranken wies. Bei dem Gedanken, sich unbedingt ein Zitatenwörterbuch zulegen zu müssen, fing sie wieder an, zu lächeln. Im weiteren Verlauf des Essens konzentrierte sie sich auf ihren Nebensitzer, der ein deutlich angenehmerer Gesprächspartner war.

Nach dem Dessert begann der Teil der Veranstaltung, bei dem sich die Begleitpersonen zu einem separaten Programm zusammenfinden sollten. Ein Mann, gekleidet in einen dunkelblauen Brokatmantel, mit lockiger Perücke und einem mannshohen Stab mit silbernem Knauf in der Hand, hatte den Raum betreten. Nicht wenige erschraken, als er ihn lautstark auf den Boden knallte. Augenblicklich herrschte absolute Ruhe im Saal. Mit kräftiger Stimme forderte er die Anwesenden auf.: »Noble Ladies und Gentleman, lasst mich euer Geleit zu einem außergewöhnlichen Spektakulum sein!«

Cara erhob sich, gab Peter noch einen Kuss und folgte dem Ausrufer. Der Zufall wollte es, dass sie neben einer älteren Frau ging, die ihr zuvor schon aufgefallen war, da sie eine extravagante Kopfbedeckung trug. Diese bestand aus einer Halbschale als Hut, an dessen Oberseite ein etwa dreißig Zentimeter großes Paragrafen-Zeichen aus einem breiten Band befestigt war. Das Knallrot des Huts schrie geradezu »Schau her« und hätte in *Ascot* zur Zierde seiner Trägerin gereicht. Sie trug ihn mit einer Selbstverständlichkeit und Eleganz, die Cara schwer beeindruckte.

Prompt sprach die ältere Dame sie an. »Na, wie gefällt Ihnen das Ganze hier?«

»Ich komme mir vor wie ein Guppy im Haiaquarium«, gestand Cara.

Ihr Gegenüber lachte auf und sah sie dann mit einem strahlenden Lächeln an.»Sie gefallen mir. Und Sie sind mir schon aufgefallen. Wissen Sie, dass Sie den Altersdurchschnitt der Veranstaltung um Jahrzehnte senken? Und optisch werten Sie sie um mehrere hundert Prozent auf. Ihr Kleid gefällt mir. Hat durch die Handschuhe einen Hauch von Jackie Kennedy.«

»Ich mag Ihren Hut!«, gab Cara lächelnd zurück.

»Mein Name ist Josephine.« Sie streckte ihr die Hand entgegen.»Wie Tony Curtis in *Some like it hot*. Aber das sagt Ihnen wahrscheinlich nichts, war lange vor ihrer Zeit. Sie können mich gerne Jo nennen.«

»Ich heiße Cara. Sehr angenehm.«

»Lassen Sie uns nebeneinandersitzen. Ich würde mich freuen, wenn Sie mir Gesellschaft leisteten.«

»Mit Vergnügen!« Cara fand die Frau sofort sympathisch. Sie würde ihr den Abend erträglich machen.

Josephine amüsierte sich köstlich über das Theaterstück, eine Ein-Mann-Show, in der ein Schauspieler über fragwürdige Aspekte aus Shakespeares Leben berichtete. Insbesondere die Tatsache, dass dessen Stücke oft detaillierte Rechtskenntnisse beinhalteten, schürte Zweifel an dessen Identität oder gar Existenz. Cara lauschte aufmerksam, doch hin und wieder wurde sie von Gedanken über ihre Nebensitzerin abgelenkt. Sie schätzte sie auf an die Siebzig. Ihr schmales Gesicht war von Falten überzogen, doch ihre Augen strahlten wie die einer Zwanzigjährigen. Sie schien viel Zeit in der Sonne zu verbringen, denn die Lachfalten zeichneten sich als weiße Linien zwischen ihrer gebräunten Haut deutlich ab. Sie war gut in Form, schlank und groß. Ihre Hände zeugten weniger von regelmäßiger Maniküre als vielmehr von ausgiebiger Gartenarbeit. Dieser Eindruck ließ sich zwar mit etwas Nagellack übertünchen, aber die Schwielen konnte sie nicht verheimlichen. Und so wie Cara sie einschätzte, wollte sie das auch nicht.

Sie hatte wohl zu lange auf Jos Finger gestarrt, denn diese meinte plötzlich: »Ich bin die Wiedergeburt eines Maulwurfs. Ich verbringe den Tag am liebsten mit den Händen in schwerer, feuchter Gartenerde. Wie wär's, besuchen Sie mich doch mal, ich zeige Ihnen meinen Garten.«

»Sehr gerne!« Cara war überrascht über das Tempo, das Jo an den Tag legte.

»Sie sind die Begleitung von Peter Alsley.«

»Ja, kennen Sie ihn?«

»Wer kennt ihn nicht. Mein Mann hatte öfter mit ihm zu tun.«

Cara blickte sie fragend an.

»Er ist Richter. Und er kannte Peters Vater gut.«

Sie nickte wissend.

»Ich hab ihn in den letzten Jahren immer wieder gesehen, bei Veranstaltungen wie diesen. Und ich muss sagen, er hat lange nicht mehr so glücklich gewirkt. Ich nehme an, dass Sie der Grund dafür sind. Sie tun ihm gut. Das sieht man, und ich freu mich für ihn.«

Cara dachte nur: *Wo kommt diese Frau her? Sie ist ein Engel!* Sie war unkonventionell, das machte ihr Hut deutlich, und wenn man sie kennenlernte, kam eine herzliche, offene Person zum Vorschein. Überhaupt nicht steif und schnöselig, wie sie das von den anwesenden Damen vermutet hatte.

Das Stück war zu Ende, und die Zuschauer bewegten sich zurück in den großen Festsaal. Die Tischordnung war aufgehoben worden, und kleinere Gruppen hatten sich zu Gesprächen zusammengefunden.

Da meinte Jo: »Sieh da! Da neben ihrem Peter steht mein Robert, wie praktisch.«

Im selben Moment hatte Peter sie bemerkt und lächelte den beiden von Weitem zu.

»Da sind ja unsere Damen«, begrüßte er sie. »Lady Waltonbury, welch eine Freude, Sie wiederzusehen. Und was für eine Überraschung, dass sie zusammengefunden haben.«

»Die Freude ist ganz auf meiner Seite. Und ich bin Ihnen unendlich dankbar, dass Sie mit Cara ein bisschen frischen Wind in diese miefigen Hallen gebracht haben.«

»Robert«, fuhr sie fort »Ich hab Cara eingeladen, damit ich ihr unseren Garten zeigen kann. Peter, ich wäre erfreut, wenn Sie ebenfalls Zeit für einen Besuch finden würden.«

»Das lässt sich bestimmt einrichten, Lady Waltonbury. Vielen Dank.«

»Darling«, fuhr Jo fort, »wir sollten uns zurückziehen. Was meinst du?«

»Ich stimme dir zu, meine Liebe. Der Abend war lang und die Gespräche reichlich. Wir sollten das Ganze nicht überstrapazieren und nach Hause gehen.« Mit einem kurzen Kopfnicken setzte er den Schlusspunkt.

»Peter, wir sehen uns vor Gericht!« Er lachte schnarchend über seinen kleinen Juristenscherz und verabschiedete sich dann von Cara.

Jo gab ihrer neuen Bekanntschaft zum Abschied ein Küsschen auf die Wange und flüsterte ihr noch ins Ohr: »Die Einladung gilt.«

»Ich freu mich drauf!«, antwortete Cara.

»Kennst du die beiden schon länger?«, wollte sie wissen, als sie mit Peter allein war.

»Ja, er war mit meinem Vater gut bekannt und sie waren ab und zu bei uns zu Hause gewesen. Ein sehr nettes Paar.«

»Sie ist klasse, ich mag sie. Er wirkt ein bisschen steif.«

»Sie sind beide angenehme Zeitgenossen, und sie ist eine außergewöhnliche Frau. Soweit ich weiß, kam sie als Au-pair nach England und verliebte sich dann in den Neffen ihrer Gasteltern, eben Lord Waltonbury. Man erzählt sich, dass sie gegen den Willen seiner Eltern heimlich geheiratet haben. Sie war schon immer ein Paradiesvogel und sie hat, hab ich gehört, die Riege hier anfänglich sehr irritiert.«

Er blickte nachdenklich ins Leere, dann schaute er sie wieder an. »Cara, ich hoffe, du hast heute einen Eindruck davon bekommen, wie meine Welt aussieht und von den Menschen, mit denen ich zu tun habe. Diese äußeren Förmlichkeiten, die dir so widerstreben, sind Rituale, durch die wir Respekt voreinander bezeugen. Du siehst aber an den Waltonburys, dass nicht alle steif oder in alten Zeiten eingefroren sind.«

»Für Jo gilt das, das ist mir klar. Aber die übrigen Leute, sie …« Sie suchte nach dem passenden Wort, dann brach sie den Satz ab. »Die Vorstellung, dass Menschen wie dieser Robertson zur Elite des Landes gehören und wichtige Entscheidungen für das Leben anderer treffen, bereitet mir Sorge. Mir wäre vorhin fast der Kragen geplatzt, und ich hätte das gern mit ihm ausdiskutiert!«

»Robertson ist eher die unangenehme Ausnahme. Ich wusste nicht, dass ausgerechnet er bei uns sitzen würde. Ich versteh dich ja, und ich hab gesehen, wie du dich zurückgehalten hast. Dafür bin ich dir dankbar. Vielleicht lernst du mit der Zeit, damit umzugehen. Denn ändern können wir beide daran nichts. Du bist eine intelligente Frau und hast viel Positives in dir. Du musst dich nicht verstellen, sondern dir nur neue Strategien aneignen.«

»Du meinst, ich sollte mir ein Zitatenbuch zulegen? Für jede Situation das richtige Wort? Ich muss sagen, in Latein kommt das gut rüber.«

»Lass uns nach Hause gehen«, fügte er ein versöhnliches Lächeln auf den Lippen hinzu.

Samstag, 3. August

Drei Wochen später lenkte Cara das gemietete Cabrio durch die schottischen Lowlands. Peter saß neben ihr und wendete eine Landkarte auf den Knien hin und her.

»Greenweed Hall, da ist es doch!«, rief er plötzlich.

Zwei hohe, gemauerte Pfeiler und ein darin eingelassenes Fresko mit dem Wappen des Besitzers markierten die Einfahrt zum Anwesen. Dahinter führte der Weg wie durch einen grünen Tunnel im Schatten imposanter Bäume entlang, die so alt waren wie das Herrenhaus.

»Henry scheint gut zu verdienen!«, meinte Cara, als sie einen Blick auf den klassizistischen Bau erhaschte, der auf einer Anhöhe thronte und übers Land blickte. Sie hatte kurz angehalten.

»Als Orchesterviolinist müsste sich mein Bruder die Finger wundspielen, um so was zu finanzieren. Nein, er hat es nur übers Wochenende gemietet. Er war der Meinung, dass sein vierzigster Geburtstag einen angemessenen Rahmen verdiene.«

»Ich bin ja so auf deine Familie gespannt!«

»Ich hoffe, du wirst sie mögen. Henry ist ein Charmeur, keine Frau kann ihm widerstehen. Meine Schwester Liz wird dir nicht gleich um den Hals fallen, sie ist eher der vernunftgesteuerte Teil von uns. Aber sie taut auf.«

»Kommt deine Mutter auch?«

»Ja«, erwiderte Peter etwas zögerlich.

»Und? Wie ist sie so?«

»Distanziert?«

Cara war überrascht. Seine Stimme hatte am Ende des Wortes eine Höhe erreicht, als wollte er sie fragen, ob sie mit diesem Adjektiv einverstanden wäre. Gleichzeitig sah sie, wie er sein Gesicht verzog, als hätte er gerade in eine Zitrone gebissen.

Da sie in dem Moment auf den gekiesten Platz vor dem Herrenhaus fuhr, hakte Cara nicht weiter nach. Sie verließ den Wagen und streckte sich. Die zwei Stunden Fahrt von Edinburgh hierher waren bei der Hitze ermüdend gewesen. Sie breitete ihre Arme aus und genoss den erfrischenden Sprühnebel, der vom Springbrunnen in der Mitte des Platzes herüberwehte. Augenblicklich eilten Dienstboten herbei und nahmen ihnen die Mühen des Einparkens sowie ihr Gepäck ab.

Sie betraten die große Eingangshalle, die sich erfolgreich gegen die Hitze von draußen sperrte. Der Temperaturunterschied ließ Cara eine Gänsehaut über die Arme kribbeln. Auch hier empfing sie sofort eine freundlich lächelnde Dame. Diese stellte sich vor, fragte sie nach ihren Namen und brachte sie persönlich ins Zimmer. Cara war vom Service beeindruckt, kam sich aber gleichzeitig vor wie auf einer Privatführung durchs Museum. Die Räumlichkeiten waren im Stil des angehenden achtzehnten Jahrhunderts eingerichtet. Geradliniger Stuck und Wände, deren einzige Dekoration Gemälde mit Jagdszenen waren, spiegelten die Nüchternheit dieser Epoche wider. Das Mobiliar, das zum Teil auf fragilen Beinchen stand, lud nicht gerade ein, es sich auf ihm gemütlich zu machen. Cara befürchtete, dass es unter dem Gewicht eines heutigen Menschen zusammenbrechen würde.

»Sollten Sie noch Wünsche irgendwelcher Art haben, dann wenden Sie sich bitte an mich«, flötete die Empfangsdame und ging zu einem Tischchen neben einem der großen Fenster. Sie zeigte darauf. »Wenn Sie das Telefon abnehmen, sind Sie direkt mit der Rezeption verbunden. Verlangen Sie einfach Caroline, und ich werde im Nu bei Ihnen sein.« Mit einem leichten Kopfnicken verließ sie das Zimmer.

Cara ließ sich aufs Bett fallen. »Was für eine noble Bude! Ich komm mir schon wieder vor wie in einer Jane-Austen-Verfilmung. Ich hab nur schwerste Bedenken, ob die Bettstatt den zu erwartenden Belastungen standhält!« Sie setzte ein schelmisches Lächeln auf.

»Heißt das, du willst es einem Test unterziehen? Ich bin bereit, mich im Dienste der Wissenschaft für eine Überprüfung zur Verfügung zu stellen.«

»Die Wissenschaft verlangt geradezu danach!«, gab Cara zurück und klopfte mit der flachen Hand aufs Bett.

Etwas später wurde es Zeit, sich für die Party zurechtzumachen. Cara öffnete die Schachtel, in der ihr neues Kleid verpackt war. Als sie danach griff, gab der luftig aufgebauschte Chiffon nach, als wäre er nichts als ein Rascheln. Sie fasste es an den hauchdünnen Trägern und hielt es vor sich hin. Sie erinnerte sich an den Moment in der Umkleidekabine der Boutique, als sie sich zum ersten Mal darin gesehen hatte, und musste lächeln. Sie hatte eine neue Seite an sich entdeckt. Verschwunden war jegliche Experimentierfreudigkeit, die sie in wilden Kombinationen ihrer Klamotten zelebrierte. Aus dem Spiegel hatte sie eine Frau angesehen, die selbstbewusst ihre Weiblichkeit inszenierte.

Sie zog das Kleid an und betrachtete sich. Zart weiß umspielte es ihren Körper. Im Empire-Stil, um die Brust eng gefasst, gab der weit schwingende Rock die Fülle des Stoffs frei. Blau, grün und violett wogten Wellen vom Saum herauf und ein bisschen schien es, als würde sie aus dem Meer emporsteigen.

Da bemerkte sie Peters Blick im Spiegel. Er trug einen maßgeschneiderten Smoking und tat das mit einer Eleganz, als wäre diese Art Anzug für ihn erfunden worden. Die Jacke war leicht tailliert und modern kurz geschnitten. Das weiße Hemd und die obligatorische Fliege verliehen ihm eine noble Strenge.

»Du siehst wunderschön aus«, hauchte er. Er stand hinter ihr, schob die Haare sanft zur Seite und gab ihr einen Kuss auf den Nacken.

»Lass dein Haar offen, es ist perfekt.«

»Aber du hattest doch gesagt, ich soll sie zu einem strengen Knoten hochstecken.«

»Ich lag falsch. Das wärst nicht du.«

Cara knöpfte ihm die Manschetten zu, schnappte sich ihre Clutch und hakte sich bei Peter unter. Eine fröhliche Melodie, die ein Streichquartett zum Besten gab, und die durch die Flure hallte, begleitete sie auf ihrem Weg nach unten. Als sie den Festsaal betraten, wehte ihnen ein warmer Windhauch aus dem Garten entgegen. Cara machte einen Schritt zur Seite, hielt Peters Hand und vollführte vor Freude auf die Sommernachtsparty einen Tanzschritt.

In dem Moment steuerte ein Mann mit offenen Armen freudestrahlend auf sie zu. Seine Gesichtszüge waren denen Peters nicht unähnlich.

Meine Güte, dachte Cara, *sehen die Alsleys denn alle umwerfend aus?*

Henry war ebenso groß wie sein Bruder, hatte aber eine schmalere Statur, weniger muskulös aber trotzdem athletisch. Sein dunkles, welliges Haar hatte er aus dem Gesicht gekämmt, was perfekt zum Dreitagebart passte und ihn verwegen wie Iron Man aussehen ließ.

»Peter! Sag nicht, dass das Cara ist«, begrüßte er seine Gäste, wobei er Cara nicht aus den Augen ließ. »Ich könnte nicht ertragen, dass eine solche Schönheit an dich vergeben ist.«

Cara spürte, wie sie sein aquamarinblauer Blick umhüllte, als wollte er sie für sich alleine haben. Sie war diesem Lächeln sofort erlegen, und als er sie in die Arme nahm, rührte sie der warmherzige Empfang.

»Henry.« Peter tippte ihm auf den Rücken. »Komm, das reicht! Hey!« Gespielte Entrüstung lag in seiner Stimme. »Begrüßt man so den Bruder, den man ein halbes Jahr nicht gesehen hat?«

»Man muss Prioritäten setzen, mein Lieber!« Henry wandte sich Peter zu und umarmte ihn, wobei sie sich wie zwei alte Bären gegenseitig die dicken Pranken auf den Rücken klopften. »Ich hoffe, ihr seid bereit für die Party!« Mit einem Fingerschnippen rief er einen Kellner herbei, der ein Tablett mit Sektgläsern trug.

Peter erhob sein Glas. »Alles Liebe zum Geburtstag. Glaub mir, die Vierzig ist nicht halb so schlimm, wie sie sich jetzt noch anfühlt!« Ein mitleidiger Ton begleitete die Glückwünsche.

»Auch von mir alles Liebe, Henry. Und ich denke, der alte Mann hat recht«, ließ Cara mit einem Seitenblick auf Peter verlauten. Der wiederum quittierte die Aussage mit einem verschnupften Gesichtsausdruck und überreichte Henry das Geschenk. »Mit unseren besten Wünschen.«

Henry öffnete das Geschenkpapier und brachte eine Schallplatte hervor. Begeistert rief er aus: »Heifetz! Mein Lieblingsgeiger!« Er schaute auf die Rückseite. »Und aus den Dreißigern. Ich werd' verrückt!«

»Es ist sogar seine Unterschrift drauf, schau hier.« Peter zwinkerte Cara stolz zu. Das Geschenk war ein Volltreffer.

»Danke euch beiden!« Er umarmte sie, sichtlich bewegt. Dann wurde seine Aufmerksamkeit auf etwas anderes gelenkt. »Zu dumm, da kommen die nächsten Gäste. Mischt euch unters Volk! Amüsiert euch! Und ich hoffe, wir finden bei all dem Trubel noch Zeit, uns besser kennenzulernen«, meinte er an Cara gewandt. Nach einer kurzen Pause schien ihm noch etwas einzufallen. »Ach ja, hat Mutter euch schon ins Kreuzverhör genommen?«

Cara glaubte, Henry wolle mit dieser beiläufigen Frage einen Scherz machen, doch Peters Miene verdüsterte sich und ein scharfes »Nein« kam als Antwort. Als hätte Henry ausgeplaudert, dass im Kerker des Schlosses dunkle Geheimnisse lauerten.

Mit einem entschuldigenden Lächeln auf den Lippen und einem Kuss auf Caras Wange verabschiedete sich Henry und ging zu den nächsten Gästen, um sie zu begrüßen.

»Was hat er damit gemeint?«, wollte Cara wissen.

»Nun ja, vielleicht ist Mutter heute etwas angespannt, dann neigt sie dazu, eine Spur zu neugierig zu werden, ihre Gespräche arten dann schnell in ein Kreuzverhör aus.«

»Okay«, entschlüpfte es Cara verwundert.

Plötzlich überrollte Peter ein Gewirr aus rotblonden Locken und lilafarbenem Tüll, aus dem eine menschliche Stimme nach außen drang. »Pete, ich fass es nicht! Ich hatte so gehofft, dass du kommst! Henry hat keinen Ton gesagt.«

»Emily! Du hier?« Er lachte laut auf, drückte sie fest und wirbelte sie herum. Cara musste einen Schritt zurücktreten, so ungestüm fiel die Begrüßung aus. »Ich freu mich so, dich zu sehen. Ich wusste gleich, dass du es bist, du hast dich kein bisschen verändert. Hast immer noch etwas Klettenhaftes an dir.« Ihm stand die Überraschung ins Gesicht geschrieben, und er sah plötzlich aus wie der zwanzigjährige Junge auf dem Foto, das Cara im Internet gefunden hatte.

»Und ich erst. Du meine Güte siehst du gut aus! Wir haben uns ja Jahre nicht mehr gesehen! Wie geht's dir?«

Als Antwort deutete Peter auf Cara. »Emily, das ist Cara. Cara, das ist Emily, eine Freundin aus der Zeit an der Uni.«

»Okay, ich seh schon, dir geht's blendend.« Peters frühere Kommilitonin kniff übertrieben ein Auge zu und wandte sich dann mit einem strahlenden Lächeln an Cara. »Hi Cara, ich freu mich, dich kennenzulernen.«

Cara war sofort von Emilys Charme gefangen. Sie hatte eine offene und warmherzige Art, die ihr gefiel und die ihrer eigenen nicht unähnlich war. *Der Geburtstag könnte noch spaßig werden,* dachte sie und erwiderte deren Lächeln.

»Pete erzähl, wie ist es dir in den letzten Jahren ergangen?«

»Komm, wir müssen uns hinsetzen. Das kann länger dauern.« Er hakte sich bei den beiden Frauen unter und ging mit ihnen zu einem der Tische. »Was kann ich euch zu trinken holen.« Als wollte er sich an die Arbeit machen und dazu noch das nötige Werkzeug zusammensuchen, klatschte er in die Hände.

»Natürlich Champagner!«, ließ Emily verlauten.

»Kommt sofort!«

»Du musst entschuldigen, aber ich bin fürchterlich neugierig, Cara. Kennt ihr euch schon länger?«, fiel Emily mit der Tür ins Haus.

»Nein, erst seit …« Sie zögerte. »… ja, erst seit Ende Mai«, antwortete Cara und war ein wenig überrascht darüber.

»Du hast unter den Gästen hier gehörig viele Neiderinnen! Gibt's das Wort überhaupt? – na, egal. Gut ein Drittel der anwesenden Damen kennt Peter von früher und wäre gerne an deinem Platz.« Emily kniff verschwörerisch ein Auge zu. »Wundere dich nicht über böse Blicke.«

»Darauf hab ich mich schon einstellen müssen, seine Mutter will uns genau unter die Lupe nehmen, wobei ja eher ich das Forschungsobjekt sein werde. Ich fühl mich wie ein

Schmetterling, der gleich für den Schaukasten aufgespießt wird.« Als Cara das gesagt hatte, staunte sie darüber, dass sie Emily derart persönliche Dinge anvertraute. Sie war einer der Menschen, mit denen man sich vom ersten Augenblick an im Gleichklang befand, als kenne man sich schon ein Leben lang.

»Ich erinnere mich, wenn's um ihren Peter ging, konnte Mama Alsley, wie soll ich sagen, territorial werden. Wir nannten sie immer Lady Macbeth.«

»Na prima, das beruhigt mich jetzt ungemein.«

»Mach dir keinen Kopf, er wird seine Mutter im Zaum halten.«

In dem Moment kam er mit einer Champagnerflasche zurück. »Kommt, lasst uns anstoßen.« Er erhob sein Glas für einen Toast: »Auf die beiden liebenswertesten Frauen in meinem Leben.« Ein breites Lächeln zog über sein Gesicht, bevor er einen großen Schluck nahm. »Emily, ich kann es nicht glauben, dass wir uns aus den Augen verlieren konnten.«

»Na, jetzt erzähl aber, wo du die letzten Jahre gesteckt hast!«, forderte ihn Emily auf.

Er erzählte ihr eine stark verkürzte Version seiner beruflichen Laufbahn in aller Herren Länder und vom Tod seines Vaters. Dass ihn die Arbeit bis vor Kurzem vereinnahmt hatte, dass er aber, seit er Cara kannte, das Leben wieder leben gelernt hatte.

Cara hörte Peter nur mit halbem Ohr zu. Ihr Blick schweifte durch den Raum, dessen Großzügigkeit herrlich verschwenderisch anmutete. Das Sonnenlicht brach sich in den unzähligen Tropfen der schweren Kristallleuchter und ließ bunte Lichtpunkte durch den Saal hüpfen. An der äußeren Längsseite befanden sich über die gesamte Breite verteilt, deckenhohe Türen, die geöffnet waren. Die cremeweißen Vorhänge wehten sanft im Luftzug und gaben hin und wieder den Blick in den Garten frei. Sie wartete insgeheim nur noch darauf, dass Tolstois *Fürst Bolkonsky* den Saal betrat und *Natascha Rostowa* zum Tanz aufforderte.

Die Festgesellschaft war bunt gemischt. Es hatten sich alle in Schale geworfen. Die Frauen, mit Ausnahme von Emily, die ein unkonventionelles Kleid ausgesucht hatte, trugen Abendkleider, die Herren überwiegend Smoking. Kumpel aus der Schule oder Uni waren dabei, schätzte Cara, sowie ein paar ältere, wahrscheinlich Kollegen oder Verwandte. Sie sah, wie Henry mit den Gästen scherzte und zu allen ein herzliches Verhältnis zu haben schien. So viele Freunde! Der Mann konnte sich glücklich schätzen, dachte sie und schloss ihn noch mehr ins Herz. Wie sähe Peters nächster runder Geburtstag aus? Arbeitskollegen? Freunde? Emily würde dabei sein. Ansonsten hatte sie bis jetzt noch niemanden aus seinem Umfeld kennengelernt. Er hatte noch nie von Bekanntschaften erzählt. Er hatte sich wohl vollkommen in der Arbeit vergraben. Wie hielt er das nur aus? Hatte er nie das Bedürfnis verspürt, über sich und seine Probleme zu reden? Mit jemandem zum Essen auszugehen und gemeinsam einen netten Abend zu verbringen, zu lachen? Sie musste zugeben, dass sie sich noch nicht viele Gedanken über sein bisheriges Leben gemacht hatte, dass sie davon und von ihm nur einen kleinen Teil kannte. Ihr Blick ruhte auf Peter, und eine Beklommenheit legte sich auf ihre Brust, die sie zu vertreiben versuchte, indem sie tief Luft holte. Sie hoffte, dass es noch mehr »Emilys« gab.

»Was, du lebst in London? Hervorragend! Wir kennen da ein ausgezeichnetes, italienisches Restaurant, das wir dir zeigen müssen. Nicht wahr, Cara?«

»Oh ja!« Sie schüttelte leicht den Kopf, um ihre trüben Gedanken zu verscheuchen. »Es ist echtes italienisches Essen, nicht dieses englisch angepasste Zeugs, das man so oft bekommt«, meinte sie und unterstrich das Gesagte mit einer abfälligen Geste, die aussah, als würde sie einen aufdringlichen Hund wegscheuchen.

»Du bist Italienerin?«, fragte Emily. »Ich meine, bei dem Namen und deinem beneidenswert dunklen Teint!«

»Ja.« Cara nickte und konnte sich ein selbstgefälliges Lächeln nicht verkneifen.

***

Peter sah mit Freude, wie sich die Frauen unterhielten. Cara hatte offensichtlich Spaß daran, sich mit Emily auszutauschen. Beide hatten ein ähnliches Temperament und eine gleichermaßen ausschweifende Gestik.

Emily hatte ihm an der Uni viel bedeutet. Er erinnerte sich, wie er sie kennengelernt hatte. Sie war ihm in einem Seminar aufgefallen, weil sie zum einen punkige Kleidung trug und ihre Haarfarbe aus einem Mischmasch verschiedener Neontöne bestand. Zum anderen hatte sie seine Sympathie dadurch erlangt, dass ihre Bemerkungen immer das Produkt aus messerscharfer Analyse und quirligem Humor waren. So einer Frau war er in seinem konservativ geprägten Umfeld zuvor noch nicht begegnet. Sie schlossen trotz ihrer Gegensätzlichkeit Freundschaft, verbrachten Nächte damit, sich über Probleme auszutauschen oder über die Last des Studiums zu fluchen oder einfach nur zusammen Filme zu schauen.

Er hoffte, dass ihre unkomplizierte Beziehung wiederauflebe, denn sie würde ihm guttun, allein wegen der vielen gemeinsamen Erinnerungen an eine unbeschwerte Zeit.

»Oh, Peter hatte es damals faustdick hinter den Ohren, aber auf eine unwiderstehliche Art.«

Als er seinen Namen hörte, schaute er auf.

»Ja, nur leider hat mir das auch Ärger eingebracht«, gab er grinsend zu.

»Ich weiß, wen du meinst. Phoebe hieß sie, glaub ich. Die würde dir immer noch die Augen auskratzen. Erinnerst du dich? Du hattest ihr auf nicht ganz lautere Art den letzten Platz bei diesem Infoabend der Anwaltskammer weggeschnappt.«

»Oh ja, danach traute ich mich abends nicht mehr alleine auf die Straße.« Bei der Erinnerung daran lachte er laut auf.

»Ja genau! Ich musste dich eine Woche lang abholen, wenn wir ins Pub gehen wollten. Immerhin dachten damals alle, dass ich was mit dir hätte. Das hat mein Rating deutlich verbessert.« Sie zog bedeutungsschwer die Augenbrauen hoch. »Aber, Peter, jetzt kann ich es dir ja gestehen. Mein Favorit war immer Henry.« Sie schaute ernst drein, in Erwartung dessen, dass er tief verletzt wäre.

Er spielte mit und zog einen Schmollmund.

»Nachdem er einmal bei deiner Geburtstagsparty dabei war, war ich ihm verfallen.« Sie seufzte und blickte sehnsuchtsvoll in Henrys Richtung. »Vielleicht sollte ich ihm meine unerfüllte Liebe heute gestehen, es ist nie zu spät.« Dann prusteten sie und Peter los, und Cara sah nur verständnislos drein.

»Ich seh' euch noch.« Mit diesen Worten stand Emily auf und steuerte auf Henry zu.

Cara schaute ihr nach. »Hatten die beiden was miteinander?«

»Nein, nicht wirklich.«

»Und du?«

»Nein, da kann ich dich beruhigen. Emily hatte, schon bevor ich sie kannte, beschlossen, dass das männliche Geschlecht nur auf Platz zwei in ihrer Favoritenliste steht.«

»Oh!«, war alles, was Cara darauf erwiderte.

***

Sie schlenderten nach draußen, wo ihnen ein leichter Wind Abkühlung verschaffte. Stehtische und Sitzecken aus modernen Loungemöbeln luden zu Gesprächen ein. Ein Barkeeper mixte in einem Pavillon Cocktails, und Kellner huschten eifrig zwischen den Gästen hin und her.

»Oh, da drüben ist Liz! Komm, Cara, ich stell sie dir vor.« Peter winkte seiner Schwester zu, bis sie ihn bemerkte.

Cara staunte, als Liz ihr gegenüberstand. Sie war fast so groß wie ihre Brüder. Und Peter musste bei ihrem Alter gelogen haben. Man sah ihr weder ihre fünfundvierzig Jahre noch ihre beiden Kinder an, die seiner Aussage nach bereits Teenager waren.

»Du musst Cara sein«, begrüßte sie sie und gab ihr ein Küsschen rechts und links auf die Wangen. Ihr Make-up war perfekt und passte sowohl zu ihren langen braunen Haaren wie auch zu ihren eisblauen Augen. Nur dieser etwas müde Zug um den Mund ließ sie leicht unnahbar wirken.

»Hallo Liz, oder besser Elizabeth? Ich freu mich so, endlich Peters Familie kennenzulernen.«

»Oh, nenn mich einfach Liz. Ich finde, Elizabeth klingt nach älterer Dame in türkisfarbener Robe.« Sie lächelte Cara an und ging einen Schritt zurück, um sie genauer zu betrachten. »Dein Kleid ist umwerfend, du musst mir die Adresse geben, wo du das herhast.« Dann wandte sie sich Peter zu und umarmte ihn. »Endlich seh ich dich wieder, du versteckst dich wohl vor uns?«

»Käme mir nie in den Sinn. Apropos, wo steckt Jonathan, und wo sind die Jungs? Irgendwelche Streiche aushecken?«

»Ja, ich befürchte.« Sie zog ihre Stirn kraus und seufzte, als hätte sie schon vor langer Zeit kapituliert. »Aber ihr Vater ist hinter ihnen her, und Gnade ihnen Gott, wenn er sie bei irgendetwas Schlimmem erwischt.«

»Hast du Mutter gesehen?«, fragte Peter, und suchte mit den Augen das Gelände ab.

»Sie wollte sich kurz ausruhen und hat sich nach oben zurückgezogen. Sie ist sehr gespannt auf dich, Cara. Ich soll ihr Bescheid geben, wenn ihr auftaucht.«

»Lass mich das machen, ich geh zu ihr«, winkte ihr Bruder ab.

»Okay, wenn du meinst. Wir treffen uns ja nachher noch beim Essen. Ich glaub, ich hab die beiden Jungs gerade da hinten verschwinden sehen und Jonathan sucht sie immer noch.«

Weg war sie.

Cara blickte verdutzt drein. Sie fühlte sich wie ein dünner Nebel, den Liz im Vorbeigehen ein wenig aufgewirbelt, aber nicht von ihm Notiz genommen hatte. Die Begegnung hätte nicht oberflächlicher verlaufen können.

»Das war Liz wie sie leibt und lebt«, bemerkte Peter ein wenig entschuldigend. »Immer auf dem Sprung, keine Sekunde Ruhe. Wenn du sie genauer kennenlernst, wirst du sehen, dass sie ein Mensch ist, auf den du zählen kannst. Sie ist ein Fels in der Brandung mit ihrer nüchternen und pragmatischen Art.«

Er nahm Cara in den Arm und vergrub seine Nase in ihrem Haar. Nach ein paar Augenblicken gab er Preis, was ihn beschäftigte. »Cara, ich würde gerne meiner Mutter Hallo sagen. Kommst du mit?«

Sie schreckte aus ihren Gedanken über die Begegnung mit Liz auf. »Ja, klar doch. Je früher desto besser.«

Es hatte etwas von einer Audienz. Peter ging, nachdem er angeklopft hatte, voran ins Zimmer. »Mutter, ich bin's.

Können wir reinkommen? Cara ist hier, und ich möchte sie dir gerne vorstellen.« Peter winkte Cara zu sich. Zuerst konnte sie nur die halb hinter der Rückenlehne eines Sessels verdeckten Beine ihrer potenziellen Schwiegermutter sehen. Sie ruhten auf einem Schemel. Die Fenster waren geöffnet, und als der Durchzug die Vorhänge wie Segel aufblähte, als ersetzten sie die Fanfaren für Reginas Alsleys Auftritt, sprang diese voller Elan auf.

»Aber ja, mein Liebling. Ich bin sehr gespannt auf sie, bitte sie doch herein.« Mit offenen Armen schwebte sie wie eine Primaballerina auf ihren Sohn zu und umarmte ihn.

»Mutter, das ist Cara. Cara, das ist meine Mutter Regina.«

»Mrs. Alsley, ich freu mich sehr, Sie kennenzulernen.« Cara war im Begriff, einen Knicks zu machen, hielt sich aber gerade noch zurück. Regina war nicht größer als sie. Die aschblonden Haare hatte sie zu einem lockeren Knoten hochgesteckt. Sie trug eine enge Jeans und einen weiten, cremefarbenen Pullover, der nach sündhaft teurem Kaschmir aussah und ihr etwas von der Schulter gerutscht war. Sie wirkte sportlich, und hätte Cara ihr Alter schätzen müssen, hätte sie nie und nimmer auf Sechsundsechzig getippt, sondern eher auf Mitte fünfzig. *Die guten Gene hat Peter von seiner Mutter*, dachte sie. *Den schmallippigen Mund hat er aber zum Glück nicht von ihr geerbt. Der hat etwas Verkniffenes. Und wen will sie denn mit dem aggressiven Rotton in die Flucht schlagen?*

»Das Vergnügen ist auf meiner Seite,« erwiderte Regina. Die Art und Weise, wie sie Cara bei diesen Worten die Hand gab, hatte etwas Geziertes. »Cara, Sie sind ja eine hübsche Person, Peter hat das gar nicht erwähnt. Und ihr Kleid ist umwerfend«. Sie musterte sie von oben bis unten. Einen Wimpernschlag zu lange, sodass Cara peinlich berührt zu Boden blickte.

»Vielen Dank«, erwiderte sie irritiert.

»Wie war eure Reise hierher?«, eröffnete Regina sich wegdrehend den Small Talk, und ohne auf eine Antwort zu warten, plapperte sie weiter: »Ich sag euch, ich werde nie wieder mit der Bahn fahren. Ich bin mit zwei Stunden Verspätung in Edinburgh angekommen. Ist das denn zu glauben?« Sie warf in einer theatralischen Geste die Hände nach oben. Sie füllte den Raum komplett aus, hatte die gesamte Aufmerksamkeit und setzte sich dementsprechend in Szene.

Cara wurde die Luft zum Atmen knapp. Wo Regina war, war kein Platz für andere. Doch sie hielt dagegen. »Ach, herrje! Das muss ja fürchterlich gewesen sein«, säuselte sie. »Wir sind Gott sei Dank problemlos durchgekommen. Die Landschaft war umwerfend und wir haben uns Zeit genommen, die Fahrt richtig zu genießen.« Cara schaute beim Wort »genießen« zu Peter und lächelte ihn vielsagend an. *Touchéz!* Sie bemerkte zufrieden, wie sich Reginas Augen verengten.

»Oh, das freut mich für euch.« Sie verzog das Gesicht zu einem gelangweilten Ausdruck. Cara musste sich eingestehen, dass sie selbst es gewiss nie schaffen würde, so viel Diskrepanz zwischen dem, was sie sagte und dem, was sie meinte, zu bringen.

Da hielt Regina ihrem Sohn eine Halskette hin. »Mein Schatz, kannst du mir bitte helfen?« Sie drehte sich mit dem Rücken zu ihm. »Hast du Emily getroffen. Ihr wart doch auf der Uni zusammen, sie hat nach dir gefragt,« plapperte sie weiter, während sie ihren Kopf neigte und ihre Haare hochhielt.

Cara stutzte. Nach dem, was Emily erzählt hatte, konnte sie sich nicht vorstellen, dass Regina auch nur das geringste Interesse daran hatte, dass Peter seine Studienfreundin wiedersah. Das war nur als Spitze gedacht, sie eifersüchtig zu machen. Zudem fühlte sie sich aus dieser Mutter-Sohn-Szene ausgeschlossen und war sich sicher, dass Regina genau dies mit ihrem Geplauder beabsichtigt hatte.

»Ja, wir haben uns getroffen.« Peter wurde einsilbig. Reginas Verhalten ärgerte ihn offensichtlich, und Cara war ihm für sein Feingefühl dankbar. Er trat einen Schritt zurück, nachdem er seiner Mutter das Schmuckstück angelegt hatte.

»Wenn ich dich nicht hätte. Danke, mein Liebling«, flötete diese.

»Kann ich noch was für dich tun? Ansonsten würden wir uns jetzt zurückziehen, und du kannst dich umzuziehen.«

»Danke mein Schatz, ich bin bestens versorgt. Geh nur vor.«

Sie verließen das Zimmer. Nach wenigen Schritten hielt Peter inne. »Kannst du alleine vorgehen? Ich muss nochmal kurz zurück.«

»Klar, aber du musst mir nachher erklären, was das eben war«, bat Cara, um Lockerheit bemüht, doch Peter war zu angespannt, um dies zu erkennen. Wortlos drehte er sich um und stürmte den Flur hinunter zu Reginas Zimmer.

Cara schaute sich im Speisesaal die Sitzverteilung an. Fassungslos schüttelte sie den Kopf, während sie um den Tisch, der für die Alsleys reserviert war, kreiste. Da bemerkte sie Peter, wie er mit energischen Schritten heranrauschte. Bei ihr angekommen, atmete er erst tief durch und gab ihr dann einen Kuss auf die Stirn.

»Ist das ein schlechter Scherz von deinem Bruder?«, fragte sie und zeigte auf die Tischkarten. Die Sitzordnung sah vor, dass sie neben Regina sitzen sollte. »Nach dem Auftritt eben, tausche ich sofort meinen Platz. Ich werde mich zu Emily setzen.«

»Cara, das geht nicht, Henry hat sich was dabei gedacht. Emily sitzt ganz woanders.«

»Ich gehör ja nicht zur Familie, wen juckt's also.«

»Mich!«, rief er laut. »Wir sind zusammen! Du gehörst an diesen Tisch!«

Cara erschrak, aber sie erkannte, wie wichtig es ihm war, dass sie dazugehörte. Es wärmte ihr das Herz und dämpfte ihren inneren Aufruhr. »Können wir nicht jemanden dazwischensetzen, Liz und ihre Familie zum Beispiel. Bitte! Ich bleib ja mit dir hier, aber ich möchte nicht neben deiner Mutter sitzen«, schlug sie mit einem Flehen in der Stimme vor.

Sie hatten die Karten vertauscht, sodass Cara am Abend mit deutlichem Abstand zu Regina an dem runden Tisch saß, was diese aber nicht davon abhielt, sich ausschließlich mit ihr zu unterhalten.

»Cara, ich habe gehört, Sie sind Journalistin. Was ist Ihr Fachgebiet?« Sie hatte wieder diesen Gesichtsausdruck aufgesetzt, als ob ihr ein unangenehmer Geruch in die Nase steige.

»Ich bin auf Reiseberichte spezialisiert. Das liegt mir am meisten. Zudem erscheint in unregelmäßigen Abständen eine Kolumne von mir im *Independent* darüber, wie man als Ausländer die Briten wahrnimmt. Ich versuche, es humorvoll und amüsant darzustellen. Das kommt bei den Lesern gut an.« Cara konnte sich ein kleines Lächeln nicht verkneifen. Sie war gespannt, wie Peters Mutter darauf reagieren würde, dass sie die Worte »Briten« und »amüsant« in einem Satz nannte.

»Die kenn ich«, rief Liz' Mann. »Die ist klasse! Neulich, als du über ...«

»Soso«, unterbrach ihn Regina. Sie zog die Augenbrauen hoch und gab damit zu verstehen, dass es sich nicht lohnte, diesen Aspekt tiefergehend zu erläutern.

Cara wollte ihr erklären, was sie meinte, doch ihre Kontrahentin beendete mit einer Handbewegung das Thema und ließ sie nicht zu Wort kommen, sondern stellte sofort eine Frage.

»Sind Reisereportagen denn nachgefragt? Können Sie überhaupt davon leben? Insbesondere da Sie ja, wie Peter mir erzählt hat, als freie Journalistin arbeiten? Ist das nicht fürchterlich unkalkulierbar?« Wohl im Glauben, eine vermeintliche Schwachstelle bei der Geliebten ihres Sohnes entdeckt zu haben, ritt Regina betont lautstark auf Caras finanzieller Situation herum. Das Gefecht war damit eröffnet. Die erste Salve abgefeuert.

»Ich kann Ihnen versichern, dass ich mir derzeit die Freiheit nehmen kann.«

»Das freut mich für Sie.« Ihr Lächeln war sauer wie unreife Zitronen und ihre halb geöffneten Augenlider gaben zu verstehen, dass sie dies nur aus Höflichkeit sagte. »Wir hatten damals gar nicht die Möglichkeit, solche Freizügigkeit auszuleben. Finanziell wäre es kein Problem gewesen, aber eine alleinstehende Frau, ohne Einkommen! Mein Gott, was hätten die Leute geredet.« Dabei schlug sie ihre Hände zusammen, als würde sie ein Stoßgebet gen Himmel schicken, um Unheil abzuwenden.

»Diese Zeiten sind ja zum Glück vorbei, und ich bin allen Feministinnen der letzten Jahrzehnte dankbar, dass sie mir durch ihren Kampf meinen Weg möglich gemacht haben. Ich kann nur sagen, dass …« Cara bemühte sich um einen ruhigen Ton, obwohl sie anfing, innerlich zu kochen. Sie hatte genug von der Unterhaltung.

»Nun gut, sei es, wie es ist«, fiel Regina ihr ins Wort.

So ging es den ganzen Abend weiter, sodass die Luft am Tisch des Alsley-Clans zum Schneiden dick war. Immer wieder versuchte Peter, das Gespräch in eine andere Richtung zu lenken und seine Mutter mit — soweit möglich — deutlichen Worten zur Vernunft zu bringen. Doch sie teilte unvermindert aus. Ob es die Herkunft Caras war – »Die Deutschen können ja froh sein, dass wir sie von Hitler befreit haben« oder »ist die italienische Regierung nicht von korrupten Mafiosi durchsetzt?« – oder ob es Caras Absichten ihrem Sohn gegenüber waren, sie ließ kein gutes Haar an ihr. Und Cara gab keinen Zentimeter nach. Sie hatte schnell den wunden Punkt bei ihrer Kontrahentin erkannt. Regina hatte ihre Karriere für die Kinder aufgegeben müssen und war von den damaligen Studentenbewegungen und gesellschaftlichen Revolutionen Ende der Sechziger ausgeklammert gewesen. Die Freiheiten, die die jetzige Generation genoss, waren Regina wegen ihrer streng konservativen Familie, die zum amerikanischen Ostküsten-Geldadel gehörte, verwehrt geblieben. So legte Cara genüsslich einen Finger in diese offene Wunde und betonte, wie sehr sie den Mut der ersten Feministinnen und die damals erkämpfte sexuelle Freiheit bewunderte.

Die Gegnerinnen hatten sich regelrecht ineinander verbissen, so dass sie sich keine Pause gönnten, bis schließlich nach dem Dessert die Löffel zur Seite gelegt wurden. Henry forderte im selben Moment Cara zum Tanz auf. Er reichte ihr die Hand, und sie nahm sie dankbar an. Sie schenkte ihm ein – wenn auch müdes – Lächeln. Dem Drama war fürs Erste ein Ende bereitet und sie der Gefahrenzone entkommen. Sie sah noch, wie Henry seinen Bruder auffordernd anschaute und ihm mit einem kurzen Seitenblick auf seine Mutter zu verstehen gab, dass dies ein guter Zeitpunkt wäre, ein ernstes Wort mit ihr zu reden. Dann betraten sie die Tanzfläche.

Cara atmete tief durch. Sie lauschte der Melodie, die die Band spielte, und wiegte sich in dem langsamen Dreivierteltakt.

»Ruhig, Cara, ganz ruhig.« Seine Stimme klang, als müsste er einen nervösen Hengst beruhigen. »Du hast dich prima geschlagen, alle Achtung! Und meine Mutter ist kein leichter Gegner.«

»Danke!«, brachte sie nur noch schwach heraus.

»Und Peter hat ausgesehen, als hätte er zwei Wochen nur Sauerkraut gegessen.«

Henrys Versuch, Cara aufzuheitern drang nicht bis zu ihr durch.

»Er hat ja sein Möglichstes versucht«, gestand sie Peter zu. »Er kann ja nicht aufspringen und sie anbrüllen. Das wäre wahrscheinlich das Einzige gewesen, was sie gestoppt hätte.«

»Da hast du wahrscheinlich recht. Aber er wird mit ihr reden, darauf kannst du wetten. Das nimmt er nicht einfach hin.«

Sie tanzten noch eine Weile, ohne etwas zu sagen, und Cara verspürte nur entkräftete Leere in sich.

***

»Mutter, auf ein Wort, bitte.« Peter befahl mehr, als dass er Regina um eine Unterredung bat. Sie verließen den Saal. Die Hand an ihrem Rücken führte er sie mit Bestimmtheit vor sich her. Als sie außer Sichtweite der Partygäste waren, griff er nach ihrem Arm und drehte sie zu sich um.

»Was sollte das, hatte ich dich nicht gebeten, nett zu Cara zu sein? Das war ja bühnenreif, was du dir da geleistet hast. Und unglaublich peinlich!« Er verschränkte seine Arme und seine Augen verengten sich zu Schlitzen. »Wie kannst du nur so abweisend sein?« Er sprach leise, aber eindringlich mit ihr.

Doch Regina ließ sich nicht beeindrucken. Mit fester Stimme legte sie ihre Bedenken offen. »Peter, Cara ist nicht die Richtige für dich. Sie hat wenig Stil und lebt ein untragbar ungezügeltes Leben.« Angewidert verzog sie ihr Gesicht. »Du musst an deine berufliche Reputation denken. Du brauchst eine repräsentative Frau an der Seite, und dazu fehlt ihr nicht nur der Feinschliff, soweit ich das einschätzen kann.«

Peter konnte nicht fassen, was seine Mutter da gerade gesagt hatte. »Für den Erfolg brauche ich vor allem eine Partnerin, die mich liebt und die mir Rückhalt gibt. Verwechsle meines nicht mit Vaters Leben.« Er zuckte erschrocken zurück, kaum dass er diese Worte ausgesprochen hatte.

»Ich habe ihn geliebt. Stell das ja nie wieder in Frage!« Reginas Stimme schnitt scharf wie ein gutgeschliffenes Messer und ihm wurde klar, dass er zu weit gegangen war.

»Entschuldige, Mutter.«

Regina ergriff Peters Hände und schlug einen versöhnlicheren Ton an. »Ich will doch nur dein Bestes. Ich könnte es nicht ertragen, wenn du noch einmal eine Enttäuschung wie mit Violet erleben würdest. Ich werde den Tag nicht vergessen, an dem du mich angerufen und unsinniges Zeug dahergeredet hast.«

»Kannst du nicht einfach die Vergangenheit ruhen lassen?« Sein Ton verschärfte sich und seine Gestik zeigte deutlich, dass er ihr keinen Spielraum in dieser Sache lassen konnte.

»Kannst *du* das?«, provozierte sie ihn.

»Ich bin auf einem guten Weg. Cara ist meine Heilung.«

»Peter, und wenn du denselben Fehler noch einmal machst?« Sie versuchte wie bei einem Kind, sein Gesicht in ihre Hände zu nehmen, doch er wich zurück.

»Dann war es der beste, den ich je im Leben gemacht habe.« Er presste die Worte mehr zwischen den Zähnen heraus, als dass er sie klar aussprach. »Und ich sag es jetzt ein letztes Mal: Lass Cara in Ruhe.« Wutschnaubend drehte er sich um und ließ sie stehen.

Er fand Cara auf der Tanzfläche. Sie unterhielt sich mit Henry, aber noch immer wirkte sie angeschlagen und nachdenklich. Als sie Peter sah, löste sie sich aus Henrys Umarmung.

»Na, alles in Ordnung?«, fragte der Jüngere.

Mit einem leichten Schulterzucken deutete Peter an, dass er nicht wusste, ob ihre Mutter sich das Gesagte zu Herzen nehmen würde. Dann nahm er Cara in den Arm, und sie bewegten sich im Rhythmus der ruhigen Musik. Henry zog sich nach einem Klaps auf Peters Schulter zurück.

»Cara, ich liebe dich. Vergiss das nicht.« Seine Stimme klang fest als würde er damit einen Vertrag abschließen.

Sie sah ihn an und legte dann ihren Kopf an seine Brust. Als die Musik aufhörte, drückte er kurz ihre Hand.

»Komm, ich muss mit dir reden.« Er schnappte eine Flasche Wasser und ging Richtung Garten.

Cara hielt ihn am Arm zurück, so dass er sich zu ihr umdrehte. »Wenn du mir sagen willst, dass ich zu hart mit deiner Mutter umgegangen bin, dann kannst du das gleich sein lassen«, protestierte sie. Sie verhielt sich wie ein bedrängtes Tier, als stünde sie mit dem Rücken zur Wand und könnte die drohende Attacke nur abwehren, indem sie sich aufbäumte und ihrerseits angriff. »Sie hat in einer Tour provoziert. Dabei kennt sie mich doch überhaupt nicht! Und wenn du mir jetzt sagen willst, dass ich ihr mehr Verständnis entgegenbringen soll, dann mach ich auf dem Absatz kehrt und fahre noch heute Abend zurück nach London. Mach dir keine Hoffnung, ich finde einen Weg, von hier wegzukommen.«

»Cara, im Gegenteil, ich hab meiner Mutter klargemacht, wie indiskutabel ihr Verhalten war. Ich hoffe, sie kommt zur Vernunft.« Er ließ die Arme hängen und sah ebenfalls müde aus. »Komm, ich bin dir eine Erklärung schuldig.« Mit diesen

Worten drehte er sich um und ging hinaus in den Garten, vorbei an den aufgestellten Tischen und tiefer in den Park.

»Was hast du mit dem Wasser vor?«, rief sie ihm hinterher.

»Einen klaren Kopf behalten, komm jetzt!«

Sie hatten sich weit in den Park zurückgezogen, sodass die Geräusche der Party nur noch schwach zu ihnen herüberdrangen. Auf einer Bank, die den Stamm einer knorrigen Buche umrahmte, hatten sie Platz genommen. Die ausladenden Äste des Baumes hingen fast bis auf den Boden herunter und behüteten den, der darunter saß, wie die Schwingen eines Altvogels seine Küken. Die Abenddämmerung war hereingebrochen und tauchte alles um sie herum in warme Farben. Es war eine friedliche Atmosphäre.

Lange hatte Peter die Dinge in sich hineingefressen und nichts über die unangenehmen Seiten seiner Vergangenheit erzählt. Nun war der Zeitpunkt gekommen, an dem die Wahrheit ans Licht kommen musste. Er hatte keine Wahl mehr, und seltsamerweise fühlte er sich erleichtert, endlich darüber reden zu können.

Er war ein Stück von Cara weggerückt und schaute sie nicht an. Er lehnte sich nach vorne, stützte die Ellenbogen auf den Oberschenkeln ab und blickte zu Boden, eine Körperhaltung, durch die er sich wie ein Igel verschloss. Dann begann er, mit ruhiger Stimme zu erzählen.

»Du erinnerst dich an Violet? Ich hatte dir von ihr erzählt. Ich hab aber nicht erwähnt, wie und warum wir uns getrennt haben. Das ist ein Kapitel in meinem Leben, das ich am liebsten vergessen würde.« Nervös knetete er seine Hand. »Mutter hat immer noch Probleme damit, was das damals bei mir ausgelöst hat. Sie hat gelitten, weil ich gelitten habe. Und sie hat die Geschichte noch nicht verwunden. Kannst du das verstehen?«

»Nein, das kann ich nicht!«

Die Härte, mit der sie dies sagte, traf ihn unvorbereitet.

Cara war von der Bank aufgesprungen und marschierte vor ihm auf und ab wie ein Offizier vor einer unfähigen Truppe.

»Weißt du, mein Lieber, ich muss nicht nur gegen deine Mutter kämpfen, die du jetzt auch noch in Schutz nimmst! Nein! Ich muss auch andauernd mit einem Phantom konkurrieren. Immer liegt dieser Schatten über mir, über dir, über allem, was wir tun.« Sie unterstrich die Worte mit einer weit ausladenden Geste.

Er wollte ihr erklären, dass es nicht seine Absicht gewesen war, seine Mutter zu verteidigen, doch er kam nicht zu Wort.

»Ich seh' doch, wie du manchmal in Gedanken versinkst und nicht mehr bei mir bist. Wo bist du dann? Ich würde zu gerne wissen, womit ich es zu tun habe, oder besser gesagt, gegen wen ich ankämpfen muss. Aber ohne mehr über diese … Violet zu erfahren«, sie spie den Namen ihrer Vorgängerin aus, »und darüber, was damals passiert ist, hab ich keine Chance.«

Er sah ihren herausfordernden Blick und wusste, sie hatte recht.

Dann zeigte sie drohend mit dem Finger auf ihn. »Und ich werde es auch nicht weiter versuchen. Jetzt wirst du Tacheles reden müssen!« Mit verschränkten Armen stand sie vor ihm und wartete auf eine Reaktion.

»Es war vor etwa zehn Jahren. Ich lebte in Toronto«, fing er an, nachdem er einen großen Schluck Wasser genommen hatte. Er zog Cara zu sich auf die Bank, doch dann kehrte er in seine Igelhaltung zurück. »Ich lernte Violet auf einer Party kennen. Wir zogen zusammen, und es war eine wunderbare

Zeit. Ich wollte in Kanada bleiben. Alles war einfach. Nach elf Monaten kam die Nachricht aus England, dass mein Vater Bauchspeicheldrüsenkrebs hat. Es war sein Todesurteil.« Bei der Erinnerung an diesen Moment blieb ihm kurz die Luft weg. Mit einem tiefen Atemzug setzte er die Erzählung fort. »Ich kehrte zurück nach London, auch, weil mir meine jetzige Kanzlei ein Angebot unterbreitete, das ich nicht ausschlagen konnte. Ich war froh, in der Nähe der Familie zu sein. Und Violet hatte dafür Verständnis. Sie kam, wann immer möglich, herübergeflogen. Ein Jahr später starb mein Vater, und ich war am Boden zerstört. Sie beschloss, nach England zu ziehen, um mir beizustehen und fand Arbeit in einer Umweltschutzorganisation. Etwas unter ihrem Niveau zwar, aber immerhin mit gesellschaftlichem Anspruch. Auch war es nicht einfach gewesen, unsere Beziehung über den Atlantik hinweg weiterzuführen. Es ist etwas anderes, sich nur alle sechs bis acht Wochen für wenige Tage zu sehen. Nach ihrem Umzug konnten wir an die Zeit vorher anknüpfen. Es ging uns gut. Bis Violet schwanger wurde.« Bei diesen Worten senkte er den Blick und tauchte in die Erinnerung an jenen unheilvollen Tag vor fünf Jahren ein.

Januar 2008

Tagelang hatte er auf sie gewartet. Als Violet dann endlich in der Wohnungstür stand, sah sie erbärmlich aus. Ihr Mantel hing schief auf den Schultern, und ihre Seidenbluse war falsch zugeknöpft. Ihr Make-up war verlaufen. Sie hatte geweint.

»Was ist mit dir los?«, fragte er. Doch sie ging, ohne ein Wort, an ihm vorbei, als wäre er unsichtbar. Nach ein paar Schritten knickte sie mit dem Fuß um und wäre fast gestürzt.

Als er ihr helfen wollte, zog sie angewidert ihre Hand weg. Da nahm er den Alkoholgeruch wahr.

»Was machst du um diese Zeit hier? Kein Gerichtstermin?«, fauchte sie ihn an.

»Nein. Ich hab auf dich gewartet. Wo warst du?«

»Ach lass mich in Ruhe, ich brauch erst mal einen Kaffee.« Mit diesen Worten pfefferte sie ihren Mantel auf den Stuhl neben der Garderobe und schwankte in die Küche. Er hängte das Kleidungsstück auf einen Kleiderbügel, klammerte sich damit an ein Stück Ordnung, an Normalität, obwohl er ahnte, dass ihm gleich alles um die Ohren fliegen würde. Er folgte ihr. Es schmerzte ihn, mit ansehen zu müssen, wie sie vergeblich versuchte, die kleinen Bedienknöpfe des Kaffeeautomaten zu treffen.

»Liebling, ich bin froh, dass du wieder da bist.«

»Kannst du mich nicht einfach fünf Minuten in Ruhe lassen?«

»Natürlich.« Sofort wich er einen Schritt zurück.

Endlich ratterte der Automat los. Sie kippte einen Espresso hinunter und schwankte ins Bad. Er folgte ihr, doch sie schlug ihm die Tür vor der Nase zu. Als hätte sich die Tür zu einer Gefängniszelle, in der er saß, geschlossen, rang er für einen Moment nach Luft. Erstarrt blieb er stehen. Schließlich ging er ins Wohnzimmer zurück. Seine Augen brannten und sein Dreitagebart fing an zu jucken. Tagelang hatte er sich Sorgen gemacht, hatte sich das Hirn darüber zermartert, was mit ihr passiert sein konnte. Halb London hatte er abgesucht und in den Nächten in den Straßenkleidern auf dem Bett gelegen, falls ein Anruf von der Polizei kam. Kein Auge hatte er zugetan. Jetzt war sie wieder bei ihm und musste nur ihren Rausch ausschlafen.

Wenig später hörte er das Rauschen der Dusche und das Brummen des Föhns. Dankbar sog er diese Zeichen ihrer Nähe auf. Alles würde gut werden, redete er sich ein. Doch fühlte er sich, als hoffte er auf Begnadigung, obwohl schon der Henker auf ihn wartete.

Sie kam aus dem Bad und huschte ins Schlafzimmer. Immer wieder schlich er zur Tür, lauschte, um sich dann wieder aufs Sofa zu setzen. Erst als es dunkel geworden war, ließ ihn das Knarren der Tür aufhorchen. Er sprang auf und wäre fast mit ihr zusammengestoßen, als er das Licht anknipsen wollte.

»Wie geht's dir? Du siehst schrecklich aus. Willst du was essen?«

»Nein danke, Peter.« Sie sprach leise, beinah zärtlich und neigte dabei den Kopf zur Seite.

Sie hat nur Ruhe gebraucht.

Doch dann eröffnete sie ihm, dass sie für ein paar Tage verreisen wollte. Erst da fiel ihm die Reisetasche auf, die auf dem Boden neben der Schlafzimmertür stand. Seine Knie gaben für einen kurzen Moment nach, so dass er sich an der Wand abstützen musste.

»Wo willst du hin? Du kannst mich doch nicht einfach so hier stehen lassen. Was ist los? Was ist mit meinem Antrag? Wo warst du?« Die Fragen, die er sich in den vergangenen Stunden immer wieder gestellt hatte, brachen jetzt aus ihm heraus. Das Blut schoss ihm in den Kopf und er verlor die Nerven.

»Verdammt noch mal, gib mir endlich eine Antwort!«, schrie er sie an. Für einen kurzen Moment sah er den Schrecken in ihren Augen aufblitzen. Doch schnell war dieser Eindruck wieder verschwunden.

»Für dich ist alles so einfach, ja?« Sie sprach ruhig aber bestimmt.

»Wovon redest du?«, fuhr er sie an. Es kostete ihn alle Mühe, seine Wut im Zaum zu halten.

»Das Kind!« Sie spie ihm dieses Wort, das für ihn etwas Großartiges, Neues, Hoffnungsvolles bedeutete, ins Gesicht. Und trotzdem betete er zu Gott, dass sie es nicht getan hatte.

»Was ist damit?«

»Wir heiraten, kriegen ein Kind, und die Welt ist in Ordnung. Ich hör auf zu arbeiten und schwenke wieder ganz einfach um. Wer wird Priorität haben, mein fieberndes Kind oder mein vor dem Richter stehender Klient? Gib mir Antworten Peter! Los!« Ihre Stimme schnitt ihm ins Herz wie ein gut geschliffenes Messer.

»Oh Violet. Es gibt doch Möglichkeiten. Wir nehmen uns eine Nanny, eine Haushaltshilfe, einen Chauffeur. Alles, was wir brauchen. Wir haben weiß Gott Geld genug. Du musst dich nicht umstellen«, versuchte er einzulenken.

Doch sie quittierte es nur mit einem lauten, zynischen Lachen. »Es reicht mir. Ich hab schon so viel für dich aufgegeben, jetzt ist Schluss damit.«

»Was soll das denn heißen?«

»Deinetwegen bin ich nach England gezogen und hab diese verfluchte Stelle angenommen. Glaubst du etwa, es ist eine intellektuelle Herausforderung, dauernd irgendwelche Aktivisten aus ihrer selbstgemachten Scheiße zu ziehen? Die meinen, sie könnten das Recht übertreten, da die Moral ja auf ihrer Seite ist. Es ist so ätzend!« Ihr Gesicht drückte all den Widerwillen aus, der sich in ihr angestaut haben musste. Nie zuvor hatte sie ihm anvertraut, wie unbefriedigend sie ihre Arbeit fand. Jetzt platzte es aus ihr heraus wie aus einem Dampftopf, dem der Deckel wegflog.

»Violet, du hast nie etwas gesagt. Wie hätte ich …«

»Ja klar!«, fiel sie ihm ins Wort. »Mr. Alsley war mit sich beschäftigt. Mit seiner Karriere.«

»Verzeih mir, wenn ich das gewusst hätte …, aber du weißt, nach dem Tod meines Vaters …«

»Immer nur du! Verdammt!«

Ein Vorwurf reihte sich an den nächsten und mit jedem wurde sie ihm fremder. Dann trat eine Stille ein, in der er glaubte, das Ticken seiner Armbanduhr zu hören. Nach wenigen Minuten raffte er sich auf und stellte ihr die Frage, die alles Übrige nebensächlich werden ließ.

»Violet, was ist mit unserem Kind?«

Sie schien all ihre noch verbliebene Kraft zu mobilisieren und richtete sich auf. Ihr Gesichtszüge verhärteten sich. Einzig die Tränen in den Augen, zeigten, was in ihr vorging. Dann spuckte sie ihm die Antwort ins Gesicht: »Es ist weg! Ich war gestern in der Klinik.«

Da übermannte ihn Zorn in einem Ausmaß, wie er ihn noch nie empfunden hatte. Sein Herz hämmerte gegen den Brustkorb und sein Kopf fühlte sich an, als drohe er zu bersten. Er packte sie an den Oberarmen, schüttelte sie wie eine Puppe, aus der die Worte, die er hören wollte, herausfallen sollten. »Wie kannst du so was machen? Es ist genauso mein Kind. Was fällt dir ein?« Er stieß sie von sich, und sie wich zurück. Dabei blieb sie an einem Stuhlbein hängen, verlor das Gleichgewicht und stürzte auf den Küchenboden. Doch sie gab nicht klein bei und schrie ihn an: »Du bist ein verdammter Egoist! Du wolltest ja nicht mit mir über eine Abtreibung reden! Du hast gar nicht versucht, meine Sichtweise zu verstehen.«

»Ich ein Egoist?« Bedrohlich beugte er sich über sie. »Du gibst *mir* die Schuld?«, brüllte er sie erneut an.

Erstaunlich schnell erhob sie sich und suchte Schutz hinter der Kochinsel. Doch er war im Nu bei ihr. Er packte sie an den Armen und presste sie mit seinem Körper an die Wand. Seine Hand legte sich um ihren Hals und drückte ihren Kiefer nach oben. Violet versuchte, ihn wegzuschieben, besaß aber nicht die Kraft dafür. Verzweifelt ruderte sie mit ihren Armen, da knallte etwas laut auf den Boden. Er schreckte bei dem Geräusch zurück, sah den Messerblock am Boden liegen und im selben Moment nahm er das Aufblitzen einer Klinge, die auf ihn zuraste, im Augenwinkel wahr. Sie erwischte ihn am Brustkorb, rutschte jedoch an einer Rippe ab. Blitzschnell stach Violet erneut zu.

Er versuchte, ihre Angriffe abzuwehren. Da durchbohrte die Klinge seine Hand. Er schrie vor Schmerz. Ungläubig blickte er auf die blutende Wunde in seiner Handfläche. Und dann gab es nur einen Gedanken: Rückzug. Seine ganze Aufmerksamkeit fokussierte sich nur noch darauf. Er verkroch sich im Badezimmer wie ein waidwundes Tier. Zitternd kramte er aus dem Erste-Hilfe-Kasten an der Wand Verbandsmaterial heraus, drückte mehrere sterile Kompressen auf die Wunde und fixierte sie mit einem Druckverband. Als er auf den Boden sank, bemerkte er Blutflecken auf seiner Brust, die sich ausbreiteten und das Hemd durchtränkten. Das letzte, was er spürte, war ein Kribbeln, das ihm die Arme und Beine hochkroch. Dann verlor er das Bewusstsein.

Samstag, 3. August

Peter schwieg für eine kurze Zeit. Dann schüttelte er den Kopf, als wollte er die Fragen, die er sich im Geiste stellte, vehement verneinen.

»Ich kann mir heute noch keinen Reim darauf machen, wie ich zur Zielscheibe ihres Hasses werden konnte. Warum hat sie mir nie erzählt, wie es ihr geht? Warum hab ich nicht gemerkt, was mit ihr los ist? Sie hat mir mit einem Handstreich mein Kind genommen.« Er holte tief Luft. »Du hast die Narben gesehen. Fünf Stiche, die zum Glück nur oberflächlich waren. Die Wunde an der Hand war gravierender und plagt mich heute noch.« Wie zum Beweis knetete er seinen Ringfinger. »Ich bin ihr nie mehr begegnet. Sie hat keine persönlichen Dinge aus der Wohnung geholt, unsere Freunde haben nie wieder von ihr gehört. Ihre Kontoverbindung war kurz danach ungültig. Das war das einzige Lebenszeichen von ihr. Ich hab sie verzweifelt gesucht, ich wollte sie verstehen und ihr meine Sicht erklären. Und ich wollte sie um Entschuldigung bitten für mein Verhalten. Ich weiß nicht, ob sie lebt oder tot ist. Sie ist wie vom Erdboden verschluckt.«

»Sehnst du dich nach ihr?«

»Nein, nicht mehr.«

Jetzt sah er Cara in die Augen. Er wollte ergründen, was in ihrem Kopf vor sich ging, doch er konnte darin nicht lesen.

»Und welche Rolle spielt Regina dabei?«

»Ich hab die Messerstiche selbst verarztet, meine Hand dick eingebunden, im Glauben es würde aufhören zu bluten. Dann bin ich aus der Wohnung gestürmt und hab im Pub ein Glas Whisky nach dem anderen in mich hineingekippt, bis sie mich rauswarfen. Ich muss durch die Straßen gestolpert sein, meine Mutter hat mir später erzählt, dass ich mit Schürfwunden übersät und meine Kleider zerrissen und dreckig waren. Zurück in meinen vier Wänden hab ich mich volllaufen lassen, bis ich wahrscheinlich nicht mehr in der Lage war, eine Flasche zu öffnen. Nach ein paar Tagen entzündeten sich meine Hand, und ich bekam hohes Fieber. Ein Funken Überlebenswille hat mich dazu bewegt, meine Mutter anzurufen. Ich kann mich daran nicht mehr genau erinnern. Jedenfalls stand sie irgendwann im Zimmer und war fürchterlich aufgelöst. Sie weinte in einer Tour, während sie die Wunden auswusch und versorgte. Danach hat sie mich in ihr Auto bugsiert und zu einem befreundeten Arzt gefahren, der die Stichwunden versorgte und mir Antibiotika gab. Meine Mutter brachte mich zu sich nach Hause. Ich muss völlig apathisch gewesen sein.

Zuerst war bestimmt die Infektion daran schuld, doch als meine Temperatur nach ein paar Tagen sank, tauchte das Unglück aus dem Fiebernebel auf und schlug mit voller Kraft zu. Erst als der Arzt mir ein Psychopharmakon gab, wachte ich aus der Dunkelheit auf. Ich blieb noch wochenlang bei meiner Mutter. Sie hat mich umsorgt wie ein kleines Kind. Und ich konnte nicht ausbrechen aus dieser Lethargie. Ich sah nur immer ihr verzweifeltes Gesicht. Ich hab ihr so kurz nach Vaters Tod viel zugemutet. Und jetzt befürchtet sie einfach, dass das noch mal passiert.«

Er sah Cara in die Augen. Verstand sie, wie es ihm damals gegangen war? Erkannte sie, wie es Regina ergangen war? Und konnte sie ermessen, welche Angst ihn seitdem fest umklammert gehalten hatte, bei jeder Frau, die er kennenlernte? Mit gedämpfter Stimme setzte er die Erzählung fort. »Nach und nach ging es mir besser. Die Tabletten halfen. Ich hatte mich in der Kanzlei krankgemeldet, sodass dort kein Verdacht aufkam. Ich tat so, als müsste ich an der Hand operiert werden und bräuchte längere Zeit für die Reha. Niemand hat das in Zweifel gezogen. Ein paar Wochen danach bin ich zurück ins Büro. Es war, als wäre ich aus einer dunklen Höhle, in der ich wochenlang umhergeirrt war, ans Licht gekommen. Als hätte ich den Ausgang gefunden. Ich stürzte mich auf die Akten und hab gearbeitet wie ein Wahnsinniger. Nur, um die Erinnerung fernzuhalten. Ich schnappte mir morgens als Erstes Unterlagen und las sie durch. Unter der Dusche dachte ich über den Fall nach und fuhr dann ins Büro, wo ich bis spät abends blieb. Nicht selten schlief ich in der Kanzlei, musste mich oft zwingen, heimzugehen, denn dort war es kaum auszuhalten. So ging es ein ganzes Jahr lang, bis ich den Mut fasste, Violet zu suchen, weil ich mit ihr reden wollte. Aber ich konnte sie nicht mehr finden. Nach weiteren sechs Monaten gab ich dann die Hoffnung auf und zog aus der

Wohnung aus. Ich hab noch so viele Fragen an sie. Und ich würde sie gerne um Vergebung bitten.«

Cara schnappte nach Luft, als Peter geendet hatte. »Oh Peter, das alles tut mir furchtbar leid.« Brachte sie nur heiser heraus. Dann setzte sie sich neben ihn, nahm seine Hand und lehnte ihren Kopf an seine Schulter. So saßen sie eine Weile schweigend da. Das Tageslicht schwand, kein Geräusch war zu hören, die Band machte eine Pause. Durch die Bäume drang nur hin und wieder das Licht der Fackeln hindurch, die jemand im Park verteilt hatte. Die Ruhe, die sie umgab, ließ sie jegliche Realität vergessen. Alles schien ausgeklammert. In diesem Moment gab es nur sie beide.

Nach geraumer Zeit schlichen sie sich zurück ins Haus. Keiner hatte noch Lust auf die ausgelassene Stimmung einer Party. Als Peter die Zimmertür hinter sich geschlossen hatte, ging er auf Cara zu. Er drückte sie an sich, als müsste er zwei Erdhalbkugeln zusammenhalten, die drohten auseinanderzudriften. Sie liebten sich mit einer Zärtlichkeit, die neu war, und Peter spürte, wie er sich dabei im Nebel diffuser Gefühle verlor. Verzweiflung war eines davon und es nahm ihm den Atem. Er wollte bei ihr sein, eins mit ihr sein, damit sie ihn nie loslassen würde. Und er hatte Angst, unbändige Angst, die seinen Brustkorb eng werden ließ.

Später raffte er sich noch einmal auf, um zur Festgesellschaft hinunter zu gehen, in der Hoffnung, auf Henry, Liz oder Emily zu treffen. Ein Blick auf Cara zeigte ihm, dass sie schlief. Er zog sich an und versuchte, leise hinauszuschleichen.

Es waren nur noch wenige Leute auf der Party, die sich in kleineren Gruppen unterhielten. Die Männer standen hemdsärmelig um die Stehtische herum, die Krawatte gelockert, ein Bier in der Hand. Der eine oder andere hielt eine

Zigarre zwischen den Fingern, deren Rauch sich kringelnd ins Dunkel der Nacht verabschiedete. Die Frauen hatten es sich in den Loungesitzen bequem gemacht, die hohen Schuhe beiseitegestellt und nippten an Wassergläsern. Henry stand am Rand der Szene und betrachtete mit zufriedenem Gesichtsausdruck die entspannte Stimmung der Gäste. Peter ging zu ihm.

»Na, wie geht's dir?«, empfing Henry ihn mit einer Berührung am Oberarm.

»Ich hätte Cara nicht herbringen sollen. Das war zu früh«, platzte es aus Peter heraus.

»Komm, setzen wir uns, es ist noch wunderbar mild hier draußen.« Henry schnappte eine Flasche Rotwein und Gläser. Sie setzten sich etwas abseits auf eine kniehohe Mauer, und er reichte seinem Bruder ein Glas. Peter nahm einen kräftigen Schluck, um den Kloß im Hals hinunterzuspülen.

»Mutters Reaktion wäre zu einem späteren Zeitpunkt nicht anders ausgefallen«, knüpfte Henry an.

»Ja, wahrscheinlich hast Du Recht. Das Schlimmste daran ist, dass Cara Familie wichtig ist. Sie hat mir oft gesagt, dass es ihre Angehörigen sind, die ihr hier am meisten fehlen. Ich hatte gehofft, dass ich ihr das bieten könnte. Ein Kreis, in dem sie sich geborgen fühlt. Aber Mutter hat diese Illusion mit einem Handstreich zerstört.«

»Ja, sie hat heute alles getan, um sie zu vergraulen. Aber ich würde sagen, es steht eins zu eins. Cara hat sich bestens geschlagen. Und das, ohne konkret zu attackieren oder beleidigend zu werden. Ich ziehe den Hut vor ihr!«

Peter schüttelte gedankenverloren den Kopf. »Dann hat mir Mutter noch direkt auf den Kopf zugesagt, dass Cara nicht in meine Welt passt.« Etwas leiser fügte er noch hinzu: »… und dass ich im Hinblick auf meine Karriere einen anderen Typ

Frau bräuchte.« Es war deutlich, wie unangenehm es ihm war, dies auszusprechen.

»Und du hast ihr Recht gegeben?«

»Nein, natürlich nicht.«

»Du weißt doch, wie Mutter in der Hinsicht drauf ist. Sie lebt nun mal, was so etwas anbelangt, in einer vergangenen Zeit.«

»Ja schon! Doch ganz von der Hand weisen kann man es nicht: Cara fühlt sich in meiner Welt nicht gerade zu Hause. Vor Kurzem hatte ich sie zu einer Einladung der Anwaltskammer mitgenommen und es tat mir weh, zu sehen, mit welchem Unbehagen sie die Sache mitgemacht hat. Zum Glück war Lady Waltonbury da. Du kennst sie ja. Nur bei ihr hat sich Cara annähernd ungezwungen verhalten. Bei allen anderen war sie so gehemmt, dass ich sie nicht wiedererkannt hab.«

Peter klang verzweifelt, und Henry legte ihm die Hand auf die Schulter.

»Cara kann sich bestimmt ein Stück weit den Spielregeln dieser Welt anpassen. Nur verbiegen wird sie sich nicht.«

»Das wäre auch nicht in Ordnung.«

»Und ich kann mir gut vorstellen, dass du ein paar Pluspunkte auf deinem Konto hast, die sie überzeugen könnten.« Er lächelte ihn an.

»Da bin ich mir nicht so sicher.« Peter verzog den Mund.

»Wieso das denn?«

»Die Frage ist, inwieweit sie zu Kompromissen bereit wäre. Manchmal denk ich, sie ist wie eine Motte, die um eine Kerze schwirrt. Etwas zieht sie zum Licht, doch dann bekommt sie Angst, sich zu verbrennen und flattert weg. Es ist kompliziert.«

»Was meinst du damit?«

»Ich hatte mir alles einfacher vorgestellt.«

»Ich erkenn dich kaum wieder. Wovor hast du Angst?«

»Sie zu verlieren.«

»Hör zu. Du musst dir erst über deine Zweifel klar werden und an eine gemeinsame Zukunft glauben. Und das mit Mutter wird sich einrenken. Sie wird sehen, dass du glücklich bist, und es wird sie umstimmen.«

»Sie denkt, dass ich wieder abstürze, wenn es schiefgeht.«

»Eine gewisse Wahrscheinlichkeit besteht immer«, rutschte es Henry heraus. »Aber ich bitte dich, sollte es jemals passieren, ruf nicht Mutter an, sondern mich. Ich bin etwas härter im Nehmen.«

»Versprochen?« Mit einem bitteren Lächeln auf den Lippen blickte Peter seinen Bruder an.

»Na hör mal!«

»Hey ihr beiden, was ist euch denn über die Leber gelaufen?« Emily kündigte lautstark ihr Kommen an. Peter schaute erleichtert auf. Die Freundin holte ihn aus den düsteren Gedanken.

»Du bist noch wach, wie schön. Setz dich zu uns.« Henry streckte ihr den Arm entgegen als Einladung, auf seinem Schoß Platz zu nehmen.

»Wie in alten Zeiten!«, kicherte sie verhalten, als sie der Aufforderung folgte. »Aber nun erzähl mal, was los ist.«

»Kannst du dir das nicht denken?«, fragte Peter.

»Doch. Es war nicht zu übersehen, was da beim Essen an eurem Tisch abgelaufen ist.«

»Mutter ist der Meinung, dass Cara nicht zu mir passt.«

»Hat sie jemals von einer Frau gedacht, dass sie gut genug für ihren Goldjungen wäre?«

Peter blickte erstaunt auf. »Nein, da hast du recht. Doch viel schlimmer ist, dass sie den Finger in meine Wunden legt.«

»Was meinst du damit?«

»Mutter ist der Meinung, Cara könnte nicht ...« Er zögerte. Dann schüttelte er den Kopf, um klarzustellen, dass dieses Thema tabu war.

»Okay, verstehe«, meinte Emily, und nach einer kurzen Pause fuhr sie fort. »Darf ich dir sagen, was *ich* von Cara halte?«

Er sah sie mit einer Mischung aus Hoffnung und Angst auffordernd an.

»Ich hab sie ja noch nicht richtig kennengelernt, aber mein erster Eindruck, als ich euch beide da stehen sah – und übrigens nicht fassen konnte, dass ich dich wiedersehe!« Sie lächelte ihn an, und er erwiderte es zögerlich.

»Als ich euch da sah, hab ich mir gedacht: Oh Mann, Peter sieht ja umwerfend aus, warum hab ich ihn damals nicht flachgelegt!«

Nun grinste sie ihn schelmisch an, und er ermahnte sie ungeduldig: »Ich dreh dir gleich den Hals um. Rück endlich damit raus!«

»Also, als ihr so da standet ...«

»Emily!!!«

»... dachte ich mir, dass ihr füreinander geschaffen seid. Wenn ich eine Aura sehen könnte, dann wäre da nur eine. Eine, die euch beide umfängt. Peter, Cara wurde für dich geboren und du für sie.«

Emilys Blick drang in sein Herz, und er erwiderte ihn dankbar. Hoffnung keimte in ihm auf, dass doch alles richtig war und es einen gemeinsamen Weg gab.

»Cara ist ein so liebenswerter Mensch in ihrer Offenheit und ihrer Verletzlichkeit. Außerdem hat sie Temperament. Und das tut einem blasierten Oberschichten-Snob wie dir gut, der den ganzen Tag nur in einer komischen Verkleidung rumrennt und in einem Kosmos lebt, der in Hunderten von Jahren einen Verhaltenskodex aufgebaut hat, der schon vor dem Homo sapiens als veraltet gegolten hätte. Das ist verkrusteter Grind, der endlich abplatzen muss.« Emilys Frust sprühte aus jeder Silbe. »Als Anwältin ist es meine Aufgabe, Gerechtigkeit in die Welt zu bringen, nicht mich an Rituale zu halten.«

Henry rieb ihr sanft den Oberarm. »Ruhig, Braune! Ich kann mir gut vorstellen, dass ein Paradiesvogel wie du aneckt.«

»Na ja, inzwischen kann ich damit umgehen.« Dann wandte sie sich mit ernstem Gesichtsausdruck an Peter. »Lass sie nicht gehen, und lass Regina sie nicht vergraulen.«

Mit diesen Worten ging sie auf ihn zu und umarmte ihn.

»Oh Emily. Danke. Du bist großartig!«

***

Cara hatte mitbekommen, wie Peter das Zimmer verließ. Sie hatte sich schlafend gestellt, weil sie die Gelegenheit nutzen wollte, um in Ruhe über die vergangenen Stunden und darüber, was er erzählt hatte, nachzudenken. Noch jetzt verkrampfte sich ihr Magen, weil sie erkannt hatte, wie sehr es ihn verletzt haben musste, als sie ihn hatte stehenlassen, damals, nach dem ersten Wochenende, nach ihrem Streit und nachdem er ihr seine Liebe gestanden hatte. Sie wusste nun um seinen Schmerz und um den seiner Mutter. Und ein wenig tat diese ihr sogar leid. Gerne wäre sie auf sie zugegangen und hätte noch mal von vorne angefangen, eine Beziehung zu ihr aufzubauen. Sie wollte ihr sagen, dass sie ihre Bedenken verstand, dass sie es akzeptieren konnte. Aber auch, dass sie eine Chance verdient hat, sich ihr zu zeigen und erst danach beurteilt zu werden. Nicht vorher.

Doch dann sah sie wieder Reginas schmallippiges Gesicht vor sich. Sie sah die abwertenden Blicke. Und sie fühlte die Erniedrigung, die sie versucht hatte, nicht zuzulassen. Nein, mit dieser Frau würde sie nie Frieden schließen oder gar ein herzliches Verhältnis aufbauen können. Eher würden die Polkappen schmelzen oder Prinz Charles König werden.

Sie verstand nun, was Peter mit sich herumgetragen hatte, und konnte nachvollziehen, warum er bisher nicht mit der ganzen Wahrheit herausgerückt war. Die Erinnerung lag schwer auf seiner Seele. Einem Menschen absolut zu vertrauen, zu denken, man wäre verbunden, auf immer und ewig. Und dann explodierte das alles. Von einer Sekunde auf die nächste war der eigene Kosmos weg! Mehr noch: Alles schlug ins Gegenteil um. In Hass und Schmerz! Sie konnte nur ahnen, wie schwer ihm das zugesetzt haben musste, so dass er jegliche Beherrschung verlor. Jeder wäre daran zerbrochen. Und Peter hatte einen Weg aus dem Untergang gefunden. In der Arbeit.

Und nun komme ich, dachte Cara, *und bringe sein Gleichgewicht ins Wanken. Durch mich muss er sich öffnen, muss vertrauen. Und ich stelle das, was ihm den stärksten Halt gibt, infrage.*

Ihr wurde das Herz schwer. Eine gewaltige Last lag auf ihr. Und erneut ahnte sie, dass es sie überforderte. Sie müsste versuchen, sich in seiner Welt zurechtzufinden. Bei ihr lag die Verantwortung dafür, dass sie zusammenblieben. Und das noch gegen den Widerstand einer bösen Schwiegermutter, die dachte, dass sich Aschenputtel ihren Prinzen angeln wollte. Das war nicht ihr Ding. Das war eine Nummer zu groß.

»Wo bist du, Peter?«, seufzte sie. Wäre er jetzt bei ihr, dann würde seine Wärme ihr Zuversicht geben. Doch sie schlief ein, bevor er zurückkam und sich zu ihr legte.

Donnerstag, 22. August

Knapp drei Wochen später folgte Cara eine Einladung von Jo zum Nachmittagstee. Sie fuhr etwa eine halbe Stunde mit dem Zug in den Norden der Stadt. Als sie den Bahnhof verlassen und ein paar Meter zurückgelegt hatte, konnte sie es kaum fassen, dass sie sich immer noch in London befinden sollte. Ihr schien es, als sei sie in eine andere Welt versetzt worden. Der Weg zu Jos Adresse verlief im Schatten alter Bäume an einer kaum befahrenen Straße entlang. Cara genoss die ungewohnt friedliche Stimmung. Ab und zu hielt sie inne, um bewusst dem Zwitschern der Vögel in den Baumwipfeln zu lauschen. Doch was ihr missfiel, waren die hohen Mauern, mit denen sich die Grundstücke auf beiden Seiten gegen die Außenwelt abschotteten. Gigantische schmiedeeiserne Tore und Kameravorrichtungen an den Einfahrten wirkten nicht gerade einladend auf Passanten. Die Bewohner mussten fürchterliche Angst davor haben, dass jemand unbefugt ihr Anwesen betrat oder sie ausraubte. *Wie schade,* dachte Cara. *Da hat man alles Geld der Welt und findet doch keine Ruhe.*

Endlich war sie etwas verschwitzt am Tor der Waltonburys angelangt. Die Luft flirrte und das Weiß der Grundstücksmauer blendete sie. Cara rieb sich mit einem Taschentuch über die Stirn und drückte den Knopf der Gegensprechanlage. Eine Frauenstimme mit osteuropäischem Akzent ertönte aus dem Lautsprecher mit der Frage, wen sie melden dürfe. Kurz darauf öffnete sich das Tor automatisch, und Cara trat ein. Die Sicht auf das Haus war durch eine hohe Hecke aus Rhododendren verdeckt, lediglich ein paar Schornsteine erkannte sie über das üppige Grün hinweg. So folgt sie dem gekiesten Weg. Der Duft der Lavendelsträucher, die ihn säumten, lag schwer und betörend in der schwülwarmen Luft. Nach ein paar Metern sah sie Jo, bekleidet mit einer Gärtnerschürze und die Hände in Gartenhandschuhen. Sie lächelte und kam Cara mit ausgebreiteten Armen entgegen.

»Cara! Meine Güte, sind Sie etwa zu Fuß hier? Bei dieser Hitze! Hätte ich das gewusst, hätte ich ihnen Wesley geschickt. Sie müssen sich erst mal erholen.«

»Danke, Lady Waltonbury, es war ein schöner Spaziergang, aber gegen ein Glas Wasser hätte ich nichts einzuwenden.«

»Kommen Sie, wir setzen uns auf die Terrasse hinterm Haus, dort ist es um diese Tageszeit schon schattig. Sie entschuldigen die Gartenschürze, aber Sie wissen ja um meine Leidenschaft. Ich hab darüber die Zeit vergessen. Geben Sie mir eine Sekunde, und ich bin salonfähig.«

»Bitte, machen Sie sich keine Umstände!«

»Nein, nein, den erfreulichen Anlass möchte ich würdigen. Ich bin gleich zurück.«

Mit diesen Worten verschwand sie im Haus, während eine Bedienstete auf einem Tablett Eistee und Kuchen brachte. Nahezu geräuschlos näherte sie sich dem Tisch, an den sich Cara gesetzt hatte, und fing wortlos an, Teller und Gläser darauf zu verteilen. Cara grüßte sie freundlich, doch die Frau blieb stumm und lächelte nur schüchtern.

In dem Moment kam Lady Waltonbury zurück. In Windeseile hatte sie sich die Haare zurechtgesteckt und ein Kleid angezogen.

»So, jetzt noch mal von vorne.« Sie nahm Cara in die Arme und drückte sie herzlich. »Wie schön, dass Sie herkommen konnten. Ich freue mich, Sie zu sehen.«

»Vielen Dank für die Einladung, Lady Waltonbury.«

»Nennen Sie mich bitte Jo. Sonst komm ich mir so alt und vernünftig vor.« Sie verdrehte die Augen.

Sie setzten sich und nahmen Eistee und Kuchen.

»Cara, wie ist es Ihnen seit unserer letzten Begegnung ergangen? Ich hab mir extra die *Independent*-App zugelegt, um ihre Kolumne zu verfolgen. Ich amüsiere mich köstlich bei der Lektüre.«

»Vielen Dank, das freut mich. Haben Sie die gelesen, in der ich den Abend in der Middle Temple Hall – sagen wir mal — verarbeitet habe.«

»Oh ja, das haben Sie hervorragend umgesetzt. Meiner Meinung nach, haben Sie darüber differenziert und überlegt geschrieben. Ehrlich gesagt, finde ich, dass dieser Artikel einer Ihrer besten war. Man kann sich lustig machen über diese Welt oder polemisch werden und dagegen wettern. Aber so einfach haben Sie es sich nicht gemacht. Man merkt, dass Ihr Herzblut bei dem Thema mit dabei war.«

»Das stimmt. Das war der persönlichste Beitrag, den ich je geschrieben habe. Allerdings hat ihn Peter noch nicht gelesen. Ich hatte ihm nicht davon erzählt. Er hat viel um die Ohren und findet kaum Zeit, etwas anderes als die Schlagzeilen der *Times* zu überfliegen.«

»Oh, das überrascht mich. Sie müssen es ihm zu lesen geben. Er wäre bestimmt stolz auf Sie.« Und nach einigen Augenblicken der Stille fragte sie: »Wollen wir ein Stück gehen? Ich muss Ihnen mein grünes Reich zeigen.«

Sie erhoben sich und spazierten über den Rasen. Jos Garten war perfekt. Nirgends kümmerte eine verblühte Blume, die Beete waren farblich und in ihrer Höhenabstufung sorgfältig zusammengestellt. Alte Bäume befanden sich wie zufällig verteilt auf dem weitläufigen Grundstück, und doch bildeten sie das wohlabgestimmte Gerüst des Gartens.

»Erzählen Sie mir von sich, Cara. Wo kommen Sie her?«

Sie erzählte ihre Geschichte, und Jo hörte aufmerksam zu.

»Tja, und so kam ich nach London mit der Absicht, ein Jahr lang ohne Planung, ohne Ziele zu leben. Einfach loszulassen und sehen, was auf mich zukommt. Da kam Peter in mein Leben.« Sie sprach diesen Satz nachdenklich aus. Nicht gerade so, als würde ihr Herz bei der Erinnerung daran Samba tanzen.

»Und jetzt? Sind Sie glücklich?«

»Glück ist ein großes Wort, Jo.«

»Das dachte ich auch einmal, und heute weiß ich, dass es nichts Großes ist. Im Gegenteil, es liegt in den kleinen Dingen, in einer Blume, die sich im Frühjahr durch den Boden stemmt und sich uns in den leuchtendsten Farben zeigt. Es ist ein Baby, das man im Arm hält, und das einen mit großen Augen anschaut, wenn man ihm etwas vorsingt. Und es ist ein Mensch, der abends mit einem auf dem Sofa sitzt und einem die Hand hält.«

»Nein Jo. So gesehen bin ich nicht glücklich, weil ich diese Dinge zurzeit gar nicht wahrnehme.« Sie versank in ihren Gedanken. *Ich sehe nur noch das, was mir wie Blei auf der Brust liegt und mir das Atmen schwer macht*, ergänzte sie still.

»Oh, Liebes, warum das? Wie kann ich Ihnen helfen?«

»Es ist kompliziert.«

»Wenn es einfach wäre, hätten sie das Problem bestimmt schon gelöst.«

»Kennen Sie Peters Mutter?«

»Regina, oh ja!« Sie blickte Cara wissend an.

»Sie kann mich nicht ausstehen und gibt sich alle Mühe, uns auseinanderzubringen. Seit ich ihr auf Henrys Geburtstag begegnet bin, ruft sie Peter ständig an. Sie scheint zu riechen, wann es unpassend ist. Und sie hat mir deutlich gemacht, dass sie mich für absolut ungeeignet für ihren Sohn hält.«

Jo lachte laut auf. »Ha, das klingt nach Regina. Entschuldigen Sie, Cara, aber es hätte mich gewundert, wenn Sie etwas Nettes über sie zu berichten gewusst hätten. Sie kann ein Biest sein, wenn es um ihre Männer geht. Sie sollten das nicht überbewerten. Und nehmen Sie es vor allem nicht persönlich.«

Cara schaute sie verdutzt an. Diese Reaktion hatte sie nicht erwartet. »Das ist leichter gesagt als getan.«

»Ach, Liebes. Sie dürfen Reginas Einfluss nicht überschätzen. Sie ist immer noch in alten Strukturen gefangen. Sie hat ihr Leben im Schatten ihres Gatten verbracht und nicht bemerkt, dass sich die Welt schneller weiterdreht, als sie denkt. Glauben Sie mir, sie hinkt ihrer Zeit hinterher und kämpft auf verlorenem Posten.«

»Im Gegensatz zu Ihnen, die Sie Ihrer Zeit weit voraus waren?«

»Was heißt waren? Ich hoffe, das bin ich noch. Was gibt es Schlimmeres, als wenn man in seinen Erinnerungen und Gewohnheiten hängenbleibt. Nicht mehr über das Leben und die Möglichkeiten, die es einem bietet, nachdenkt? Regina ist ein Dinosaurier, nennen wir die Dinge doch beim Namen.«

»Sie mögen Sie nicht, oder?«

»Das ist eine rhetorische Frage, nicht wahr?« Jo drehte ihren Kopf etwas zur Seite und schaute Cara leicht vorwurfsvoll an.

»Aber in einem könnte Sie doch recht haben, ich passe nicht in Peters Welt. Der Abend in der *Middle Temple Hall* hat mir darüber die Augen geöffnet.«

»Ach papperlapapp. Cara, die meisten der Anwesenden Honoratioren führen ein ganz normales Leben mit Kindern und Haus in der Vorstadt. Und jeder von denen steht morgens auf, putzt sich die Zähne, genau wie Sie und ich.«

»Ich finde den Umgang untereinander nicht ehrlich. Es wird so viel Wert auf Etikette gelegt. Das widerstrebt mir.«

»Vielleicht haben Sie Recht, dass wir nicht ganz aufrichtig zueinander sind, in dem Sinne, dass wir Meinungen zurückhalten und kritische Themen nicht ansprechen. Aber wir gehen respektvoll miteinander um. Und da machen wir keinen Unterschied, ob arm ob reich, ob Student oder Master. Es ist ein wertschätzender Umgang. Das ist eine wertvolle Basis, auf der viel Interessantes entstehen kann.«

»Warum fühle ich mich dann eingeschüchtert.«

»Weil Sie ein fremdes Land betreten, in dem Sie erst die Sprache lernen, in dem Sie sich mit den Sitten und Gebräuchen vertraut machen müssen. Und nach und nach gewinnen Sie an Sicherheit. Und irgendwann merken Sie, dass Sie willkommen sind und die Eingeborenen neugierig auf Sie sind.«

»Ging es Ihnen so?«

»Nein«, lachte Jo. »Ich wollte anfangs mit dem Kopf durch die Wand und dachte, ich müsste aller Welt klarmachen, dass ich anders bin und dass ich sie verachtete. Seltsamerweise schienen die Altvorderen zu wissen, dass ich mir erst die Hörner abstoßen musste. Es war für sie nichts Neues. Anscheinend passiert das jeder Generation. Sie nahmen meine Provokationen mit einer stoischen Gelassenheit hin, die mich in den Wahnsinn trieb. Und ich hatte das große Glück, dass mein Mann genau das an mir liebte. Er unterstützte mich im Rahmen seiner Möglichkeiten, machte mir aber auch klar, wenn ich im zwanghaften Streben, exotisch zu sein, zu weit gegangen war.«

»Haben Sie das Gefühl, Ihre Identität verloren zu haben?«

»Nein, ich bin immer noch etwas verrückt, nur muss ich es nicht jedem unter die Nase reiben. Ich spiele damit, mal mehr, mal weniger.«

Freitag, 6. September

»Wir sind zum Essen eingeladen«, fiel Cara zwei Wochen später gleich mit der Tür ins Haus. Sie hatten sich zum Lunch im Pub verabredet und Peter war eben gekommen.

»Du oder wir?« Er zog sich seine Jacke aus und hängte sie über die Stuhllehne. Dann gab er ihr einen Kuss.

»Wir.«

»Bei wem und aus welchem Anlass?« Endlich konnte er sich setzen.

»Raj und Souka wollten einfach mit ein paar Freunden zusammen kochen und einen netten Abend verbringen.«

»Wann denn?«

»Nächsten Freitag. Hast du Zeit?«

»Kommende Woche hab ich ziemlich viel um die Ohren, aber ich werde zusehen, dass ich mir die Zeit freihalte.«

Sie fand es absurd, dass er selbst an einem Freitagabend nicht davon ausgehen konnte, frei zu haben. Aber sie hatte eingesehen, dass Diskussionen um seine Arbeitszeit vergebene Mühe waren. Sie wusste ja, was die Arbeit für ihn bedeutete. Nur hatte sie den Eindruck, dass er in letzter Zeit noch mehr arbeitete als sonst. Wo sollte das noch hinführen? Sie beschlich das Gefühl, bei ihm nur noch auf Platz zwei zu stehen, und diese Rangordnung frustrierte sie. »Es würde mich freuen, wenn wir dort zusammen auftauchten.« Sie schaute ihm tief in die Augen und hob ihr Kinn nur etwas an, aber sie drückte damit aus, dass Peter in dem Fall keine Wahlmöglichkeiten hätte. Ihr lag viel daran.

»Ich werde mein Möglichstes tun, Schatz.« Er streckte seine Hand über den Tisch zu ihr aus und sie nahm sie. »Ich bin gespannt auf deine Freunde.« Und nach einer kurzen Pause meinte er. »Erzähl mir, wie du sie kennengelernt hast?«

Freitag, 13. September

Cara war damit beschäftigt, Weinflaschen in eine Tasche zu packen. Livy wollte ihr eben den Nachtisch reichen, den sie als Beitrag zum gemeinsamen Essen mit den Freunden zubereitet hatten, da klingelte Caras Handy. Peter war längst überfällig. Sie ahnte sofort, was kommen würde.

»Cara, es wird leider etwas später. Clive hat mir gerade noch einen Fall auf den Tisch gelegt. Ich muss mich noch einlesen. Das Briefing ist schon morgen früh.«

»Oh nein, das darf doch nicht wahr sein.«

»Eine Stunde, Cara, ich bin in einer Stunde fertig. Gib mir die Adresse und ich komme direkt hin.«

So fuhr sie zusammen mit Livy und Nate mit der U-Bahn zu der Verabredung.

»Dann lernen wir heute also den werten Mr. Alsley endlich richtig kennen?«, stichelte Nate. »Bisher wart ihr ja erfolgreich darin, uns aus dem Weg zu gehen.«

»Ich hoffe es zumindest«, antwortete Cara geknickt.

»Na ja, ich bin gespannt. Glaubst du wirklich, dass das für dich ein entspannter Abend wird? Raj bietet dem Verfechter von Recht und Ordnung zum Nachtisch einen Joint an?« Nate lachte laut auf. Livy versetzte ihm einen heftigen Stoß in die Seite.

»Autsch! Ich sprech' doch nur aus, was in Caras Kopf vorgeht. Denkst du etwa, dass er auf ganz locker und easy macht? Komm Livy, sei ehrlich. Cara, hm?« Er breitete beide Arme aus und zog die Schultern dabei hoch.

Sie saßen seit zwei Stunden zusammen, der Tisch war abgeräumt, und Cara hatte alle fünf Minuten auf ihre Uhr geschaut. Aus Ärger über Peter hatte sie schon das eine oder andere Glas Wein getrunken. Doch das half ihr nicht, im Gegenteil, es fachte ihren Groll noch mehr an. Dann klingelte es an der Tür. Souka ging hin und öffnete. Peter trat, mit einer Flasche Rotwein in der Hand und in seinem dunkelblauen Anzug, ein. Das war zu erwarten, da er direkt von der Arbeit kam, aber Cara war es unglaublich peinlich, dass er so förmlich gekleidet erschien. Sie nahm all ihre Selbstbeherrschung zusammen und ging zu ihm, um ihn mit einem Kuss zu begrüßen. Dann stellte sie ihn ihren Freunden vor.

»Leute, ich möchte euch Peter vorstellen. Peter, das sind Souka und Raj, unsere Gastgeber, Edith und Jet aus Paris, und Livy und Nate, die guten Geister, die ab und zu bei uns zu Hause durch die Gänge huschen.«

Ein angeheitertes Durcheinander aus »Hi Peter, nett dich kennenzulernen«, »na das wurde aber auch Zeit« und »hey, wo hab ich dich denn schonmal gesehen?«, schallte ihm entgegen. Die Stunde war vorangeschritten und der Alkohol zeigte seine Wirkung.

»Es ist noch was vom Essen übrig, kann ich dir was anbieten?«, fragte ihn Souka mit einem freundlichen Lächeln.

»Danke, ich hatte schon eine Kleinigkeit zum Abendessen, aber ich wäre einem Schluck Wein nicht abgeneigt.«

»Fühl dich wie zu Hause und bedien dich.« Sie zeigte auf den Tisch, in dessen Mitte umgedrehte Weingläser standen und ging in die Küche. Cara hatte längst nach der Weinflasche gegriffen und schenkte ihm ein.

»Hey Peter«, quatschte Nate ihn über den Tisch hinweg an, »was ist das für ein Fall, an dem du gerade dran sind?«

»Oh, es ist ein unspektakulärer Fall. Wer einen Mordprozess erwartet, ist bei mir an der falschen Adresse.«

Er ringt sich immerhin ein Lächeln ab, dachte Cara.

»Ich beschäftige mich ausschließlich mit Wirtschaftsverbrechen.«

»Na, das kann einen ja mehr als das Leben kosten«, kommentierte Nate lapidar und wandte sich Souka mit der Bitte um Wasser zu.

Peter nippte an seinem Glas. Cara konnte greifen, wie unwohl er sich fühlte und zunehmend besorgt beobachtete sie, wie er sich immer öfter in den Hemdkragen griff, um ihn zu lockern.

Er gehört nicht hierher, dachte sie. *Oh mein Gott!*

Sie suchte verzweifelt nach einer Schnittmenge mit ihren Freunden, in der Hoffnung, dass er sich dadurch entspannen würde. Dann stupste sie ihn an. »Edith kommt aus Paris. Du hast doch auch dort gelebt.« Endlich zeichnete sich die Chance ab, dass ein Gespräch in Gang kam.

Plötzlich schien Interesse in ihm aufzuflammen, und er sprach die neben ihm sitzende junge Frau an. Kurze Zeit später war er in eine angeregte Diskussion mit ihr vertieft. Cara schwankte zwischen Verärgerung, dass er sich nur mit Edith unterhielt und nicht auch die Anderen kennenlernen wollte, und Erleichterung, dass er doch zu einem menschlichen Wesen Kontakt aufgenommen hatte. Sie selbst war seit seiner Ankunft verkrampft und merkte, wie sehr es an ihr zehrte. Ein netter Abend unter Freunden sah anders aus.

»Peter, ich würde gerne gehen.« Sie zupfte ihn am Anzugärmel. Er hatte sein Jackett nicht abgelegt, musste aber trotz der Wärme im Zimmer nicht schwitzen. *Wahrscheinlich lernt man das in Eton,* dachte Cara bissig.

»Oh, ja, gute Idee.« Und mit einem Blick auf die Uhr meinte er: »Du meine Güte, ist es schon so spät? Ich muss morgen früh raus. Die Besprechung mit dem Klienten ist um neun Uhr angesetzt. Das reicht gerade noch, um vorher rudern zu gehen.«

Bei diesen Worten verengten sich Caras Augen. Wieder war ihre gemeinsame Zeit limitiert wegen seiner Arbeit.

»Du willst ja bestimmt ausschlafen. Ich würde dann danach bei dir vorbeikommen und wir frühstücken zusammen im *Dave's*?«

Caras Kiefer mahlten. Dann holte sie tief Luft und wollte etwas erwidern, als Livy den Vorschlag dazwischenwarf, dass sie gerne mit ihnen nach Hause fahren könnte, da sie ebenfalls aufbrechen wollten.

»Okay!«, gab Cara in spitzem Ton zurück.

Peter erhob sich und verabschiedete sich mit dem Dank für den Abend. An Edith gewandt meinte er: »Es war nett, dich kennenzulernen.«

Cara ging mit ihm zur Tür und gab ihm wortlos einen Kuss, den man eher einem Freund als seinem Geliebten geben würde. Doch in ihr brodelte es, und sie war kurz davor, sich die Haare zu raufen. Wieso hatte er mit einer Unschuldsmiene einfach festgelegt, dass sie heute Nacht nicht zusammen wären, und ließ sie hier zurück?

Als er gegangen war, stellte sich schlagartig eine abwartende Stille ein.

Dann prustete Nate los: »Cara, das ist nicht dein Ernst? Was fasziniert dich an ihm? Er ist das genaue Gegenteil von dir?«

»Nate, du bist ätzend. Halt die Klappe.« Trotzig ließ sie sich in einen Sessel fallen und fixierte das Muster auf dem Teppichboden.

»Gib zur Abwechslung mal was Vernünftiges von dir«, maßregelte ihn Livy. »Er war jetzt gerade mal für eine Stunde hier, und ihr habt euch nicht viel Mühe gegeben, ihn zu integrieren. Außer Edith. Was ist dein Eindruck?«

»Ich finde ihn sympathisch. Er ist höflich und nett. Er hat gute Umgangsformen, auch wenn er etwas getrunken hat«, warf sie mit einem Seitenblick auf Nate ein. »Er hat ein bezauberndes Lächeln.« Dann legte sie ihre Hand auf Caras Oberschenkel und schaute ihr in die Augen. »Er hat was! Ich kann dich verstehen.«

Cara blickte nur kurz zu Edith auf und versank dann wieder in ihren Gedanken. Livy erhob sich und forderte Nate mit einer Handbewegung auf, ebenfalls aufzustehen.

»Wir gehen jetzt besser.«

Zu Hause verzog sich Cara schnellstmöglich in ihr Zimmer. Sie knipste ihre Nachttischlampe an, sodass der Raum nur spärlich beleuchtet war. Ungekannte Schwermut machte sich breit. Nachdem sie hörte, dass Livy und Nate sich ebenfalls in ihr Schlafzimmer zurückzogen, ging sie ins Bad, schminkte sich langsam ab und putzte sich die Zähne. Beim Blick in den Spiegel wurde ihr bewusst, wie schwer das alles auf ihr lag. Sie hatte dunkle Ringe unter den Augen, und das Funkeln darin war verschwunden. Bislang konnte sie Frustration immer zuerst in heftige Wutausbrüche, dann aber letztendlich konstruktive Energie umsetzen. Doch seit sich Probleme in die Beziehung mit Peter schlichen, seit die Unterschiede ihrer Lebensstile zur Last wurden, schien ihr diese Fähigkeit abhandengekommen zu sein.

Zurück in ihrem Zimmer legte sie Tom Waits auf und ließ sich aufs Bett fallen. Bei der traurigen Stimme und den melancholischen Klängen des Klaviers versank sie in düsterer Schwermut.

Samstag, 14. September

Am darauffolgenden Vormittag klingelte ein sichtlich mit sich und der Welt zufriedener Peter gegen elf Uhr an Caras

Tür. Die Besprechung mit seinem Klienten war gut gelaufen, der Fall war nicht einfach, doch er hatte schon eine Strategie im Kopf, die zum Erfolg führen musste.

Ich werde morgen mit Robert dran feilen, sagte er zu sich selbst. *Aber Halt, da ist ja Sonntag. Verdammt! Und wo bleibt Cara?*

Nach einer gefühlten Ewigkeit öffnete sich endlich die Haustür und er begrüßte sie freudestrahlend.

»Guten Morgen, mein Schatz. Wie sieht's aus? Sollen wir zu Dave gehen für ein zweites Frühstück? Das Wetter ist noch so schön, wir könnten draußen sitzen.«

»Nein, ich bin nicht in Stimmung. Komm rein, ich mach uns schnell was.«

»Okay«, gab Peter etwas in seiner fröhlichen Laune gedämpft nach.

Sie gingen in die Küche.

»Lass mich dir helfen.«

»Nein, setz dich einfach hin.«

Ohne weitere Worte zu verlieren, setzte sie Kaffee auf, holte Butter und Marmelade aus dem Kühlschrank und fing an, Toast zu rösten.

»Ei?«

»Gerne.«

Die darauffolgende Konversation verlief etwas einseitig. Peter erzählte von dem neuen Klienten und wie kurios der Fall sei. Cara hörte offensichtlich nur mit halbem Ohr zu, war vertieft in die Zubereitung des Frühstücks, als wäre es eine Examensarbeit.

»Kann es sein, dass du mir nicht zuhörst?«, fragte er nach einiger Zeit. »Und was hast du die ganze Nacht gemacht, du siehst ja völlig erledigt aus!«

Cara drehte sich um, dann holte sie tief Luft.

»Das gestern Abend war nicht nett von dir.«

Peter fiel aus allen Wolken. »Wieso? Was meinst du?«

»Na ja, du hast dich nicht mit den Leuten unterhalten.«

»Ich hab doch mit Edith geredet. Genau wie du wolltest!« Ihm war klar, worauf sie anspielte, doch er wollte es weder ihr noch sich selbst gegenüber eingestehen.

»Der Abend war fürchterlich. Du hast dir überhaupt keine Mühe gegeben, dich auf sie einzulassen.« Sie machte eine kurze Pause, in der sie ihn eindringlich ansah. »Das sind meine Freunde.«

»Mit Verlaub, dieser Nate ist wirklich nicht meine Wellenlänge! Ich halte ihn nicht für fähig, eine vernünftige Unterhaltung zu führen.« Peter sprach mit gepresster Stimme, schließlich konnte Nate plötzlich in der Küche auftauchen. »Und außerdem weißt du, wie ich darüber denke, neue Bekanntschaften zu machen.«

»Nein, ehrlich gesagt weiß ich das nicht. Erklär's mir!«

»Ich will meine Zeit nicht damit zubringen, Leute kennenzulernen, mit denen ich nichts gemeinsam habe.«

Erschrocken riss Cara die Augen auf. »Du hast *mich* mit ihnen gemeinsam.«

Das stimmt, dachte Peter und doch fand er ihre Freunde, insbesondere Nate, oberflächlich und weltfremd. Mit Edith hatte er auf einer höflichen Ebene kommuniziert. Sie war nett zu ihm, und er war nett zu ihr, mehr nicht. Da Livy sehr vertraut mit Cara umging, wollte er nicht viel mit ihr zu tun haben. Er würde sich nicht in diese Freundschaft einmischen. Raj und Souka hatten sich angenehm zurückhaltend gegeben. Was sollte er über sie sagen. Er hatte sie nicht wirklich wahrgenommen.

In ruhigem Ton antwortete er: »Du weißt, dass ich mich schwertue, auf fremde Menschen zuzugehen. Ich bin nicht der Partylöwe, der immer einen Scherz auf den Lippen hat und andere Leute mitreißt. Ich fühl mich unwohl in solchen Situationen.«

»Und wie soll das weitergehen? Soll ich Jekyll und Hyde spielen? Mich zweiteilen? Ich brauche meine Freunde, so oberflächlich, wie sie dir erscheinen, sind sie nicht. Sie sind für mich da.«

»Cara, es tut mir leid. Ich weiß nicht, was ich sagen soll.« Er machte eine lange Pause. »Du hast recht. Ich sollte mir mehr Mühe geben. Aber Ich bin mir nicht sicher, ob ich etwas ändern kann. Und wenn, dann brauch ich dafür Zeit.«

»Das verlangst du aber genauso von mir. Ich weiß nicht, ob ich es schaffe.«

So deutlich hatte sie es bislang nicht ausgesprochen, und Peter schaute erschrocken auf. Seit der Aussprache bei Henrys Geburtstag hatte er sich leichter gefühlt. Cara wusste danach über alles Bescheid, und sie verstand ihn besser. Er hatte das Gefühl, dass sich nach ihrem Besuch bei Jo ihre Situation entspannt hatte. Andererseits hatte der Konflikt mit seiner Mutter die Angst, dass es Cara zu viel werden könnte, geschürt.

Und dann sagte Cara plötzlich etwas, das klang, als hätte es ihr lange schwer auf dem Herzen gelegen, und was ihm einen Schlag versetzte.

»Und wäre Jo nicht gewesen, ich hätte uns schon aufgegeben.«

»Cara!«

»Vielleicht hat deine Mutter ja recht. Ich passe nicht in deine Welt.«

»Du lässt dich von *ihr* einschüchtern? Sie spielt doch überhaupt keine Rolle.«

»Du hast eine idealistische Vorstellung von der Welt. Wir stecken *alle* zusammen. Wir sind ein System. Deine Familie, meine Familie, meine Freunde, deine Freunde. Wir können uns nicht isolieren und auf unserer eigenen kleinen Wolke schweben. So funktioniert das nicht.«

»Wie denn dann?« Er machte eine auffordernde Geste, aber Cara antwortete nicht. Mit einem Schnauben drückte er seinen Ärger aus, doch dann nahm er sich zusammen und sprach in ruhigem Ton weiter. »Ich liebe dich, Cara. Braucht es mehr?«

»Ich liebe dich doch auch. Und doch befürchte ich, dass das allein nicht reicht.«

Mit diesem Satz zog Cara einen tiefen Graben zwischen ihnen.

Er erhob sich und trat zu ihr heran, als könnte er, indem er ihre Hände fasste, den Graben überbrücken.

»Und jetzt?«

»Mh«, erwiderte sie.

»Was hältst du davon, wenn wir nach Lyme fahren? Lass uns dort über alles reden. Fernab von dem, was uns im Moment das Leben schwer macht.«

»Ich weiß nicht.«

»Komm, erinnere dich!« Es klang wie ein Befehl, doch dann wurde seine Stimme sanft. »Unsere erste Berührung, die Nacht, die nie hätte enden dürfen. Lass uns dort hinfahren.«

Nach langem Überlegen stimmte sie zu.

Erleichtert atmete Peter auf. Er ging zur Tür. Dort drehte er sich noch einmal zu ihr um. »Ich hol dich in einer Stunde ab.«

Dann verließ er den Raum und ihr Haus, und als er im Auto saß, sank er zusammen, so übel war ihm.

***

Als sie am frühen Abend am Cottage ankamen, fing es an, zu dämmern, und die feuchtkalte Luft legte sich schwer über die Bucht. Peter versuchte, die Tür zu öffnen, doch sie klemmte. Er stemmte sich mit Wucht dagegen und schrie sie erbost an, als sie nicht aufgehen wollte. Beim dritten Versuch klappte es.

Seine Schulter reibend meinte er: »Ich mach gleich Feuer. Dann wird es warm. Kannst du uns einen Tee kochen?«

»Ja klar.« Cara stellte ihre Tasche im Flur ab und ging in die Küche. Der Charme, den das Häuschen im Sommer versprüht hatte, war verflogen. Die klamme Kälte und der leicht muffige Geruch in den ungelüfteten Räumen wirkten abweisend. Peter ging ins Schlafzimmer, um Feuer zu machen. Erst als die brennenden Scheite knisterten und die Kammer in warmes Licht tauchten, kehrte Behaglichkeit ein.

Cara kam mit zwei Tassen heißem Tee aus der Küche. Sie setzten sich auf das kleine Sofa am Fußende des Bettes dem Kamin gegenüber. Geraume Zeit verrann, in der sie wortlos in die Flammen schauten.

»Cara, ich hab nachgedacht. Ich möchte mich zuerst entschuldigen. Ich war gestern Abend ein Idiot. Ich hab mich nicht auf die Situation eingelassen.«

»Du hast nicht mal dein Jackett ausgezogen.«

»Und ich hätte dich nicht zurücklassen sollen. Aber ich musste dort einfach so schnell wie möglich raus.«

Cara blickte ihn überrascht an.

»Ich hab keine Luft mehr bekommen«, gestand er.

»Warum das denn?«

»Ich hab da erst begriffen, dass wir in zwei völlig verschiedenen Welten leben.« Er schaute kurz zu ihr auf, dann in die Flammen.

»Ich hab immer versucht, mir einzureden, dass es nicht so ist. Bis gestern. Meinst du, wir finden eine Lösung?«, fragte er und es hörte sich nicht an als kenne er die Antwort.

»Ich weiß es nicht. Ich bin es nicht gewohnt, Konflikte in einer Beziehung auszutragen. Normalerweise renn ich einfach davon.«

Er sah sie entsetzt an. »Nein! Tu das bitte nicht, ich fleh dich an.«

Cara schwieg und starrte ins Feuer.

Nach einer langen Pause holte er tief Luft und fuhr dann fort: »Eines weiß ich sicher: Dass ich dich liebe.« Dann stellte er die Tasse auf den Boden, drehte sich zu ihr und nahm ihre Hand. »Und von dieser Prämisse ausgehend, ergibt sich alles wie von alleine. Ich werde tun, was nötig ist, damit du bei mir bleibst. Ich werde mich ändern. Ich werde mir mit deinen Freunden Mühe geben. Aber dafür brauch ich dein Verständnis. Und deine Geduld.«

»Oh Peter. Für dich ist alles so klar.«

»Können wir es nicht einfach versuchen?« Verzweiflung ließ seine Stimme zittern.

»Ich trau mir das ehrlich gesagt nicht zu. Noch nie im Leben hab ich mich so seltsam gefühlt.«

»Wir haben Unterstützung. Lady Waltonbury! Nach dem Gespräch mit ihr ging's dir doch besser.«

»Meinst du?«

»Und ich werde mit Emily reden. Hm? Was hältst du davon?« Er sah sie erwartungsvoll an. Doch Cara antwortete nicht.

Er versuchte es weiter. »Ich hab dir noch gar nicht erzählt, wie sie mich an Henrys Geburtstag genannt hat.«

»Ich ahne es.«

»Ich sei ein blasierter Oberschichten-Snob.«

In Caras Gesicht schlich sich ein Lächeln. Die Erinnerung an Emily wärmte ihr Herz.

»Sie hat noch mehr gesagt«, wurde er ernst. »Sie meinte, dass wir füreinander geboren wurden.« Bei diesen Worten nahm er sie in den Arm, und zum ersten Mal seit dem Desaster am Abend zuvor, schien Ruhe einzukehren. Sie saßen da, starrten ins Feuer und redeten lange Zeit nichts.

»Was passiert mit uns, Cara? Erinnerst du dich an die Vernissage? An unseren Blickkontakt?«

Ein nachdenklicher Ausdruck schlich sich auf ihr Gesicht. »Ja.«

»Das war etwas, das außerhalb unserer Kontrolle steht. Etwas Überwältigendes. Warum geben wir den Nebensächlichkeiten so viel Raum? Warum schaffen wir nicht, wie du gesagt hast, unsere kleine Wolke, auf der es nur uns beide gibt. Und was drumherum ist, muss uns nicht kümmern. Und ab und zu steigen wir hinab auf die Erde in die verschiedenen Welten.«

»Das versteh ich nicht unter einer Beziehung.«

»Doch, genau das ist es: Nähe und Distanz. Yin und Yang. Das eine geht nicht ohne das andere. Und das eine nährt das andere.«

»Zurzeit ist mir da ein bisschen zu viel Distanz. Ich seh' dich kaum noch, merkst du das überhaupt? Seit Henrys Geburtstag bist nur noch am Arbeiten oder Rudern. Es ist, als würdest du vor mir fliehen.«

Peter zog seinen Arm zurück.

»Was ist denn?«

»Was du da sagst.« Er schluckte. Er schaute ihr in die Augen. »Verzeih mir.« Dann schien er in seinen Gedanken zu versinken.

»Oh Peter.«

Stille kehrte ein, und nur das leise Knistern des ausgehenden Feuers war noch zu hören.

»Entschuldige mich bitte, Cara. Ich muss an die frische Luft.« Er stand hastig auf und war im nächsten Moment zur Tür hinaus. Sie hörte noch seine Schritte auf dem Kiesweg in Richtung Wald.

Sie sprang auf und rannte ihm hinterher. Sie rief ihm nach, doch er hatte das Cottage bereits ein gutes Stück hinter sich gelassen und setzte den Weg mit energischen Schritten fort, ohne sich umzudrehen. Da sah sie ein, dass er allein sein wollte. Er würde zurückkommen, wenn er mit sich ins Reine gekommen wäre.

Sie ging zurück in die Schlafkammer und setzte sich aufs Sofa. Doch im nächsten Augenblick rauschten die Gedanken lautstark durch ihren Kopf.

Was hatte Peter gesagt? Er liebe sie und von diesem Grundsatz ausgehend ergäbe sich alles von selbst? Für ihn war es ganz einfach. Und vielleicht war es in seiner Männerdenkwelt wirklich so. Er war vertraut damit, komplexe Verwirrungen aufzudröseln wie einen Wollknäuel, den man falsch abgewickelt hat und der nur noch aus Knoten zu bestehen schien. *Er* konnte diesen Faden entwirren, kleine, lösbare Probleme daraus machen. Sie selbst saß eher im Kern eines solchen Knäuels und wurde beim Aufdröseln kräftig durchgeschüttelt.

Ihr Blick fiel aufs Bett und sie konnte die Leere darin nicht ertragen. Sie musste raus! So stand sie auf und trat vor die Tür. Der Himmel war in dieser Nacht sternenklar. Der Vollmond hing hoch überm Horizont und tauchte die Landschaft in kaltweißes Licht. Sie hörte das Rascheln der Bäume vom nahen Wald, und im Nu erschienen die Bilder vom Sommer vor ihrem inneren Auge. Ihr erster Nachmittag in der Bucht. Die zaghafte Berührung unter Wasser. Die darauffolgende Nacht. Der Streit auf dem Nachhauseweg und der Moment, in dem er ihr seine Liebe gestanden hatte. Nach kurzer Zeit war er sich absolut sicher gewesen. Für ihn war unumstößlich klar, dass er sie liebte.

Und sie? Was als Spiel begonnen hatte, als Jagd nach Beute, war schnell Ernst geworden. Sie hatte früh erkannt, dass die Beziehung mit Peter etwas Neues sein würde, etwas, das sie mit ihren bisherigen Strategien nicht handhaben konnte. Bis dahin hatte sie ihre Abenteuer mit einem Handstreich beendet, sobald sie kompliziert zu werden drohten. Trost wartete in irgendeinem Klub auf sie und half ihr über den Trennungsschmerz hinweg. Doch die Verbindung mit Peter war anders. Und ihre Gefühle waren neu und verwirrend. Hatte sie sich nicht etwas mehr Ernsthaftigkeit gewünscht? *Pass auf, was du dir wünschst*, hatte ihre Großmutter immer zu ihr gesagt. Es fühlte sich an, als steckte sie in einem Schraubstock, der nach und nach angezogen wurde. Genauso rückten ihr die Widrigkeiten auf die Pelle: Die Zurückweisung seiner Mutter, die sie einfach nicht an sich abperlen lassen konnte, die Unvereinbarkeit ihrer Welten, das Problem mit seiner Vergangenheit. Ja, auch wenn er betonte, dass er über seine Ex hinweg sei, verkroch er sich doch noch immer in der Arbeit. Das Workaholic-Dasein war reine Verdrängung, das hatte er ja zugegeben. Diese Baustelle war noch, oder im schlimmsten Fall wieder, offen und sie litt darunter.

Sie sah hinaus aufs Meer. Schwarz erhoben sich die Felsen der Bucht vor dem silbrig glänzenden Meer. Weit draußen zog ein Schiff vorbei und hinterließ einen diffusen Streifen grauen Rauchs vor dem dunklen Horizont.

Tief atmete sie die frische Nachtluft ein. Der Wind hatte sich gelegt, kein Geräusch war zu hören, als hielte die Welt den Atem an. Kurz darauf sah sie ihn über die Wiese vor dem Haus näherkommen. Seine Schritte muteten ungewohnt langsam und schwer an, als würde die geringe Steigung zum Cottage herauf, viel Kraft erfordern. Dann war er bei ihr. Ohne ein Wort zu sagen, stand er vor ihr. Das Mondlicht warf Schatten auf sein Gesicht und brachte die Konturen scharf hervor. Die Mundwinkel spiegelten Schwermut wider. Bartstoppeln umrahmten sein Kinn wie ein Zeichen dafür, wie viel dieser Tag von ihnen beiden abverlangt hatte. Lichtpunkte flackerten verschwommen in den Augen.

Minuten verrannen, bis Peter sich bewegte. Dann nahm er sie in die Arme. »Mein Gott, du bist ja eiskalt«, hauchte er.

Und während sich ihre Körper aneinanderschmiegten, während in ihr die Wärme und die Geborgenheit seiner Umarmung Zuversicht heraufbeschworen, hielt er sie umklammert, als verschlänge ihn sonst Verzweiflung wie Treibsand einen unbedachten Wanderer.

»Verlass mich nicht, Cara. Ich bitte dich inständig! Wir kriegen das hin.«

»Ja, wir kriegen das hin«, antwortete Cara und ihre Antwort trieb wie ein kleines Floß auf einer See aus Unsicherheit.

Montag, 16. September

Am darauffolgenden Montag waren beide wie gewohnt ihrer Arbeit nachgegangen. Am Abend war Peter für seine Verhältnisse früh aus dem Büro gekommen.

»Komm, wir gehen zu Luigi.« Er stand in der Tür mit einem Rosenstrauß in der Hand, und Cara kamen die Tränen über die Verzweiflung, die in dieser Geste lag. Das Essen verlief ohne die sonst übliche Gesprächigkeit. Selbst auf ihren Gastgeber färbte ihre Wortkargheit ab, und so versank der Abend in einer Niedergeschlagenheit, die sogar das Dessert fad schmecken ließ. Am Dienstag rief Peter spät nachmittags an, um Cara abzusagen. Dringende Termine hätten ihn den Tag über aufgehalten, er müsste noch einiges aufarbeiten.

So ging es die ganze Woche. Peter schwankte zwischen übertriebener Aufmerksamkeit und Phasen, an denen er eine Begegnung mied und sich im Büro versteckte. Trafen sie sich, wirkte er getrieben, schien unsicher, gab sich unendlich Mühe, Normalität vorzutäuschen, doch hinter der Fassade erkannte Cara, wie erschöpft er war. Sahen sie sich nicht, saß sie zu Hause, kaute auf ihren Nägeln, etwas das sie sich mit vierzehn

Jahren erfolgreich abgewöhnt hatte, und versank in einer Entschlusslosigkeit, die immer mehr an ihren Kräften zehrte.

KATASTROPHE

Montag, 23. September

Am darauffolgenden Montag war Cara mit dem Fahrrad unterwegs zur Redaktion. London lag unter einer Nebeldecke, die so dick war, dass man kaum vom einen zum anderen Ufer der Themse sehen konnte. Nur langsam lichtete sich das Grau und ließ die Hoffnung auf einen doch noch sonnigen Tag aufkeimen. Der Verkehr war — typisch Montagmorgen — dicht und chaotisch, als hätte jeder Autofahrer verschlafen und versuchte, die Zeit durch heftiges Drängeln und Hupen aufzuholen. Cara verfluchte innerlich den Wochenanfang und schlängelte sich mit ihrem Fahrrad auf der mehrspurigen Straße zwischen den Autos hindurch. Sie war mit ihren Gedanken nicht ganz bei der Sache. Die vergangene Woche beschäftigte sie so sehr, dass sie beinah verpasst hätte abzubiegen. Sie wollte eben die Spur wechseln, schaute nach hinten und streckte die Hand aus, da knallte es. Ein seitlicher Schlag katapultierte sie von ihrem Rad. Das Quietschen einer

Vollbremsung dröhnte in ihren Ohren. Blech knarrte, als enorme Kräfte es verbogen, und Glassplitter regneten auf den Asphalt. Reflexartig schossen ihre Arme nach vorne, um den Sturz abzufangen. Da prallte ihr Kopf, vom Helm kaum geschützt, auf dem harten Straßenbelag auf, und es wurde Nacht um sie.

Als sie ihre Augen öffnete, starrten sie besorgte Gesichter an. Jemand rief von weit entfernt: »Der Rettungswagen ist gleich hier.«

»Mir geht's gut«, lallte sie und versuchte aufzustehen, doch ein Schwindel zwang sie zu Boden. In dem Moment hörte sie das Martinshorn näherkommen, und wenig später tauchte der Notarzt in ihrem Blickfeld auf. Das Neongelb der Warnweste blendete Cara unangenehm und sie schloss die Augen.

»Hallo«, sagte ihr Gegenüber kurz angebunden, »können Sie mir sagen, wie sie heißen?«

Cara sah gegen den hellen Himmel nur die Umrisse seines Kopfes. Immer wieder zuckte hinter ihm das Blaulicht auf. Blinzelnd nannte sie ihren Namen.

»Wissen Sie, wo Sie sind?«

»London.«

»Okay, können Sie aufstehen?« Bei dieser Frage leuchtete er ihr mit einer Taschenlampe in die Augen, was sehr unangenehm für sie war.

»Hab's eben versucht, mir wird sofort schwindelig.«

»Tut Ihnen etwas weh?«

»Meine Schulter.«

Der Notarzt berührte sie vorsichtig, während er mit der anderen Hand nach ihrem Puls tastete.

»Okay wir nehmen sie jetzt mit ins Krankenhaus.«

Da packten sie Hände und hievten sie unsanft auf die Trage. Mit einem kräftigen Ruck arretierte ein Rettungssanitäter das Gestell im Wagen, dann setzte sich der Notarzt neben sie und füllte ein Formular aus, und Cara nahm dankbar wahr, dass sie losfuhren.

In der Notaufnahme behandelte man sie wie einen Putzeimer während der Frühstückspause. Ihre Liege wurde einfach in einer Ecke abgestellt. Jemand legte ihr ein Klemmbrett mit dem Aufnahmeformular und einen Kugelschreiber auf den Bauch. Als sie versuchte, den Inhalt zu lesen, verschwammen die Buchstaben vor ihren Augen, und sie musste sich zurücklehnen. Die Schmerzen in ihrer Schulter nahmen zu und erreichten ein zermürbendes Ausmaß. Trostsuchend wirbelte sie die Sachen in ihrer Tasche durcheinander, in der Hoffnung ihr Handy zu finden und Peter anrufen zu können. Doch das kostete sie enorme Kraft. Nach mehreren Anläufen fand sie es zwischen all dem Krimskrams und wählte seine Nummer. Die Mailbox ging sofort an, was Cara das Gefühl gab, als würde ihr die Tür vor der Nase zugeschlagen werden. Als würde Peter diese Tür zuschlagen. Klar, wie hatte sie überhaupt damit rechnen können, ihn um diese Zeit zu erreichen. Wahrscheinlich steckte er in einer Verhandlung. Trotzdem trieb ihr die Enttäuschung die Tränen in die Augen. Sie hinterließ eine kurze Nachricht: »Hallo, ich hatte einen Unfall, nichts Schlimmes. Bin im *St. Thomas*. Melde dich bitte.« Dann legte sie auf und bemerkte erst da, dass ein Arzt neben ihr stand.

Er warf einen Blick auf das Aufnahmeformular, während seine Hand mitfühlend auf ihrem Unterarm ruhte.

»Miss Mazzini, ich bin Dr. Debisham. Sie hatten also einen Fahrradunfall. Sind gestürzt und waren bewusstlos.« Er sprach das, was er gerade las, laut aus, ohne sie anzusehen. Dann richtete er seine Aufmerksamkeit auf sie. »Wie fühlen Sie sich?«

Cara antwortete nicht sofort. Sie schluckte den Kloß im Hals hinunter und rang um Fassung. »Meine Schulter tut fürchterlich weh.« Dabei fasste sie sich an die Stelle. Die Überraschung darüber, wie dick sie angeschwollen war, lenkte sie kurz ab. Befremdet starrte sie diese Karikatur ihres Körperteils an.

»Müssen wir reponieren. Sie haben vielleicht gehört, dass so was schmerzhaft ist. Kann Ihnen anbieten, dass Sie ein Schmerzmittel bekommen.«

»Ich glaub, das wäre besser.«

»In Ordnung. Ich hol schnell was.« Erneut legte er kurz seine Hand auf ihre, wie um ihr Mut zuzusprechen. Dann verschwand er, und sie hörte, wie er Schubfächer auf- und zumachte. Mit einer Spritze bewaffnet kam er zurück. Er zog sie vor ihren Augen auf, sprühte ihr Desinfektionsmittel auf die Haut und setzte an.

»Achtung, jetzt pikst es kurz.«

Cara ächzte. Sie hatte keine Angst vor Injektionen, aber durch die Schwellung fühlte sich jede Berührung an wie ein Hammerschlag. Tränen schossen ihr in die Augen. Sie drehte ihr Gesicht weg und weinte still. Es dauerte zum Glück nur kurz, bis das Mittel wirkte. In der Zwischenzeit blieb der Arzt bei ihr. Er wartete, bis sie sich beruhigte, und fragte sie noch über chronische Krankheiten und Allergien aus.

Cara empfand seine Nähe und Fürsorge als Balsam für ihre Seele, als würde er ihr nach all der Kälte des Alleingelassenseins behutsam eine wärmende Decke umlegen. Sie versuchte, ihm dafür ein Lächeln zu schenken. Er musste etwas älter sein als sie, so ihr Eindruck. Vielleicht lag das aber an dem Dreitagebart, der an manchen Stellen grau zu werden schien. Er war groß und von kräftiger Statur, hatte das eine oder andere Pfund zu viel auf den Rippen, wahrscheinlich musste er auf die Ernährung achten. Mittellange, braune

Haare fielen ihm strähnig ins Gesicht. Er war wohl schon länger auf den Beinen. Trotzdem spiegelten seine dunklen, müden Augen aufrichtiges Mitgefühl für ihre Verletzlichkeit wider.

»Denke, wir können uns an die Arbeit machen, sonst verhärten Ihre Muskeln, und es wird immer schwieriger.« Er lächelte sie aufmunternd an. Sie nickte nur, denn sie hatte trotz allem Angst vor dem Einrenken. Vorsichtig richtete er sie in eine sitzende Position auf, nahm ihre Hand und zog leicht daran. Dann bewegte er ihren Arm mehrmals ein wenig auf und ab. Bei der nächsten Bewegung merkte Cara, dass in ihrer Schulter etwas dahin zurückrutschte, wo es hingehörte. Sie stöhnte vor Erleichterung auf. Zum Schluss legte er ihre Hand auf ihren Brustkorb und hielt sie einen Moment in dieser Position.

»So, Sie haben's überstanden.«

Cara ließ den Kopf hängen und kippte erschöpft nach vorne an seine Brust. Er nahm sie überraschenderweise in den Arm, wich aber schnell wieder zurück. Sie richtete sich auf und konnte seinen verdutzten Gesichtsausdruck sehen. Als sie ihn daraufhin anlächelte, schien er erleichtert und half ihr, sich hinzulegen.

»Danke«, sagte sie mit schwacher Stimme, als jemand hinter ihrem Kopf die Liege packte und in Bewegung setzte.

Debisham trat einen Schritt zurück. »Er bringt sie zum CT. Alles Gute! Versuche später noch, nach Ihnen zu schauen.«

Cara wurde hin und her geschoben, über endlose, in kaltes Neonlicht getauchte Flure und in dunkle Untersuchungsräume mit furchteinflößenden Apparaten. Nie zuvor hatte sie ein so überwältigendes Gefühl des Verlassenseins empfunden. Wie der erste Mensch auf dem Mars. Isoliert, ohne Aussicht auf eine liebende Hand. Wie sehr sehnte sie sich nach Peter. Doch er meldete sich nicht, war unerreichbar hinter den Türen eines Gerichtssaals abgeschottet, als säße er auf der Rückseite des Mondes.

Als die Untersuchungen beendet waren, wurde sie auf ihr Zimmer geschoben. Mehrere Betten standen darin, manche durch Vorhänge verdeckt, manche leerstehend oder von Besuchern belagert. Sie hatte Glück und bekam den Platz am Fenster. Der Pfleger arretierte ihr Gestell und verabschiedete sich mit einem netten Lächeln von ihr, bevor er die Vorhänge um sie herum zuzog. Trotz der vielen Geräusche durch die anderen Patienten und deren Angehörigen, fiel sie nach wenigen Augenblicken in einen unruhigen Schlaf. Gerade, als sie die Augen wieder geöffnet hatte, steckte Dr. Debisham den Kopf zwischen dem blauen Stoff hindurch.

»Hallo, Miss Mazzini, stör ich?«, fragte er mit einem verschmitzten Lächeln auf den Lippen, das nur bedeuten konnte, dass er sich sicher war, dass das nicht der Fall war.

»Stören? Nein, im Gegenteil. Es ist hier nicht gerade unterhaltsam.« Sie freute sich! Nicht nur, weil er eine willkommene Abwechslung war, nein, sie mochte diesen Typen, ihren Retter in der Not.

»Bin ein Meister im Langeweile wegzaubern!«, brüstete er sich. »Hab ein paar Jahre auf der Kinderstation den Clown gespielt. Soll ich Ihnen die Highlights aus meinem Repertoire darbieten?«

Als er zu ihr ans Bett trat, hielt er ihr eine Blume hin, die einen bemühten Eindruck machte und ihre Herkunft von irgendwo auf dem Krankenhausgelände nicht verleugnen konnte.

Sie sah ihn fragend an und meinte: »Ist das Ihr erster Trick, einen Blumenstrauß in eine einzige, und Sie müssen zugeben, verwelkte Blume zu verwandeln? Das kann ich auch.« Sie grinste und freute sich über die kleine Geste.

»Hab ich unter Einsatz meines Lebens direkt vor dem Fenster unseres Verwaltungschefs entwendet. Unterschätzen Sie nicht ihren Wert.« Mahnend hob er den Zeigefinger.

»Oh, jetzt seh' ich sie mit anderen Augen, vielen Dank!« Sie hob die Augenbrauen und nickte beeindruckt.

»Wie geht es Ihnen?« Er schaute sie ernst an.

»Ich denke, es ist alles okay. Ich hab kein Kopfweh, allerdings bin ich mit Schmerzmitteln vollgepumpt. Ich fühl mich gut. Abgesehen von dieser Zwangsruhigstellung. Ich bin froh, wenn ich wieder nach Hause kann.«

Am Fußende ihres Bettes nahm er das Krankenblatt an sich und las.

»Hab meinen Kollegen gefragt, wie das CT ausgefallen ist. Er ist zufrieden, keine Auffälligkeiten. Sie haben also zum Glück nur eine leichte Gehirnerschütterung.« Er lächelte sie erleichtert an. »Können Sie wahrscheinlich morgen früh entlassen. Das muss allerdings der diensthabende Oberarzt veranlassen. Sie sollten in ein paar Tagen wieder herkommen, damit wir sie noch mal durchchecken. Nichts Großes, nur ein paar neurologische Tests.«

»Muss das denn sein, auch wenn ich mich gut fühle?« Cara verzog missmutig das Gesicht.

»Ich rate es Ihnen. Nur, um sicher zu gehen. Ihr Sturz und ihre Bewusstlosigkeit waren nicht ohne.«

»Okay. Wenn Sie das sagen.«

»Ich hab Donnerstag und Freitag Dienst. Wenn Sie wollen, kann ich die Nachuntersuchung übernehmen. Es steht Ihnen aber frei, zu kommen, wann Sie möchten. Nur sollten Sie es nicht allzu lange hinauszögern.«

»Vielen Dank. Ich bin mir sicher, dass ich bei Ihnen in guten Händen bin. Keiner renkt eine Schulter mit so viel Mitgefühl ein wie sie.« Schalkhaft lächelnd sah sie ihn an. Sie wollte ihn wegen der Umarmung etwas aufziehen.

»Ich kann Ihnen versichern, dass Sie in den Genuss einer Spezialbehandlung gekommen sind.« Dabei blickte er auf den Boden. Hätte nur noch gefehlt, dass er mit den Füßen scharrte. »Sozusagen die VIP-Platin-Behandlung«, versuchte er, seine Verlegenheit mit einem Scherz zu überspielen.

»Hoffe, Sie stellen mir das nicht in Rechnung?«

»Nein, dass Sie nicht gleich die Security gerufen haben, ist für mich Entlohnung genug.« Er blickte sie an und kratzte sich am Hinterkopf.

Keiner sagte etwas, und als die Stille unangenehm zu werden drohte, meinte er: »Dann lass ich Sie jetzt in Ruhe. Muss wieder auf Station.«

»Dr. Debisham!«, rief sie ihm noch zu, als er halb hinterm Vorhang verschwunden war. »Sollten wir uns nicht mehr sehen, wünsch ich Ihnen alles Gute. Es war schön, Sie kennenzulernen.«

»Das Vergnügen war ganz auf meiner Seite.« Er legte dabei die Hand aufs Herz und verbeugte sich leicht, bevor er sich in dieser Haltung rückwärts wegbewegte. *Das muss er aus einer uralten Robin Hood-Verfilmung abgeschaut haben, in der sich der Galan elegant von seiner Mylady verabschiedet,* dachte Cara und verkroch sich mit einem breiten Lächeln im Gesicht unter ihrer Decke.

Wenige Minuten, nachdem Debisham hinausgegangen war, hörte sie, wie die Tür erneut geöffnet wurde. Kurz darauf stürzte Peter auf sie zu.

»Mein Gott, Cara! Wie geht's dir?« Er atmete schwer, als wäre er gerannt. Er nahm sie in den Arm und drückte sie fest, als würde sie davonfliegen, wenn er von ihr abließe.

»Bis eben ging's mir gut, jetzt bekomme ich keine Luft mehr«, scherzte sie.

»Die Verhandlung heute hat ewig gedauert. Ich hab erst vor einer halben Stunde deine Nachricht erhalten und dich dann auf dem Handy nicht erreicht. Mein Gott, Cara, hast du mir einen Schreck eingejagt.« Die Angst um sie stand ihm ins Gesicht geschrieben.

»Alles in Ordnung, kein Grund zur Panik.«

»Wie lange musst du denn noch hierbleiben?«

»Bis morgen. Zur Beobachtung, weil ich auf den Kopf gefallen bin und kurz ohnmächtig war. Zu Hause kann ich eh nichts machen mit der Schulter. Da ist es okay, wenn ich noch eine Weile hier versorgt werde.«

»Kann ich was für dich besorgen, Zeitungen, Obst, eine Flasche Whisky, eine Feile für die Flucht?«

»Nein danke. Aber kannst du noch ein bisschen hierbleiben?«

»Ja klar.« Er nahm sie in den Arm, dieses Mal vorsichtiger. »Jetzt erzähl mir genau, wie das passiert ist.«

Und Cara erzählte ihm die Geschichte, wobei sie nicht mit Schimpfworten für den Fahrer, der sie umgefahren hatte, sparte.

So verging die Zeit im Nu und es war einundzwanzig Uhr. Peter musste noch zurück ins Büro.

»Ich komm dich morgen abholen, ich hab zum Glück keinen Gerichtstermin. Ruf mich bitte an, wenn du absehen kannst, dass du entlassen wirst. Ja?« Er konnte seinen Blick einfach nicht von ihr abwenden.

»Danke Peter, dass du da bist.« Sie sprach leise. Doch noch immer glomm in ihr der Groll darüber, dass er in der größten Not nicht für sie da gewesen war.

Am nächsten Morgen musste Cara eine weitere Untersuchung über sich ergehen lassen, die nichts Auffälliges erkennen ließ. Das Krankenhaus entließ sie mit der Auflage, sich und ihre Schulter zu schonen, auf Kopfschmerzen zu achten, und wie Dr. Debisham empfohlen hatte, in ein paar Tagen noch einmal vorbeizuschauen.

Der schien keinen Dienst zu haben. Sie sah ihn nicht mehr, obwohl sie, bis sie alle Entlassungspapiere zusammen hatte, auf einigen Gängen unterwegs gewesen war. Sie erwischte sich, wie sie einen Umweg über die Notaufnahme machte. Doch auch dort fand sie ihn nicht.

Sie rief Peter an und teilte ihm mit, dass sie mit dem Bus nach Hause fahre. Es sei nicht nötig, dass er seine Arbeit unterbrach.

»Fühlst du dich schon so fit?«, fragte er besorgt. »Es ist heute regnerisch draußen. Ich hab Angst, dass es zu anstrengend wird.«

»Nein, es geht mir gut. Und ich würde gerne unter Leute kommen. Und wenn's nur welche im Bus sind.«

»Lass mich dir Jackson schicken.«

»Ich schaff das.«

»Okay, wenn du dir sicher bist? Ich schau nach der Arbeit vorbei, und wir gehen zu Luigi. Was hältst du davon?«

»Das klingt großartig.«

»Dann so gegen sieben?«

»Ja, ich freu mich!«

»Ich auch.« Er machte eine Pause, und Cara spürte, dass ihm noch etwas Wichtiges auf der Zunge lag. Doch er meinte nur. »Ich bin so froh, dass es dir wieder gut geht.«

Cara fuhr mit dem Bus nach Hause und war glücklich darüber, nach der aufgezwungenen Ruhigstellung ein Stück Selbstbestimmung wiedererlangt zu haben. Sie fand die Wohnung verwaist vor. So ging sie in ihr Zimmer, zog sich etwas Bequemes an und machte es sich dann in ihrem Bett mit einer Tasse Tee gemütlich. Sie legte Musik auf und kuschelte sich unter die Decke. Endlich! Hier war der Ort, an dem sie Ruhe finden und ungestört nachdenken konnte.

Ihr ging dieser Arzt nicht aus dem Kopf. Sie fand ihn sympathisch. Er brachte sie zum Lachen. Die Umarmung nach der Schultereinrenkung war ihm unendlich peinlich gewesen. Die Erinnerung daran ließ sie schmunzeln. Dass er sie noch einmal aufgesucht hatte, war eher ungewöhnlich. Und dann hatte er mit ihr geflirtet! Er trug keinen Ehering, was bei einem Arzt, der sich ständig die Hände desinfizieren musste, ja aus Hygienegründen angezeigt war. Aber er machte auf sie nicht den Eindruck, als gäbe es da eine Frau in seinem Leben.

Da kam die Erinnerung an das missglückte Treffen mit ihren Freunden zurück. Der Abend, der ihre Zweifel vervielfacht hatte. Wie sähe das mit Debisham aus? Bestimmt entspannter.

Sie erschrak. Ihr wurde bewusst, dass sie darüber nachdachte, wie es wäre, mit ihm zusammen zu sein. Und sie schüttelte heftig den Kopf, um dieses Bild zu vertreiben. Da hörte sie, welche Musik sie, ohne darauf zu achten, aufgelegt hatte. Jim Morrison sang: *this is the end,* und die schrägen Orgel- und Gitarrenklänge schlugen ihren auf den Magen. Mit wirren und beunruhigenden Gedanken schlief sie ein.

Ein Geräusch weckte sie. Und im nächsten Moment hörte sie, wie jemand die Haustüre lautstark schloss. Bei kühlerem Wetter verzog sich die Tür, so dass Körpereinsatz gefordert war, um sie zu schließen. Sie konnte an diesem Geräusch erkennen, wer das Haus betrat oder verließ. In diesem Fall tippte sie auf Peter. Er besaß einen Schlüssel, damit er nachts nach der Arbeit, ohne Caras Mitbewohner zu wecken, ins Haus konnte. Was er aber selten in Anspruch nahm. Vorsichtige Schritte näherten sich, dann klopfte es an ihrer Zimmertür.

»Komm rein«, rief sie, ohne aus dem Bett zu steigen.

Peter trat ein, warf seinen Mantel im Vorbeigehen über eine Stuhllehne und setzte sich auf den Bettrand.

»Wie geht's dir? War es nicht zu anstrengend, mit dem Bus heimzufahren? Du siehst müde aus.«

»Nein, wirklich nicht. Es geht mir gut. Ich hab nur bis eben geschlafen.«

Er gab ihr einen zärtlichen Kuss und strich ihr übers Haar. »Ich bin so froh, dass es dir wieder gut geht. Bei dem Gedanken, was alles hätte passieren können, wird mir jetzt noch flau.« Er schluckte trocken, hielt für einen kurzen Moment inne, als suche er nach einer Formulierung, die seine Gefühle ausdrückten. Doch die Worte blieben ihm im Halse stecken. Stattdessen küsste er sie erneut, diesmal behutsam wie ein Neugeborenes.

»War ja halb so schlimm«, wich sie ihm aus und war dabei alles andere als aufrichtig. Denn für sie waren der Unfall und die ersten Stunden im Krankenhaus ein Alptraum gewesen. Noch immer nagte an ihr die Erinnerung an den Moment, als sie ihn am nötigsten gebraucht hätte. Als sie alleingelassen, kaum in der Lage einen Stift in der Hand zu halten, auf dem Flur in der Notaufnahme abgestellt worden war. Da war er nicht für sie da gewesen, da war er unerreichbar in einem Gerichtssaal gesessen. Wie ein König in seinem Palast aus dunklem Holz und Bergen von Akten. Sie wollte ihre Vernunft bemühen und ihn verstehen, doch ihr Herz verschloss sich solchen Gedanken.

Donnerstag, 26. September

Am Donnerstagmorgen machte sich Cara auf den Weg ins Krankenhaus. Sie hatte am Abend zuvor rasendes Kopfweh bekommen und nahm dies zum Anlass, sich noch einmal untersuchen zu lassen, obwohl die Schmerzen am Morgen wieder weg gewesen waren.

Sie ging zur Aufnahme und fragte nach Dr. Debisham. Die Dame an der Rezeption erklärte ihr den Weg zu dem Bereich, in dem er die weniger dringenden Fälle versorgte. Sie fand den Trakt, und fünf Minuten später sah sie ihn aus dem Untersuchungszimmer kommen, um den nächsten Patienten hereinzurufen. Als er zu ihr herübersah, hatte Cara den Eindruck, dass er sich mehr freute, als dass ein Arzt sonst tat, wenn er eine Nachuntersuchung vorzunehmen hatte.

»Miss Mazzini, freu mich, Sie zu sehen. Wie geht's Ihnen?«

»Im Moment ist alles okay. Ich hatte nur gestern starke Kopfschmerzen.«

»Gut, dass Sie gekommen sind. Werde Sie gleich untersuchen. Allerdings war der ältere Herr da drüben vor Ihnen dran.«

»Kein Problem, ich warte.« Cara war überrascht und beunruhigt, wie die Freude, ihn zu sehen, ihr Herz hüpfen ließ, als wäre es ein Küken, dem die Altvögel Futter bringen.

Debisham kam nach kurzer Zeit heraus und bat sie ins Untersuchungszimmer. Nachdem er ihr einen Platz angeboten hatte, setzte er sich an den Schreibtisch und fing an, etwas in den Computer einzutippen. Er stellte ihr Fragen zum Verlauf ihrer Beschwerden, ging formal vor und sah Cara immer nur kurz an, um sofort wieder tippend auf den Bildschirm zu starren.

»Okay, werde dann mal ein paar einfache Tests mit Ihnen durchführen.« Bei diesen Worten kam er hinter dem Tisch hervor und bat sie, sich auf einen Hocker zu setzen, der direkt vor ihm stand. Er leuchtete ihr in beide Pupillen, bewegte einen ausgestreckten Finger vor ihrer Nase hin und her. Er drehte sie auf dem Stuhl, auf dem sie saß, einmal rundherum und schaute dann in ihre Augen. Die Untersuchung brachte es mit sich, dass er sie zufällig berührte. Und jedes Mal, wenn seine Hand sie streifte, bekam sie eine Gänsehaut. Er schien es zum Glück nicht zu bemerken.

»Sieht gut aus, Miss Mazzini. Denke, Sie haben alles überstanden«, fuhr er geschäftsmäßig fort.

»Cara.«

»Hm?«

»Nennen Sie mich doch bitte Cara.«

»Ach so. Gerne. Michael, angenehm.« Er streckte ihr die Hand entgegen, die sie kurz drückte. Dann schaute er verlegen auf den Boden und machte den Eindruck, als müsste er Luft oder Stimme oder vielleicht Mut zusammennehmen, bis er den nächsten Satz herausbrachte: »Ich hab in fünf Minuten Dienstschluss.«

»Okay, kein Problem, wir waren ja, glaub ich, sowieso fertig?«

»Oh nein, Sie verstehen mich falsch.« Er räusperte sich. »Ich würde sie gerne auf einen Kaffee einladen. Hätten sie noch ein paar Minuten Zeit?« Bei diesen Worten blickte er ihr ängstlich in die Augen.

»Ja, einverstanden. Gerne.«

Er atmete auf und mit einem breiten Lächeln im Gesicht meinte er: »Na prima! Sie werden begeistert sein von dem Kuchen in der Krankenhauscafeteria!«

Cara runzelte skeptisch die Stirn. »Sie verarschen mich, oder?«

Als Antwort setzte er ein noch breiteres, schelmisches Lächeln auf und lehnte sich zufrieden über den gelungenen

Gag zurück. »Kenne da ein schnuckeliges Café, mit wahnsinnig leckerem selbstgemachtem Kuchen.«

Er machte Witze. Am laufenden Band. Seine Art von Humor lag Cara, und sie bekam manchmal keine Luft mehr vor Lachen. Michael lief dadurch angespornt zur Höchstform auf. Er erzählte von sich. Dass er Arzt sei, wüsste sie ja, und dass er Kinderarzt sei, habe man ihr ja gnädiger Weise bei ihrer Aufnahme verheimlicht. Wer lasse sich schon gerne eine ausgewachsene Schulter von einem Mediziner einrenken, der sonst Glasperlen aus der Nase pult oder Windpocken mit Salbe einreibt.

»Tja, ist nun mal meine Berufung. Kann nicht anders.«

Es war eine Eigenheit von ihm, im Satz so gut wie nie ein Personalpronomen zu benutzen. Als telegrafiere er.

»Haben Sie Kinder?«

»Ja, zwei. Johnny ist fünfzehn und Katie siebzehn.«

»Die sind ja fast erwachsen!«

»Ja, aber sie leben nicht bei mir. Macht keinen Sinn. Hab ja eh nie Zeit. Sie wohnen bei ihrer Mutter in der Nähe von Birmingham. Seh sie nicht oft.

»Geschieden?« Cara fing nun ebenfalls mit diesem Telegrammstil an.

»Ja, seit sieben Jahren. Bin drüber weg. Nur die Kinder, die fehlen mir.« Er versank etwas in seinen Gedanken. »Wollen wir nicht über was anderes reden? Erzählen Sie mir von sich!«

»Na gut. Ich kam vor knapp eineinhalb Jahren nach London, ohne Ziel, einfach aus Spaß. Und jetzt schreibe ich ab und zu für Zeitungen. Ich hab im *Independent* eine Kolumne, wie man als Ausländer die Briten erlebt.«

»*Sie* sind das! Ich amüsiere mich immer köstlich dabei! Bin ich etwa ein Versuchskaninchen?« Er verzog ängstlich das

Gesicht. »Ich hab im Studium in einem Tierlabor gearbeitet. Ich weiß, wie man sich da fühlt.«

»Nein, ich verspreche Ihnen, was hier gesagt wird, bleibt unter uns.«

»Sollten Sie noch Beobachtungsobjekte brauchen, ich hätte da ein paar Kandidaten im Krankenhaus. Bevorzugt Oberärzte.«

»Ich mag Ärzte, aber nur, wenn ich deren Dienste nicht in Anspruch nehmen muss. Mit dem Tag im St. Thomas ist mein Bedarf auf Jahre hinaus erschöpft.«

Er beugte sich über den Tisch und sagte dann mit leiser Stimme: »Ich danke Gott, dass Sie gerade in meiner Schicht einen Unfall hatten.« Und nach einer kurzen Pause und den Zeigefinger Richtung Himmel ausgestreckt: »Der Kerl wird mir immer sympathischer.«

»Das war weniger die Hand des Allmächtigen als vielmehr ein blöder Autofahrer, der zu faul war, nach hinten zu schauen. Sie entschuldigen, dass ich Ihre Beziehung zu *Ihm* infrage stelle.« Auch sie zeigte mit dem Finger zum Himmel.

»Wer weiß ...«

Cara fühlte sich in Michaels Gegenwart unbeschwert. Die Unterhaltung lief wie von selbst. Sie genoss das Gespräch von der ersten bis zur letzten Silbe und erinnerte sich daran, wie sonnig ihr Leben gewesen war, bevor sie Peter kennengelernt hatte.

»Ich würde Sie gerne wiedersehen«, platzte Michael in ihre Gedanken. »Aber bitte nicht in den nächsten achtundvierzig Stunden, solange ich Dienst hab. Im Ernst, passen Sie auf sich auf.«

»Michael, ich hab nicht vor, innerhalb der nächsten hundertfünfzig Jahre ins Krankenhaus zu gehen.«

»Gut, dann ist meine Schicht garantiert zu Ende.« Dann fragte er sie nach einer Pause: »Seh'n wir uns wieder?« Er legte den Kopf schief und schaute sie mit Hundeaugen an.

In Caras Ohren rauschte es, als ob Sturmwellen in der Brandung ans Ufer schlugen. Ihre Gehirnwindungen versanken im Strudel der widersprüchlichsten Gefühle. Alles vermischte sich, die Neugier auf Michael, das Wohlgefühl in seiner Gegenwart, das Schuldgefühl beim Gedanken an Peter, die Hürden in dieser Beziehung, doch auch die Erinnerung an die Liebe, die sie für ihn verspürt hatte, die aber zu verblassen schien, wie ein Segelboot, das im Nebel davonfährt.

»Och bitte. Lass mich nicht so zappeln.«

Es vergingen einige Augenblicke, bis sie ein nachdenkliches Lächeln zustande brachte und ihn anschaute.

»Womit kann ich dich überzeugen? Zaubertricks? Die beste Plattensammlung in ganz London? Ein selbstgestrickter Schal?«

Sie lachte: »Du bist so ein Quatschkopf.«

»Ist mein zweiter Vorname.«

Sie schüttelte den Kopf, lächelte und gab schließlich nach. »Okay. Wann?«

»Ja!« Er ahmte jene Siegerpose nach, die Fußballer oft nach einem Tor zeigten, und die aussah, als wollte man seinem Gegner von unten einen Schlag in den Unterleib versetzen. »Nächsten Mittwoch. Hab da zwei Tage dienstfrei. Wie wär's mit Abendessen, ich koch uns was.«

»Okay, ich denke, das geht in Ordnung«, stammelte Cara, vom Tempo das Michael an den Tag legte leicht überrumpelt.

»Die Adresse?« Sie reichte ihm ihr Handy, und er tippte sie ein. Man sah ihm an, wie sehr er sich freute, und seine Euphorie war ansteckend. Sie beobachtete ihn, wie er die Buchstaben eingab, und fand mehr als nur Gefallen am Anblick des jungenhaft strahlenden Gesichts.

»Kann's kaum erwarten. Ist sechs Uhr okay?« Er gab ihr das Handy zurück.

»Ja, bestens.«

Er stand auf. »Na, dann. Muss jetzt leider los.« Er biss sich bedauernd auf die Lippe, und ohne zu zögern, gab er ihr einen Kuss auf die Wange. Sein Lächeln drückte eine Mischung aus Freude über seinen Wagemut und Glückseligkeit, dass sie es zugelassen hatte, aus. Dann rannte er zur U-Bahn-Station.

Mittwoch, 2. Oktober

Cara klingelte am Mittwochabend an Michaels Tür. Sie hatte tagelang mit sich gerungen, war Peter aus dem Weg gegangen, hatte Interviews vorgeschoben, täuschte vor, übers Wochenende in einer anderen Stadt zu tun zu haben. Sie versperrte sich der Auseinandersetzung mit ihm und blockte jeden Gedanken daran ab, was das bei Peter auslöste. Was sie suchte, war Michaels Leichtigkeit, nicht Peters Schwermut. Sie wollte Spaß haben, keine Probleme wälzen oder an der Beziehung arbeiten. Sie wollte ihr altes, sorgloses Leben zurück!

Er begrüßte sie mit einer Kochschürze um den Bauch. »Cara, komm rein!« Bei diesen Worten drückte er ihr einen Kuss auf die Wange. Er half ihr aus der Jacke. »Wow, du siehst klasse aus.« Cara hatte richtig gelegen mit dem Kleid mit dem tiefen Rückenausschnitt. Jetzt lächelte sie geschmeichelt.

Dann machte er eine weit ausholende Geste, mit der er ihr die Wohnung präsentierte.

»Mein Reich! Sei mein Gast.«

Er wohnte in einem Loft in einem alten Industriegebäude. Ein Raum, in dem alles untergebracht war, was er zum Leben brauchte, bis hin zu einem Haken an der Garderobe, an dem er sein Fahrrad parkte. *Wie aus der IKEA-Werbung,* dachte Cara, als sie den Raum betrat. Es war keines von diesen Appartements, die für Hochglanzprospekte aufgepäppelt wurden, und bei deren Anblick sechsstellige Zahlen vor den Augen flimmerten. Bei denen der *Industrial Look* keineswegs alt und abgenutzt, sondern wohlkomponiert und schick aussah. Nein, so eines war Michaels Loft nicht. Es war eher von der erschwinglichen Sorte, bei der viel Improvisationstalent und wenig Anspruch gefragt waren. Und doch gefiel es Cara. Die roten Backsteinwände hatte er in der Kochecke und hinterm Bett weiß gestrichen. Die schweren Vorhänge waren um die eisernen Gitterfenster herum zur Seite geschoben und gaben den Blick nach draußen frei. Das warme Licht der Straßenbeleuchtung mischte sich auf beruhigende Weise mit dem Blau der Dämmerung. Cara absorbierte die entspannte Atmosphäre der Wohnung und sie spürte, dass sich ihr Bewohner hier wohlfühlte. Er hatte offensichtlich aufgeräumt und trotzdem war ein sympathisches Chaos zurückgeblieben, in dem sich seine eigene Note zeigte. Einzig in der Küche herrschte durchdachte Ordnung. Jede Pfanne, jeder Topf hatte einen Platz an einer Stange voller Haken über der Arbeitsplatte und aus einem Messerblock ragten große, teuer wirkende Griffe heraus.

»Du kochst gerne?«, fragte Cara.

»So gerne, wie du den Sherlock Holmes gibst. Sag, was hat mich verraten?«

»Die Kräuter auf dem Fenstersims.«

»Ah, verdammt.«

»Und der herrliche Essensduft aus dem Backofen.«

»Bin gleich fertig. Nur noch der Salat.«

Michael gab noch das Dressing dran und stellte die Schüssel auf den gedeckten Holztisch neben dem Kochbereich. Er nahm seine Schürze ab und hängte sie an einen Haken in der Kochecke.

»Magst du was trinken?«

»Gerne Wein.«

»Kommt sofort.«

Aus der Küche rufend fragte er noch nach, ob roten oder weißen, und war nach wenigen Augenblicken wieder bei Cara. Er reichte ihr ein Glas, und sie prosteten sich still zu.

»Musik?« fragte er. »Ich hab was, das musst du hören.« Er stellte sein Glas ab und ging zur Stereoanlage. Plötzlich brach ohrenbetäubender Lärm los. Er hatte Heavy-Metal aufgelegt und schüttelte in bester Headbanger-Manier den Kopf. Cara machte ihren Protest deutlich, in dem sie ihre langgestreckten Zeigefinger in die Ohren steckte, und unterstrich das mit zusammengekniffenen Augen. Sie wusste genau, dass das einer seiner weniger gelungenen Scherze war.

Und tatsächlich stellte er die Musik ab und grinste sie an. »Gefällt's Dir?«

»Nicht wirklich.«

»Na Gott sei Dank, mir auch nicht.«

Sie blickte ihn schief an. Er musste aus Allem einen Witz machen.

Dann legte er entspannende Unplugged-Musik auf und näherte sich ihr tänzelnd, bis er so dicht vor ihr stand, dass er sie bei der kleinsten Bewegung berührt hätte. Cara spürte das Knistern zwischen ihnen.

»Das Essen ist fertig. Hast du Hunger? Es ist ein leckerer Gemüseauflauf, der dich süchtig machen wird.«

»Ich hab Appetit. Aber auf was anderes.« Sie sah ihn herausfordernd an, und er schien zu verstehen. Er nahm ihr das Glas aus der Hand und stellte beide auf die Seite. Dann legte er einen Arm um ihre Hüfte.

Cara spürte, wie sich seine Hand sanft auf die unbedeckte Haut ihres Rückens legte. Die Finger der anderen schlossen sich kraftvoll um ihre Hand, und er vereinte ihre Bewegung mit dem Rhythmus der Musik. Sein Kuss war zart und schmeckte nach Rotwein. Gänsehaut kitzelte sie, als er den Verschluss des Kleides im Nacken öffnete und den Stoff von den Schultern schob. Leise raschelnd glitt er zu Boden.

Sie ihrerseits knöpfte langsam und genüsslich sein Hemd auf. Der warme Duft frisch gewaschener Baumwolle vermischte sich mit seinem schweren Aftershave. Unwillkürlich ließ dies das Bild eines Holzfällers in den Weiten der kanadischen Wälder vor ihrem inneren Auge aufpoppen. Sie zerrte an dem Hemd, um es aus Michaels Hose zu ziehen, doch erfolglos. Er fing deswegen an, zu kichern. Dann zog er den Bauch ein wenig ein und das Hemd rutschte heraus. Sie streifte es ihm ab und warf es theatralisch zur Seite.

Dann trat er zu ihr heran. Seine Lippen bedeckten erst schmetterlingsleicht dann begierig ihren Mund. Als wäre sie leicht wie ein Blatt, hob er sie hoch und trug sie zum Bett. Sie rangelten miteinander, als gäbe es nichts Wichtigeres auf der Welt als die Frage, wer oben lag. Schließlich gewann Cara und setzte sich auf ihn. Sie öffnete ihren BH und ließ ihn wegschnalzen. Michael musste kichern und versuchte sich aufzurichten, doch Cara presste ihn nieder. Da packte er sie und warf sie zurück in die Kissen. Cara fühlte sich von Michaels nacktem Körper, der ein einziges Kraftpaket war, angezogen, und der Anblick erregte sie. Sie genoss seine Entschlossenheit und überließ ihm die Choreografie.

Trotz ihrer reichhaltigen Erfahrung hatte sie so einen Akt noch nicht erlebt. Er war ungestüm wie ein Tier und sie fand diese Wildheit prickelnd und heiß. Seine ungezügelte Leidenschaft peitschten ihre Bewegungen an, bis sie zufrieden aufstöhnte. Lautstark kündigte sich kurz danach Michaels

Höhepunkt an. Dann sank er schwer atmend neben ihr zusammen.

»Oh Cara, was war das?«, fragte er undeutlich, da seine Nase im Kissen steckte.

»Sex?«, erwiderte sie unschuldig dreinblickend.

»Hab ich noch nie von gehört.« Er lachte kurz auf. Er drehte sich zu ihr und strich ihr eine Strähne aus dem Gesicht. »Aber es gefällt mir. Du bist der pure Wahnsinn. Bist du echt?«

Das Knurren ihres Magens gab die Antwort.

Freitag, 4. Oktober

Peter und Cara gingen am Freitagabend ins Theater. Er hatte Karten für ein Kammerspiel in Southwark besorgt, über das sich die Kritiken überschlugen. Es war seit Langem einmal ein Abend, den sie so geplant hatten und an dem keine geschäftlichen Angelegenheiten dazwischengekommen waren.

Sie hatten Plätze auf der Empore, sodass Cara sich ein wenig strecken musste, wollte sie die gesamte Bühne einsehen. Schnell wurde ihr das zur Nebensache, und sie sank zurück auf ihren Sitz. Sie ließ die Stunden mit Michael Revue passieren. *Es war purer Spaß gewesen. Wir haben gelacht und gut gegessen. Ein bisschen geflirtet, unverbindlicher Sex. Das Leben konnte so einfach sein!* Bei der Erinnerung an die Nacht flammte erneut die Hitze in ihrem Schoß auf, und sie spürte, wie ihr die Röte in die Wangen stieg. Ertappt schaute sie zu Peter hinüber. Doch der war gefesselt von der Darbietung auf der Bühne. Er saß auf dem Sitz, ohne sich anzulehnen, jeder Muskel gespannt wie bei einem Jagdhund, der seine Beute fokussiert. Seine Körperhaltung drückte die Begeisterung für das Stück aus. Dieser Anblick holte sie wieder ins Hier und Jetzt zurück, und ihr Wohlgefühl zerplatzte wie ein Luftballon, in den jemand eine Nadel gestochen hatte.

»Cara, was war dein Eindruck? Was denkst du, wird er sich dazu durchringen, alles zu ändern?« Es war Pause, und sie tranken ein Glas Sekt im Foyer.

»Ich weiß nicht.« Sie schreckte hoch, als er sie ansprach. Bisher hatte er einen Monolog über seine Sicht des Dramas gehalten, dem sie nur bruchstückhaft gefolgt war. Jetzt forderte er sie auf, am Gespräch teilzunehmen, aber sie hatte den Faden längst verloren.

»Was ist los mit dir? Du bist überhaupt nicht bei der Sache, kann das sein?« Keine Frage, Peter klang enttäuscht. Sie teilte die Euphorie über das Stück nicht im Geringsten.

»Ich finde die Geschichte ehrlich gesagt langweilig. Tut mir leid.« Sie verzog den Mund wie ein Teenager, den man in der Deutschstunde gefragt hat, wie er ein Gedicht von Walther von der Vogelweide fände.

Der Pausengong rettete sie aus dieser unangenehmen Situation, und sie gingen zurück in den Saal. Als das Licht ausging, tauchte Cara wieder in ihre Gedanken ab. Sie betrachtete Peters Profil. Die aufrechte Körperhaltung war der Ausdruck seiner Selbstdisziplin. Oder einer Uniform. Im Beruf trug er eine Robe. Sie stützte ihn, verlieh ihm Autorität, machte ihn zum Kronanwalt Alsley. Doch in letzter Zeit schien er sie auch in den wenigen gemeinsamen Stunden nicht mehr abzulegen. Cara gegenüber saß nicht Peter, sondern sein gerechter, großmütiger und nie fehlender Avatar. *Wann hat das eigentlich angefangen?*

Michael erschien ihr im Vergleich dazu real. Ein Mensch aus Fleisch und Blut, mit Fehlern und Schwächen, genau wie sie selbst.

Als das Stück zu Ende war, brach tosender Applaus los, der Cara aufschreckte. Um sie herum erhoben sich die Leute, um stehende Ovationen zu geben. Peter zeigte ebenfalls ungewohnte Begeisterung und pfiff auf den Fingern. Dann drehte er sich zu Cara um.

»Das war das Beste, was ich seit Langem gesehen hab«. Er hob die Stimme, um gegen den Applaus anzukommen.

»Wann warst du denn das letzte Mal im Theater. Bei der Uraufführung von *Was ihr wollt* in der Middle Temple Hall?«, gab sie bissig zurück.

Er schaute sie an, als hätte sie ihm eröffnet, dass sie taub sei und nur von den Lippen ablesen konnte. Ohne etwas zu antworten, wandte er sich wieder der Bühne zu und klatschte Beifall. Der Applaus verebbte und das Licht ging an, als sich ein letztes Mal der schwere Samtvorhang mit einem wehenden Rauschen geschlossen hatte. Das Publikum erhob sich, und die Geräusche der aus dem Saal strömenden Zuschauer schwollen an. Ohne sich anzuschauen oder ein Wort miteinander zu wechseln, reihten sich Cara und Peter in die Menge ein. Er holte ihre Jacken an der Garderobe, während sie im Foyer wartete.

Mein Gott, wie soll das weitergehen?

Da kam Peter zurück. »Wollen wir noch was trinken? In der Nähe ist eine gemütliche Bar«, fragte er sie, als er ihr in den Mantel half.

»Oh nein. Ich hab Kopfschmerzen und möchte heimgehen.« Sie fasste sich an die Stirn und verzog schmerzerfüllt das Gesicht.

»Kommst du mit zu mir?«

»Ich würde mich lieber bei mir zu Hause im Bett verkriechen.«

»Du solltest das noch mal vom Arzt überprüfen lassen. Seit dem Unfall hast du ständig Kopfschmerzen.« Seine Stimme schwankte zwischen Fürsorge und Enttäuschung über ihre Absage.

Und du hast seit Henrys Geburtstag ständig Büro, schoss es ihr durch den Kopf. »Ja, du hast recht«, gab sie ihm zur Antwort. Sie vermied es, ihm in die Augen zu sehen. Sie hatte Angst, dass er ihr Täuschungsmanöver durchschauen würde, und ging voran zum Ausgang.

Auf der Straße winkte Peter ein Taxi heran, und selbst als er ihr die Tür aufhielt und die Hand beim Einsteigen reichte, scheute sie den Blickkontakt mit ihm. Schweigend fuhren sie zu ihr.

»Wie wär's mit Frühstück morgen früh?«

»Gehst du rudern?«

»Ja, bestimmt. Ich könnte gegen neun Uhr bei dir sein.« Ein leichtes Flehen lag in der Stimme.

»Ich würde gerne gründlich ausschlafen. Geht auch elf?«

»Dann lassen wir das eben«, gab er trotzig zurück. »Denn dann geh ich noch ins Büro und komm mittags zu dir, okay?«

»Ja, schlaf gut.« Sie drückte ihm hastig einen Kuss auf die Wange und stieg aus dem Auto.

***

Zu Hause drehte Peter den Schlüssel im Schloss um und knipste das Licht an. Wie immer verriegelte er die Tür von innen. Dann legte er den Schlüsselbund in die dafür vorgesehene Schale auf der Kommode neben der Eingangstür. Er zog den Mantel aus und hängte ihn in den Garderobenschrank, die Schuhe stellte er auf die Schmutzfangmatte beim Schränkchen. Jegliche Bewegung führte er sorgfältig und bewusst aus. Er klammerte sich an diesen Ablauf, der ihm vertraut war und Sicherheit bot. Es war ein Zeichen dafür, dass vielleicht doch noch alles im grünen

Bereich war. In der Küche füllte er den Wasserkocher unter dem Hahn auf und schaltete ihn an. Den Teebeutel und eine Tasse holte er aus dem Küchenschrank. Er zählte innerlich die Sekunden, bis das Wasser heiß genug war und der Kocher sich klickend abschaltete. Es waren genau hundertvierundzwanzig. *Eine beruhigende Zahl,* dachte er. Er goss den Tee auf und beschloss, auf zweihundertsechzig zu zählen, und danach den Teebeutel aus der Tasse zu nehmen. Dann maß er die Schritte bis zum Wohnzimmersofa, die sich leider nur auf zehn beliefen. Als er sich gesetzt hatte, überfiel ihn leichte Panik, weil ihm nichts mehr einfiel, was er hätte zählen können. Wie sollte er nun vermeiden, über Cara nachzudenken?

Er holte sich Unterlagen aus seiner Aktentasche und fing an, sie zu lesen. Doch er konnte sich nicht konzentrieren. Die Welt konnte untergehen, er war normalerweise in der Lage, innerhalb weniger Minuten in einem Fall zu versinken. Das war ihm lange nicht mehr passiert.

Fünfeinhalb Jahre nicht mehr, um genau zu sein, meldete sich der unangenehme Begleiter in seinem Kopf, den er schon verschwunden geglaubt hatte.

Er merkte, wie die Panik zunahm. Er blickte sich Hilfe suchend in seinem Wohnzimmer um, als hoffte er, dass aus dem Nichts jemand auftauchen und ihn beruhigen würde.

Sollte es jemals wieder passieren, ruf mich an, nicht Mutter, hatte Henry gesagt. War es so weit? Stand er erneut am Abgrund? Nein, er hatte sich geschworen, das nie mehr zuzulassen. Er holte sein Handy und rief seinen Bruder an.

»Hi, was gibt's?«, meldete sich dieser.

»Hallo Henry, ich weiß nicht, wie ich's sagen soll«, stammelte Peter.

»Hey Kumpel, was ist los? Ist was mit Cara?«

»Wahrscheinlich sehe ich Gespenster. Ich hab Angst, dass mir die Situation entgleitet.« So offen diesen Punkt anzusprechen, kostete ihn Überwindung, und er brachte die Worte nur langsam heraus, als müsste er jedem noch einen Extra-Schubs verpassen.

»Habt ihr euch getrennt? Komm, sag schon, was passiert ist.«

»Cara … sie … sie ist irgendwie … weit weg von mir.«

»Was meinst du damit? Hat sie dich verlassen?«

Nein, aber wenn wir zusammen sind, ist sie mit ihren Gedanken woanders. Und sie zieht sich immer mehr von mir zurück.

»Oh Mann, das darf doch nicht wahr sein. Warum?«

»Ich weiß es nicht. Im Moment hab ich nur …« Er machte eine lange Pause, in der sein Blick zur Decke schweifte. Das fehlende Wort stieß er wie einen Seufzer aus: »… Angst.«

»Peter, ich sitz hier in Manchester fest, aber ich ruf Emily an, sie soll sich auf den Weg zu dir machen. Ich ruf dich gleich zurück, ja?«

»Okay!« Er hörte das Klicken, als sein Bruder auflegte, und fing vorsichtshalber an zu zählen.

»… dreihundertdrei, dreihundertvier, dreihundertfünf.« Das Handy klingelte, und Henry war dran.

»Pass auf, Emily ist auf dem Weg zu dir, sie wird eine Weile brauchen. Red mit mir. Erzähl mir, wie du auf die Idee kommst, dass Cara sich von dir abwendet.«

Peter war unglaublich dankbar, eine vertraute Stimme zu hören. Er fühlte sich ruhiger, jetzt da er wusste, dass er nicht alleine war und dass ihre gemeinsame Freundin bald eintreffen würde. Es war ihm egal, dass er mehr Selbstbeherrschung an den Tag legen sollte. Doch Henry und Emily würden kein Urteil fällen, sie wären einfach da, wo Hilfe benötigt wurde.

Er erzählte von Caras Unfall und wie sie sich seitdem verändert hatte. »Dauernd hat sie Kopfschmerzen und zieht sich zurück. Ich mach mir Sorgen um ihre Gesundheit. Vielleicht ist da was von der Verletzung übriggeblieben.« In seiner Stimme schwang ein wenig Hoffnung mit, die im nächsten Moment weiterzog wie eine Wolke im Sturm. »Aber irgendetwas sagt mir, dass da mehr dahintersteckt.«

»Ein anderer Mann etwa?«, fragte Henry und Peter erschrak bei diesen deutlichen Worten. Er musste schlucken. Er schloss die Augen. *Eins, zwei, drei,* begann er zu zählen und zwang sich, mit jeder Zahl ein- und auszuatmen.

»Ist es das, was du an meinem Geburtstag gesagt hast?«, hakte Henry nach.

»Ja, ich glaube schon.«

»Habt ihr darüber geredet?«

»Ja, irgendwie.«

»Erzähl's mir!«

Und Peter schilderte das Abendessen bei Caras Freunden, und wie das ordentlich schiefgegangen war. Er erzählte von ihrer Aussprache in Lyme und dass er geglaubt habe, dass sie dort Hoffnung gefasst hätten, ihre Schwierigkeiten aus dem Weg räumen zu können. Dass aber zeitgleich mit ihrem Unfall irgendetwas passiert sein musste, das er nicht greifen konnte. Sie würde sich nicht einmal mehr über sein samstägliches Rudern ärgern.

Da klingelte es an der Tür.

»Henry, ich glaub, Emily ist jetzt da, ich leg auf. Vielen Dank! Ich meld mich morgen.«

Er ging zur Tür und öffnete sie. Die Freundin stand außer Atem, sich am Türrahmen abstützend, da und japste. Regentropfen rannen ihr übers Gesicht und ihren Mantel hinunter und bildeten eine Pfütze zu ihren Füßen.

»Hi Pete, alles klar?«

Er bat sie herein und half ihr aus dem nassen Kleidungsstück. Mit einer langsamen und kraftlosen Bewegung griff er nach einem Kleiderbügel und hängte ihn auf. Dann ging er auf sie zu und nahm sie fest in den Arm, als wäre sie eine Rettungsboje auf hoher See, die ein Schiffbrüchiger in letzter Sekunde erreichte.

»Dem Himmel sei Dank, dass du da bist.« Hätte er gezählt, wie lange sie wortlos dastanden, er wäre auf über fünfzig gekommen. Und es hätten mehr sein dürfen, denn er spürte, wie sein Herzschlag mit jedem Atemzug ruhiger wurde.

»Pete, ich krieg keine Luft mehr, kannst du etwas weniger kräftig drücken?«

»Oh, entschuldige! Ich hol dir schnell ein Tuch für die nassen Haare.«

»Was ist eigentlich los?«, rief sie ihm hinterher, während sie die Schuhe auszog und ins Wohnzimmer ging. »Henry hat mir am Telefon nur gesagt, dass ich sofort zu dir fahren soll, wenn mir was an dir liegen würde. Ich hatte auf dem Weg hierher die schlimmsten Visionen! Ist alles in Ordnung?«

»Nein.« Er reichte ihr das Handtuch. »Nichts ist in Ordnung. Aber setz dich erstmal. Magst du eine Tasse Tee?«

»Ja gerne.«

Emily erzählte, wie sich ihr Taxi durch den Londoner Nachtverkehr gezwängt hatte. In dieser Stadt sei nie wenig los. Es gäbe keine *rush hour*, es sei vierundzwanzig Stunden lang Chaos auf den Straßen. Wie nervig das sei. Sie redete ohne Punkt und Komma, als wollte sie verhindern, dass Peter mit einer unheilvollen Nachricht herausrückte.

Er kam mit einer Tasse Tee zu ihr und setzte sich neben sie aufs Sofa.

»Danke, dass du kommen konntest. Ich glaub, ich muss dir was erklären.«

»Wenn du willst ... und kannst. Ich platze zwar vor Neugierde, aber wenn nicht, dann bin ich einfach nur hier.« Sie nahm seine Hand und drückte sie. So saßen sie geraume Zeit da, lauschten nur dem leisen Schlürfen beim Teetrinken.

Unvermutet fing Peter an zu erzählen: »Ich hatte vor einigen Jahren eine Krise wegen einer Trennung. Es ging mir schlicht und ergreifend mies. Und jetzt hab ich Angst, dass Cara mich verlässt und sich das wiederholen könnte. Ich hatte mit Henry ausgemacht, dass er mir hilft, wenn es wieder passieren sollte. So sah unser Notfallplan aus und du bist da mitreingerutscht.«

»Hey, ich bin in nichts reingerutscht. Ich bin für dich da, wenn du jemanden brauchst, okay?«

Er versuchte zu lächeln, was ihm aber gründlich misslang.

»Cara hat einen anderen.« Er hatte losgeredet, ohne nachzudenken, und war nun überrascht darüber, was er sich hatte sagen hören. »Und ich versuch, mich im Griff zu behalten.«

»Bist du dir sicher?«

»Nein. Aber sie hat sich verändert, benimmt sich manchmal seltsam mir gegenüber. Ich finde sonst keine Erklärung dafür.«

»Weißt du warum?«

»Ja. Ich glaube es zumindest.«

»Kannst du was dagegen tun?«

»Nein. Ich denke nicht. Wir hatten darüber geredet. Aber vielleicht hab ich Cara nicht richtig zugehört und mir nur eingebildet, dass wir eine Lösung gefunden hätten.«

Emily rutschte zu ihm herüber, schlang ihren Arm um seinen und legte ihren Kopf an seine Schulter.

»Wahrscheinlich war mein Verhalten aber auch nicht besonders konstruktiv«, fuhr er fort.

»Inwiefern?«

»Ich hab mich an die Arbeit geklammert, glaubte, das sei das einzig Sichere in meinem Leben. Ich dachte, ich wäre dadurch unverwundbar.«

»Und du lagst falsch?«

»Wie du siehst.«

Plötzlich musste Emily herzzerreißend gähnen. »Du meine Güte, es ist ja schon drei durch. Pete, ich glaub, es wäre am besten, jetzt schlafen zu gehen. Vielleicht sieht die Welt morgen früh ein bisschen besser aus.«

»Kannst du hierbleiben.« Er sah sie flehend an.

»Wenn du mir einen Schlafanzug leihst. Ich bin, ohne nachzudenken, aus dem Haus gestürzt. Hast du zufällig eine Zahnbürste?«

Kurz danach standen sie sich im Pyjama auf dem Flur vor dem Bad gegenüber.

»Wie in alten Zeiten. Wir haben gefühlte tausend Nächte so zusammen verbracht«, lachte sie und es klang ein wenig verlegen.

»Das stimmt. Komm, wir legen uns hin.«

»Soll ich aufm Sofa …?«

»Quatsch, das wäre heute tausendundeins.«

Sie legten sich ins Bett, einander zugewandt und Emily lächelte ihm ermunternd zu.

»Schlaf jetzt, im Moment kannst du eh nichts ändern, und Grübeln bringt auch nichts. Wenn du Unterstützung brauchst, ich hab noch ein paar Tropfen. Die bringen dich runter.«

»Danke, Emily, du bist beruhigend genug.« Er lächelte sie an und schlief nach wenigen Minuten ein.

Peter wachte gegen acht Uhr auf. Sein erster Blick fiel auf Emily, die unter einem Berg von Kissen versteckt lag und mehr zu hören als zu sehen war. Er musste bei dem Anblick lächeln. Vorsichtig schlich er aus dem Bett und ins Badezimmer. Er zog Sportklamotten an und trank noch eine Tasse Tee. Dann kritzelte er eine Nachricht auf einen Zettel, dass er sich besser fühle, er rudern gehe und in zwei Stunden zurück sei. Nach einem kurzen Blick ins Schlafzimmer, wo Emily leise schnarchte, verließ er die Wohnung.

Es war über Nacht bitterkalt geworden, der Nordwind blies ihm ins Gesicht, als er das Boot zum Steg trug. Er beeilte sich, loszukommen, zum einen, um warm zu werden. Zum anderen hielten sich viele Ruderer im Club auf, da er für seine Verhältnisse spät dran war, und das nervte ihn schon, wenn er weniger angespannt war. Er legte los, und nach ein paar kräftigen Zügen merkte er, wie er in einen vertrauten Rhythmus verfiel und die Enge in der Brust und im Magen sich zu lockern begann. Dieser Ablauf, das Vorbereiten des Bootes, das Ablegen und die gleichmäßige Bewegung, das alles war für ihn Heimat. Das hielt ihn im Gleichgewicht, das machte ihm klar, dass die Welt sich weiterdrehte und ein Teil des Lebens normal weiterlief. Er ruderte, als müsste er die Strömung der Themse in Gang halten. So gelangte er weit über den üblichen Wendepunkt hinaus. Auf dem Rückweg brach die Sonne durch das graue Wolkenmeer, und kleine Flecken blauen Himmels kamen zum Vorschein. Es schien ihm wie ein Fingerzeig Gottes, der ihm damit vorführen wollte, wie schön die Welt war, und dass es auch in dunklen Zeiten immer wieder sonnige Momente gab.

Als er die Wohnung betrat, stand Emily im Pyjama im Flur, als hätte sie auf ihn gewartet.

»Gott sein Dank, Pete. Wie geht's dir?«

»Gut, besser.« Er stellte die Sporttasche in eine Ecke. »Gehen wir frühstücken?«

»Ich muss nur noch schnell duschen.«

Emily hatte eines ihrer Lieblingscafés ausgesucht. Für Peters Geschmack war es etwas zu exotisch mit dem stark fernöstlich angehauchten Einrichtungsstil, dem Duft von Räucherstäbchen in der Luft und der leise klirrenden Sitarmusik. Aber er genoss es einfach, weil sie so begeistert davon war.

»Ich sollte Cara anrufen und ihr für heute absagen. Ich will sie nicht sehen. Ich möchte den Tag mit dir verbringen. Was meinst du?«

»Das musst du wissen. Ich bin gern mit dir zusammen und hab eh nichts vor. Warum nicht alte Geschichten aufwärmen und uns ein bisschen amüsieren.«

Mit ernster Miene suchte er Caras Nummer in seinem Handy und wählte.

»Hi, hier Peter. Ja, ich hab gut geschlafen und du? Ist dein Kopfweh weg? Schön. Hör mal, ich sitze hier mit Emily beim Frühstück und wir wollten noch durch die Stadt bummeln.« Und ohne Cara die Chance zu geben, einen Kommentar abzugeben, redete er weiter. »Ich denke, dass wir uns heute eher nicht mehr sehen werden. Ich meld' mich morgen früh. Tschüss, Liebes. Ja, tschüss.«

»Das war aber starker Tobak«, bemerkte Emily.

»Hätte ich sie zu Wort kommen lassen, wäre ich wahrscheinlich weich geworden und zu ihr gefahren.«

»Oh Pete, wenn es doch das ist, was du willst, warum spielst du dann Theater?«

»Weil wir beide so Zeit haben, nachzudenken.«

»Meinst du nachdenken ist das Richtige? Solltest du nicht auf dein Herz hören?«

»Ich versuch nur, nicht die Kontrolle zu verlieren.«

»Was machen wir zuerst?«, fragte sie ihn in fröhlichem Ton, in der Hoffnung, ihn so schnell aus seinen trüben Gedanken zu holen. »Klamotten kaufen, Haare färben, Tattoo stechen lassen? Eines mit zwei ineinander verschlungenen Herzen auf denen Pete und Emily steht.«

Er versuchte zu lächeln. »Tut das nicht furchtbar weh?«

»Doch schon, aber wir können ja ein ganz kleines nehmen.«

»Okay, vielleicht fangen wir nicht gleich mit so was an. Komm, wir gehen Klamotten kaufen.«

»Savile Row oder Secondhand?«, stellte sie zur Auswahl.

»Du verlangst zu viel von mir.«

»Na gut, dann vertrau mir einfach.«

Sie gingen zum Old Spitalsfields Market, im 19. Jahrhundert als Obst- und Gemüsemarkt erbaut. Heutzutage eine bunte Mischung aus Shops, Restaurants und einer Art überdachtem Flohmarkt aus einer Unzahl von Ständen für Klamotten, Kunst und Handwerk.

Peter war noch nie zuvor hier gewesen, er hatte nicht einmal gewusst, dass so etwas vor seiner Haustür existierte. Und er war von der Vielfalt der Läden und dem Getümmel anfangs leicht überfordert. An diesem Samstag performten in allen Winkeln Kleinkünstler und Straßenmusiker. Gerüche und Geräusche wirbelten um ihn herum, ständig entdeckte er Kurioses, das den Blick nur kurz fesselte, weil schon die nächste Attraktion rief. Aber nach und nach fand er Gefallen daran. Er fragte sich, ob Emily ihm etwas in den Tee gerührt hatte, dass er sich plötzlich für solche Dinge begeistern konnte. Mit ihr fühlte er sich wieder wie der Jurastudent, der für jeden

Blödsinn zu haben war. *Naja vielleicht nicht ganz, ein Tattoo würde dann doch zu weit gehen,* überlegte er. Aber Kronanwalt Alsley war meilenweit entfernt.

Emily blieb an einem Stand mit gebrauchten Klamotten stehen und stöberte. Da zog sie mit einem Ausruf des Entzückens eine Weste heraus, die an einen Flokati aus den Siebzigern erinnerte.

»So was hab ich gesucht! Probier mal an!«

»Bist du sicher, dass ich mir dabei nichts einfange? Ich meine, es gibt heutzutage so viele Viren, einer hat bestimmt sowas zum Wirt.« Emily gab ihm mit einem auffordernden Nicken zu verstehen, dass sie den Einwand nicht gelten ließ. So zog er das Kleidungsstück an.

»Oh Pete, sie steht dir hervorragend. Hier, setz die Brille auf. Durch gelbe Gläser sieht die Welt gleich viel freundlicher aus.« Sie ging einen Schritt zurück: »Unglaublich! Ich kann's kaum fassen, der neue John Lennon!«

»Okay, ich nehme es, aber nur unter der Bedingung, dass als Nächstes ich dir was aussuche.«

»Aye, aye Sir.«

Sie fuhren in die Bond Street, wo die Atmosphäre deutlich exklusiver war. Die Straße säumten ausgewählte Designerläden und renommierte Schneider.

»Lässt du den Flokati an?«

»Damit lassen sie mich nicht rein, weil sie Angst haben, dass hinterher der Kammerjäger kommen muss.«

»Das Argument akzeptier ich. Okay. Aber die gelbe Brille behältst du auf!«

»Na gut.«

Sie hatten kaum den Laden betreten, da empfing sie schon eine Dame in dunkelblauem Kostüm.

»Mr. Alsley, wie schön, Sie wiederzusehen, womit kann ich Ihnen behilflich sein.«

»Zeigen Sie uns bitte eine Auswahl Ihrer Businesskleider für meine geschätzte Freundin. Nicht zu streng, etwas Farbe darf sein.« Er versuchte, in Emilys Gesicht zu lesen, was sie von dieser Aktion hielt. Mehr als ein indifferentes Stirnrunzeln konnte er aber nicht ausmachen.

»Sehr gerne. Wenn Sie Platz nehmen wollen. Darf ich Ihnen etwas zu trinken anbieten?«

»Sehr nett. Wasser wäre hervorragend.«

»Magst Du etwas davon anprobieren?«, fragte Peter sie, nachdem die Verkäuferin eine Auswahl Kleider und Kostüme präsentiert hatte.

»Aber klar doch. Das muss ich sehen. Emily Donaghue im Staranwaltsoutfit!«

Sie schien großen Spaß an der Verkleidung zu haben. Übertrieben tänzelte sie vor der Kabine auf und ab, als ob sie unterstreichen wollte, dass diese Aktion für sie reines Theater war. Trotzdem erwischte Peter sie dabei, wie sie sich selbstvergessen im Spiegel betrachtete. Er fand, dass Emily eine im herkömmlichen Sinn attraktive Frau sein konnte, wenn sie es zuließ. Da ihre Beraterin genau erkannt hatte, welche Schnitte vorteilhaft sind, kam eine ganz andere Seite der Freundin zutage. Aber ihre flippigen Klamotten passten trotz allem viel besser zu ihrer Persönlichkeit, und deshalb fand er sie darin auf ihre ganz eigene Art wirklich attraktiv. Als sie das letzte Kostüm vorgeführt hatte und sich umzog, ging Peter an die Kasse, um eines der Outfits zu kaufen. Er hatte der Verkäuferin bereits zu verstehen gegeben, welches ihm am besten gefiel. Als Emily aus der Kabine kam, bugsierte er sie schnell zur Tür hinaus. Erst draußen ließ er sie zu Wort kommen.

»Pete, was hast du damit vor?«, fragte sie ihn, mit einem Blick auf die Einkaufstasche.

»Ich möchte es dir schenken. Als Dank für deine Hilfe.«

»Hey, bring es zurück. Das ist verrückt.«

»Nein. Du hast dich darin doch nicht unwohl gefühlt, oder? Für mich ist das ein Symbol. Dass jeder in Rollen schlüpfen kann, dass jeder sich ein Stück weit anpassen kann. Ich im Flokati, du im Etuikleid. Vielleicht nur für kurz. Aber es ist möglich, wenn man nur will. Bitte nimm das Geschenk an.« Er flehte sie an. »Deine lila Strähnen kommen damit bestens zur Geltung!«

»Ist das euer Problem? Eure unterschiedlichen Welten?«

»Ja. Für sie wie für mich. Vielleicht sollte ich mich mit einem Blumenstrauß bei ihr entschuldigen. Ich hab mich wie ein Idiot benommen.«

»Das ist eine sehr gute Idee. Und Danke für das Kostüm.« Bei diesen Worten hakte sie sich bei ihm unter, und sie steuerten die nächste U-Bahn-Station an.

Nachdem er sich von Emily verabschiedet hatte, besorgte Peter auf dem Weg zu Cara einen Strauß Rosen, der groß genug war, sich dahinter zu verstecken.

Er klingelte an Caras Tür und hörte Schritte die Treppe herunterkommen. Nervös räusperte er sich und trat von einem Fuß auf den anderen. Groß war seine Enttäuschung, als statt Cara Livy die Tür öffnete, der gleichermaßen die Überraschung ins Gesicht geschrieben stand.

» Hallo Livy. Ist Cara da?«

»Nein. Ich hab sie auch heute noch gar nicht gesehen. «

»Hast du eine Ahnung, wo sie sein könnte?«

»Leider nein. Hast du's auf dem Handy versucht?«

»Nein, ich wollte sie überraschen.« Die Zuversicht, sich mit Cara aussprechen zu können und vielleicht eine vernünftige Lösung zu finden, strömte aus ihm heraus wie Luft, die aus einem Ballon entweicht.

»Offensichtlich!« Livy zeigte mit beiden Händen auf den Strauß als wollte sie ihn halten. »Wie schade.«

»Kann ich den Strauß hierlassen?«

»Aber ja. Kein Problem.«

»Und ich würde gerne eine Nachricht dazulegen. Kannst du mir ein Blatt Papier geben?«

»Ja klar. Komm rein.« Sie ging voran in die Küche und bat ihn, sich zu setzen. Dann verschwand sie, um Papier und einen Umschlag zu holen.

Der Moment, in dem Livy die Küche verließ und er alleine dasaß, inmitten des heimeligen Chaos', das unübersehbar Caras Handschrift trug, stimmte ihn nachdenklich. Er konnte die Leere, die sein Leben erfüllen würde, wenn Cara nicht mehr bei ihm wäre, greifen. Sein Magen schmerzte und der Mund wurde ihm trocken. Livy war zurückgekommen und fragte ihn, ob er vielleicht noch eine Tasse Tee wollte. Doch er verneinte. Schnell schrieb die Worte, die er sich in der U-Bahn, den Duft der Rosen in der Nase, zurechtgelegt hatte, und mit denen er Cara hatte begrüßen wollen.

Vergib mir.
Ich liebe dich so sehr!

Er verschloss den Umschlag und steckte ihn zwischen die Blüten. Er bat Lilly, falls Cara noch kommen würde, ihr mittzuteilen, dass sie ihn bitte anrufen solle. Egal wann. Dann verließ er das Haus.

Montag, 7. Oktober

Den Samstagabend über hatte er immer wieder versucht, Cara auf dem Handy zu erreichen. Sprach ihr anfangs noch die Bitte um Rückruf auf die Mailbox. Doch nach und nach unterließ er es. Wählte irgendwann nur noch in der Erwartung, dass sofort die Mailbox anspringen würde.

Den Sonntag hatte er mit einer Sporteinheit begonnen, frühstückte anschließend noch mit einem Ruderkollegen in einem Café in der Nähe des Clubs und zwang sich, nicht das Handy aus der Tasche zu holen, bis er wieder zu Hause war. Ein wenig Würde wollte er sich behalten. Doch kaum hatte er seine Wohnung betreten, hielt er es nicht mehr aus.

Er hatte sich setzen müssen, als er sah, dass Cara eine SMS geschickt hatte als er noch mit dem Boot unterwegs gewesen war. Sie sei beruflich ein paar Tage unterwegs. Müsste eine Kollegin vertreten und für einen Artikel recherchieren. Sie würde sich melden. Kein Wort zu dem Strauß und erst recht nicht zu seiner Nachricht.

Den Tag über konnte er zu keiner Entscheidung kommen, was er als Nächstes tun sollte: Mit ihr reden, sie fragen, ob sein Eindruck stimmte, warum und was er dagegen tun kann! Doch er fand nicht den Mut dazu.

Der Montag war Peter mehr als willkommen. Die Arbeit bot ihm Ablenkung von den schwermütigen Überlegungen. Er verbrachte den Vormittag in einem Meeting mit einem neuen Klienten und dessen Anwältin, das außer Haus stattfand. Am Nachmittag fuhr ihn Jackson im Dienstwagen zurück ins Büro. Peter telefonierte mit seiner Sekretärin und schaute währenddessen zum Fenster hinaus aufs Themseufer.

»Ja, Rose, das geht in Ordnung. Und ich möchte morgen um acht Uhr mit Sandra und Eric über das weitere Vorgehen in der Sache reden. Wir müssen da endlich zu einem Beschluss kommen. Nein, das Meeting hat absolute Priorität. Gegebenenfalls starten wir früher. Ja machen Sie …«

Er brach mitten im Satz ab, weil er nicht glauben konnte, was er aus dem Seitenfenster des Autos gesehen hatte. Eine

Frau mit langen, etwas wirren, braunen Haaren und einer riesigen Sonnenbrille auf der Nase, schlenderte Arm in Arm mit einem breitschultrigen Kerl auf dem Gehweg in die Richtung, aus der er gekommen war. Er verdrehte den Hals und stammelte ins Telefon: »Rose, ich ruf Sie zurück.«

»Jackson, fahren Sie bitte rechts ran.«

»Tut mir leid, Sir, hier kann ich nicht, aber da weiter vorne befindet sich eine Parkbucht.«

»Halten Sie gefälligst sofort an!«, herrschte er seinen langjährigen Chauffeur an. Der schaltete mit einem entsetzten Blick in den Rückspiegel die Warnblinkanlage an und bremste ab. Hinter ihnen ging im selben Moment ein ohrenbetäubendes Hupkonzert los. Peter sprang aus dem Wagen, Jackson fuhr los und die Meute beruhigte sich wieder. Die vermeintliche Cara hatte sich durch die Unruhe auf der Straße nicht stören lassen. Sie und der Typ spazierten eng umschlungen die Promenade entlang. Peter hielt Abstand, gerade so viel, dass er ihr Profil erkennen konnte, als sie sich ihrem Begleiter zuwandte. Der letzte Strohhalm, dass er sich vielleicht irrte, entglitt ihm. Sie war es! Arm in Arm mit einem anderen Mann. Peter schwankte einen Moment, torkelte rückwärts, bis er Halt an der halbhohen Kaimauer fand.

Jetzt hatte er es mit Brief und Siegel. Das, was er die ganze Zeit vermutet und befürchtet hatte, wahr real. Jetzt gab es kein *Vielleicht* mehr, keine Hintertür, dass er sich das alles nur einbildete und Cara nur an den Folgen des Unfalls litt. Er rappelte sich auf, denn er wollte sie nicht aus den Augen verlieren. Warum, wusste er nicht. Hatte er nicht genug gesehen? Ihnen weiter nachzuspionieren, würde seine Qual nur vergrößern.

Cara und der fremde Mann bogen in eine Seitenstraße ein, und Peter heftete sich an ihre Fersen. Gerade noch bemerkte er, wie sie ein Café betraten. Durch die Scheiben konnte er beobachten, wie sie lachten und die Finger nicht voneinander ließen. Ihr Vergnügen aneinander war buchstäblich greifbar und Peter hätte es gerne gepackt und unter den Schuhsohlen zertreten. Er fand in geringer Entfernung vom Café einen Baum, hinter dem er sich versteckte. Gerade weit genug weg, um nicht aufzufallen, aber so nah, dass er sie im Auge behalten konnte.

Er sah, wie sich Caras Begleiter erhob und aus dem Blickfeld verschwand. Sie schaute ihm kurz hinterher und dann nach draußen. Selbst aus dieser Distanz nahm Peter ihr verträumtes Lächeln wahr. Es war der Gesichtsausdruck, den er so liebte. Wenn sie in zärtlichen Erinnerungen versank und nicht mitbekam, dass er sie beobachtete.

Er biss sich auf die Lippen. Er wusste, ihre Gedanken galten nicht ihm, sondern dem anderen Kerl. Unbändige Wut kochte in ihm hoch, und er wollte, dass ihr Lächeln verschwand. Ihr Schmerz sollte nicht weniger groß sein als sein eigener. Da bemerkte er, dass Caras Blick einer Frau folgte, die einen Kinderwagen in seine Richtung schob. Als diese auf seiner Höhe war, kam er, ohne nachzudenken, aus der Deckung. Er stellte sich an die Bordsteinkante wie ein Feldherr, der vor der Schlacht dem Gegner gegenübertritt. Mit verhärteten Gesichtszügen sah er aus, als trage er einen Helm aus metallenem Hass. Als wollte er sagen: »Sieh' mich an, ich bin hier. Es gibt kein Katz-und-Maus-Spiel mehr!«
In dem Moment kam der andere zurück, und Peter verschwand.

**

»Cara? Was ist mit dir los? Geht's dir nicht gut?«

Cara wachte aus ihrer Starre auf, als sie Michaels Hand auf ihrer Schulter spürte.

»Ist alles in Ordnung?« Er schüttelte sie ein wenig.

»Ich war nur in Gedanken, hab gedacht, ich hätte jemanden gesehen, der mir einmal viel bedeutet hat.«

»Und darum weinst du? Was ist denn los?«

»Ich hab mich geirrt. Lass uns gehen. Ich hab Lust auf was Verrücktes. Komm, du bist doch der beste Entertainer, den die Stadt zu bieten hat! Schlag was vor?« Der Versuch, zu lächeln, misslang ihr deutlich.

»Wir könnten uns in der Pathologie umschauen. Das würde deine Laune vielleicht ein paar Prozentpunkte heben.« Sie wusste, er wollte sie mit dieser Bemerkung aufheitern, doch es prallte an ihr ab.

»Hey, sag doch, was los ist.« Er sah ihr besorgt in die Augen.

»Wir sollten zu dir gehen. Mir ist nach guter Musik und einem Glas Wein?«

»Okay, ich find schon was, womit ich dich aufheitern kann.«

Sie nahm seine ausgestreckte Hand an und erhob sich.

***

Zurück in der Wohnung lief Peter auf und ab. Er fand kein Ventil für all die Wut, die sich in ihm aufgestaut hatte. Er hatte in ihre Augen gesehen und von dem Moment an jegliche Kontrolle über seine Gefühle verloren. Jedwede liebevolle Regung, jede zarte Erinnerung an Cara war aus seinem Herzen gelöscht. Blinder Hass auf den anderen Kerl überkam ihn wie eine Invasion von Heuschrecken, und er schlug um sich, als wollte er die Insekten vertreiben. Er drosch mit den Fäusten auf die Wand ein, wieder und immer wieder, wie ein Wahnsinniger. Bis die Haut auf den Knöcheln platzte und sein eigener Aufschrei ihn aus der Raserei holte.

Stunden vergingen. Es war dunkel geworden. Regungslos saß er auf dem Sofa. Mühsam erhob er sich und schleppte sich ins Bad. Was er da im Spiegel sah, die geschwollenen Augen, die blutverschmierten Hände, verdeutlichte ihm das Ausmaß seines Elends und er wendete sich ab. Duschen! Das sanfte Prasseln der Wassertropfen auf dem Schädel wirkte wie ein Schutzschild gegen die Realität. Weißes Rauschen, nichts Konkretes. Er blieb dort, bis das Wasser kalt wurde und darüber hinaus. Er scheute das Draußen, die Endgültigkeit. Doch vergeblich, denn der Schmerz in den Knöcheln und im Herzen drang zu ihm durch und saugte jegliche Kraft aus ihm heraus. Er stieg aus der Dusche, wickelte ein T-Shirt aus dem Wäschekorb um die Wunden, zog den Bademantel an und ging in die Küche. Mit klobigen Händen machte er sich einen Tee, schaltete das Licht aus und setzte sich im Dunkeln auf das Sofa.

Da war sie wieder. Die Sehnsucht nach Cara. Er wollte sie bei sich haben. Würde sie ihm verzeihen? Er würde ihr verzeihen, wenn er sie nur wiederhaben konnte. Er war nichts ohne sie.

Er saß die ganze Nacht da und überlegte, was er tun sollte. Zu ihr gehen und sie zur Rede stellen? Oder stillhalten und versuchen, sich mit Arbeit abzulenken? Emily anrufen oder sich einfach nur volllaufen lassen? Doch es fiel ihm schwer, einen Gedanken zu einem sinnvollen Ende zu bringen.

Dienstag, 8. Oktober

Am nächsten Morgen meldete er sich von der Arbeit mit einer fadenscheinigen Ausrede ab und blieb zu Hause. So weit war er also schon. Er belog seine Sekretärin und versteckte sich vor seinen Aufgaben. Ein übles Gefühl im Magen wollte nicht verschwinden, und er glaubte bereits, dass er wirklich krank sei, so schlecht fühlte er sich.

Er versuchte, Klarheit in das Gewirr im Kopf zu bekommen. Aber all sein Denken drehte sich darum, ob er das, was er gesehen hatte, vielleicht doch falsch interpretierte. Er kam jedoch immer wieder zu dem erbarmungslosen, vernichtenden Schluss: Cara war mit einem anderen Mann zusammen und schien glücklich zu sein.

Er musste raus. Er hielt es nicht mehr aus in den Räumen, in denen sie beide gelacht und sich geliebt hatten. Er stand auf und verließ die Wohnung. Ohne nachzudenken, ging er zur nächsten U-Bahn-Station und fuhr zu Cara.

Er positionierte sich in Sichtweite ihres Hauses, suchte Deckung in einem Eingang auf der anderen Straßenseite. Ein kalter Windstoß verfing sich darin, und er schlug den Kragen hoch. Als ein Bewohner aus der Haustür trat und ihn misstrauisch beäugte, wurde Peter bewusst, wie erbärmlich dieses Unterfangen war. Was wollte er denn herausfinden, was ihm nicht schon in unerbittlicher Härte vor Augen geführt worden war? Doch er blieb.

Lange passierte nichts. Dann hörte er das typische Knarren der Eingangstür von Caras Haus und sah sie in Richtung U-Bahn loslaufen. Er blieb ihr dicht auf den Fersen. In dem Getümmel in der Londoner *Tube* war dies ein leichtes Spiel. Kein Mensch achtete auf den Nebenmann, geschweige denn auf jemanden, der mehrere Meter hinter einem ging. Man trieb in der Masse mit wie ein Boot ohne Ruder.

Nach wenigen Stationen stieg sie aus und schlug, wie sich herausstellte, den Weg zum Verlagsgebäude des Independent ein. Dort verschwand sie, für ihn unerreichbar. Er ging in das Café vis-a-vis. Von dort aus konnte er den Eingang im Blick behalten. Er setzte sich ans Fenster und bestellte eine Tasse Kaffee, um munter zu werden. Aus der einen wurden fünf, und nach zwei endlos langen Stunden tauchte Cara wieder auf. Hastig legte Peter das Geld auf den Tisch und stürmte zur Tür hinaus. Er sah noch, wie sie die Treppen zur U-Bahn hinabstieg, und musste sich beeilen, um sie nicht zu verlieren. Er schaffte es im letzten Moment, in den Zug zu springen, an dessen anderem Ende er sie hatte einsteigen sehen. Er ging an den Haltestellen Abteil für Abteil nach vorne, bis er sie im nächsten entdeckte. Er musste vorsichtig sein. Londons Zentrum lag weit hinter ihnen, und immer mehr Menschen stiegen aus.

Er schaute einen Moment aus dem Fenster. Die U-Bahn verlief in diesem Stadtteil überirdisch. Der Anblick, den ihm die Stadt hier bot, überraschte ihn. Leerstehende Fabrikgebäude prägten das Bild. Hie und da lugten heruntergekommene Wohnhäuser, die aussahen, als hätte man sie vor Jahrzehnten vergessen, zwischen den lang gezogenen Zäunen der Werksgelände heraus.

Als die nächste Haltestelle angekündigt wurde, schaute er auf und bemerkte, dass Cara sich erhoben hatte. Der Zug hielt an, und sie verließ das Abteil. Sie war in ihr Handy vertieft, was Peter die Sache mit der Verfolgung erleichterte. Er ließ sie nicht aus den Augen. Als sie an einer Kreuzung links abbog, blieb er stehen und spähte um die Hausecke. Die Straße war bis auf Cara menschenleer, er musste Abstand halten. Würde sie sich nur einmal umdrehen, fiele er ihr sofort auf. Das konnte er nicht riskieren.

Sie schien, ihr Ziel erreicht zu haben. Sie huschte in ein Gebäude, das wie ein Bürohochhaus aus den Fünfzigern aussah. Vage machte er hinter Glasbausteinen aus, wie sie im Treppenhaus ins zweite Obergeschoss ging.

Zum Glück hatte er an einen Schal gedacht. Den schlang er sich als Kapuze um seinen Kopf und schlug den Kragen hoch, um nicht erkannt zu werden. Immer auf der Hut, falls sie zurückkäme, schlich er zu dem Haus, in der Absicht, sich die Namensschilder an der Eingangstür anzusehen. Es gab vier Klingelschilder, von denen nur zwei beschriftet waren. »Debisham« stand auf dem einen und »Monrow« auf dem anderen.

Rasch entfernte er sich. Er hatte die Information, die er gesucht hatte. Nun war es ein Leichtes, die Identität seines Nebenbuhlers aufzudecken. Ein Anruf bei einem befreundeten Polizisten genügte. Kurze Zeit später kam der Rückruf. Als Peter hörte, dass einer der beiden, Michael Debisham, Arzt im St. Thomas war, fiel bei ihm der Groschen. Mit einem Schlag klärte sich alles auf. Insbesondere Caras merkwürdiges Verhalten seit ihrem Unfall. Sie hatte diesen Kerl im Krankenhaus kennengelernt.

Was sollte er unternehmen? Er hatte keinen Plan, war Cara nur hinterhergegangen. Es wäre das Beste, nach Hause zu gehen und in Ruhe nachzudenken, eine Strategie zu entwerfen, wie er sie zu einem Gespräch überreden konnte. Sie waren doch beide vernünftige Erwachsene. Noch bestünde ja Hoffnung. Er wollte alles tun, um sie zurückzugewinnen.

Doch etwas in ihm zwang ihn, dort vor dem Haus zu verharren und zu warten. Bis sie herauskämen? Bis er einen weiteren grausamen Schlag in die Magengrube versetzt bekäme, wenn er sähe, wie Cara diesen Kerl anlächelte? Wider jegliche Vernunft blieb er, setzte sich auf eine niedrige Mauer und wartete ab.

Gegen zweiundzwanzig Uhr war er durchgefroren und hungrig. Sein Körper zwang ihn, den Heimweg anzutreten. Dass die beiden jetzt noch herauskamen, war eher unwahrscheinlich. *Sie wird bei ihm übernachten!* Ein Gedanke, der ihm einen Dolch ins Herz trieb. Dabei wollte er nicht in der Nähe sein. Er schleppte sich zur U-Bahn und kauerte sich auf einen der Sitze. Er war wie betäubt vom Schmerz in seinem

Herzen, und das gleichmäßige Rattern des Wagens versetzte ihn in einen beklemmenden Dämmerzustand.

Mittwoch, 9. Oktober

Am nächsten Morgen fuhr er mit dem Auto los und positionierte sich gegen sechs Uhr in Sichtweite von Debishams Wohnung. Er versank im Sitz des Audis, benebelt vom Whisky, mit dem er versucht hatte, sich zu betäuben. Ihm war sterbenselend von all der Sorge und der Verzweiflung, die ihn die ganze Nacht wachgehalten hatte. Er kurbelte die Fenster herunter, ließ die kalte Morgenluft herein und schloss die Augen, nur um Sekunden später hochzuschrecken, in der Angst, sie verpasst zu haben.

Erst gegen sieben Uhr ging in der Wohnung im zweiten Stock Licht an. Und es dauerte noch zwei, scheinbar nie enden wollende Stunden, bis er die beiden sah. Lachend tanzten sie aus dem Haus und stiegen in einen klapprigen Volvo, der vor der Tür stand.

Glück im Unglück, so konnte er sie mit dem Auto verfolgen. Er musste jedoch vorsichtig vorgehen. Mit dem Sportwagen würde er in dieser Gegend auffallen wie ein Pfau unter Krähen.

Die Verfolgungsfahrt führte ihn zu einem Waldstück im Süden Londons. Der Volvo bog auf einen von hohen Bäumen umsäumten Parkplatz ein. Peter stellte sein Auto außerhalb des Platzes hinter einer Hecke ab, stieg aus und nahm die Verfolgung zu Fuß auf, immer darauf bedacht, im Fall des Falles sich hinter einem Busch verstecken zu können.

Cara flatterte um ihren Liebhaber herum wie ein Schmetterling um eine Schale Nektar. Sie stupste und knuffte ihren Angebeteten. Der nahm sie kurz in den Arm, um sie im nächsten Augenblick weiterflattern zu lassen. Die Verliebtheit der beiden verursachte Peter Übelkeit. Als ihm das Blut in den Kopf schoss, spürte er den Druck und die Hitze im Gesicht. In seinen Ohren dröhnte es und die Erinnerung, die das Geräusch hervorrief, flößte ihm noch immer Ehrfurcht ein. Es war vor vielen Jahren gewesen, als er an der Westküste Australiens surfen war. Er hatte sie kommen gehört und etwas daran war ihm seltsam erschienen. Augenblicklich wurde ihm klar: Auf dieser Welle würde er nicht reiten, diese Welle würde mit ihm spielen und ihn nach Gutdünken freigeben oder umbringen. Sie riss ihn mit sich. Kein Muskel konnte ihr entgegensteuern, kein Schreien konnte sie zurückdrängen. Sie gestand ihm nicht mehr Handlungsspielraum zu, als einem Sandkorn. Die Ohnmacht der Naturgewalt gegenüber erfüllte ihn zuerst mit unbändiger Wut, doch nach und nach fügte er sich in sein Schicksal und trieb dahin. Schlussendlich spuckte die Welle ihn gnädig an den Strand und zog sich gelangweilt zurück.

Jetzt erfüllte dieses Grollen sein Innerstes und er spürte, wie Angst, Wut und Aggression seinen Organismus überfluteten. Dieses Mal würde er nicht mit sich spielen lassen, er würde kämpfen!

»Hey!«, schrie er aus vollem Hals, woraufhin die beiden sich umdrehten. Doch als er in Caras Gesicht sah, in dem sich der Schrecken über sein Erscheinen mit der Furcht vor der Auseinandersetzung mischte, verließ ihn all sein Kampfeswille. Der Alkohol und der Schlafmangel und die Gefühle für sie, forderten ihren Tribut.

»Oh Cara, wie kannst du mir das antun!« Er stand vor ihr, verletzlich wie noch nie, schluchzte, als gäbe es nur sie beide. Doch da drängte sich Michael zwischen ihn und Cara. Peters Zorn flammte erneut auf. Er stürzte auf seinen Gegner zu. Dieser wich zurück und hob die Hände zur Verteidigung. Cara ging dazwischen, doch sie war Peter nicht gewachsen. Er schob sie einfach zur Seite.

»Halt dich da raus!«, schrie er sie an, den Blick auf Michael gerichtet.

»Komm zu dir! Was hast du vor?«, schrie sie zurück, doch er antwortete nicht, nahm seinen Kontrahenten ins Visier.

»Ich werd' dir ordentlich die Fresse polieren. Was fällt dir ein, sie anzufassen.« Ohne zu zögern, holte er aus und traf den Kiefer des Gegners hart. Michael stieß einen Schrei aus, als hätte er noch nie so eine Wucht und so einen Schmerz erlebt. Benommen wankte er zurück und fand Halt an einem Baum.

»Ich werde Sie nicht schlagen. Ich mach so was nicht!«, brüllte er Peter an. »Ich flicke Leute zusammen, ich prügle mich nicht!« Er wischte sich das Blut, das aus dem Mundwinkel lief, mit dem Handrücken ab. »Was soll das? Wer sind Sie? Wohl kaum ihr Ehemann!«

»Das geht dich überhaupt nichts an, du Dreckskerl.«

Er spürte Caras Gewicht an seinem Ärmel zerren. Ein verzweifelter Versuch, ihn erneut davon abzuhalten, auf Michael loszugehen. Doch nichts konnte ihn bremsen.

»Bitte tu das nicht! Er kann nichts dafür, es ist meine Schuld! Lass ihn in Ruhe!«, schrie sie. Panik lag in ihrer Stimme. Sie zog mit aller Kraft an der Jacke.

Peter setzte erneut an, Michael zu attackieren, da gab plötzlich die Naht an seinem Ärmel nach. Die wenigen Zentimeter, reichten aus, um Cara ohne diesen Halt aus dem Gleichgewicht zu bringen.

Peter erschrak, als er ihren Aufschrei hörte und sah, wie sie mit rudernden Armen versuchte, sich zu fangen. Doch sie blieb an einem Baumstumpf hängen und fiel hintüber auf einen Stein. Er versuchte noch, ihren Arm zu fassen, doch er war nicht schnell genug, prallte zu allem Überfluss noch mit Michael zusammen, der ebenfalls nach Cara greifen wollte.

Wütend stieß dieser Peter zur Seite. »Hauen sie ab! Ich bin Arzt.«

Und plötzlich war es auf eine bedrohliche Art still. Cara rührte sich nicht mehr.

Peter strauchelte kurz, doch dann zog er geistesgegenwärtig sein Handy aus der Jackentasche. Hastig setzte er den Notruf ab. Dann sah er, wie Michael sein Ohr an Caras Mund hielt, ihren Puls fühlte und ihr ein Lid hochschob. Und als er dann die blutverschmierte Hand sah, die der unter ihrem Kopf hervorzog, schrie er ihren Namen. Es klang unnatürlich, verzweifelt, als stecke sie in einem tiefen Schacht, aus dem er sie nicht würde befreien können. Dumpf vernahm er, wie Michael um Gottes Beistand flehte.

»Helfen Sie ihr!«, bettelte er unter Tränen.

»Lassen Sie mich in Ruhe!«, bellte Michael ihn an. Und Peter gehorchte. Dankbar für die Anwesenheit des Arztes, doch bis zum Zerreißen angespannt, dass er nichts tun konnte, beobachtete er, wie sein Kontrahent erste Hilfe leistete, minutenlang: Beatmung, Herzmassage, dann Kontrolle. Michaels Bewegungen wurde hektischer als er immer wieder ihren Puls fühlte und nach ihrem Atem horchte. Doch keine Reaktion. Weiter beatmen, massieren, horchen.

Peters Knie versagten. Der Anblick ihres leblosen Körpers lähmte und erschüttert ihn zugleich. Fremd erschien er ihm, wie ihre Gliedmaßen unter dem Druck der Reanimationsversuche widerstandslos zuckten. Kein Wort kam ihm über die Lippen aus Angst, dass er Caras Retter dadurch ablenkte.

Plötzlich gab sie ein leises Röcheln von sich, und ihr Brustkorb hob und senkte sich. Michael schob ihre Augenlider hoch und leuchtete mit dem Handy in ihre Augen. Dann drehte er sie in die stabile Seitenlage. Peter faltete hastig seine Jacke und legte sie unter Caras Kopf. Erleichtert seufzte er auf.

Erkennbar nach Fassung ringend, flüsterte ihr Michael beruhigende Worte ins Ohr. »Cara, mein Schatz. Es wird alles gut, der Notarztwagen kommt gleich. Hab keine Angst. Ich bin bei dir.« Doch seine Stimme zitterte, als würde die Zuversicht auf wackligen Stelzen daherkommen.

»Sie schafft es doch?«, erbettelte Peter eine gute Nachricht.

»Hauen Sie ab! Sonst weiß ich nicht, was ich tue!«, erwiderte Michael. Sein Ton klang ruhig, doch Peter vernahm deutlich die Drohung darin. Da durchbrach das Heulen des Martinshorns die Stille des Parks. Cara schlug die Lider auf nur für einen kurzen Moment, indem sie mit leerem Blick zu fragen schien, was geschah. Doch dann verdrehte sie die Augen und verlor erneut das Bewusstsein.

Peter erhob sich schwerfällig, trat zur Seite, um den Sanitätern nicht im Weg zu sein. Doch als Cara in den Rettungswagen gehievt wurde und er miteinsteigen wollte, schob ihm Michael barsch zur Seite.

»Sie haben da drinnen nichts verloren!«, herrschte er ihn an, und an den Notarzt gewandt, meinte er noch: »Marc, fahr los?«. Dann schlug er ihm die Tür vor der Nase zu und der Wagen setzte sich in Bewegung. Peter rannte erst vergeblich hinterher, dann sprang er in sein Auto und jagte dem Transporter nach. Doch der war in Windeseile davongeprescht und schon nach der nächsten Ampelkreuzung verschwunden. Peters Herz raste und er brüllte den Fahrer vor ihm an, endlich Gas zu geben. Er setzte zu einem riskanten Überholmanöver an und zwang dadurch den Gegenverkehr zu einer Vollbremsung. Das Hupen brachte ihn zur Besinnung und er gab die Verfolgung auf. Ohne darüber nachzudenken machte er kehrt und fuhr zum Parkplatz zurück, in dessen Nähe der Kampf stattgefunden hatte. Er stieg aus und schleppte sich zu dem Punkt, an dem seine Jacke auf dem Boden lag. Caras Blut hatte sie an manchen Stellen rot gefärbt. Bei diesem Anblick wich alle Kraft aus seinen Gliedern und er sank weinend auf die Knie.

»Oh Cara, ich bin ein Idiot, wie konnte ich nur? Ich mach mir solche Sorgen um dich!« Und unter Tränen und Schluchzen fing er an zu beten. »Herr, wenn du mich hörst, dann bitte, bitte mach, dass Cara überlebt.« Er wischte sich mit dem Ärmel über die Nase. »Oder hol mich zu dir!«

Er erhob sich schwerfällig und ging zu seinem Auto. Mit quietschenden Reifen raste er los und auf dem Forstweg tiefer in den Wald hinein. Prompt nahm er eine Kurve mit zu hoher Geschwindigkeit und landete im Graben. Der Airbag explodierte und schlug ihm ins Gesicht, als ein Baum der Raserei ein Ende setzte.

Nachdem der erste Schock verflogen war, richtete er sich auf. Er spürte etwas Warmes an seiner Stirn. Ein Blick in den Spiegel zeigte eine Platzwunde an der linken Schläfe. *Nichts Lebensbedrohliches, nichts, was nicht mit einem Taschentuch zu beheben ist, nichts, wofür ich einen Notarzt benötige. Gar nichts, im Vergleich zu dem, was ich Cara zugefügt habe*, dachte er.

Er wollte aussteigen, doch die Tür war durch einen Ast blockiert. Ohne Erfolg stemmte er sich mit Kraft dagegen. Da durchzuckte ihn ein stechender Schmerz im Kopf. Stöhnend ließ er sich in den Sitz zurückfallen, als er unter dem erschlafften Airbag die Whiskyflasche vor seinen Füßen aufblitzen sah. Sie musste beim Aufprall nach vorne geflogen und ihn am Kopf erwischt haben. Er beugte sich vor, packte sie und nahm einen kräftigen Schluck. Für einen kurzen Augenblick genoss er die Wärme, die sich im Bauch ausbreitete und ihm Trost spendete. Erneut stemmte er sich gegen die Tür, und die Äste auf der Außenseite rutschten zur Seite. Er zwängte sich aus dem verbeulten Auto, nahm einen weiteren Zug aus der Flasche und stolperte in den Wald.

Er musste in Bewegung bleiben! Solange er weiterging, konnte er nicht nachdenken. Äste schlugen ihm ins Gesicht, und doch empfand er diesen Schmerz als wohltuenden Strafe und Spiegel seines Elends. So lief er tiefer ins Dickicht der Büsche, immer schneller, bis er an einer Wurzel hängenblieb und der Länge nach hinschlug.

Er lag im Dreck. Da, wo er seiner Meinung nach hingehörte. Warum hatte er nicht versucht, wie ein vernünftiger Mensch mit Cara zu reden und ihren Argumenten zugehört. Sie hätten eine Lösung gefunden. Nein, er hatte wieder die Kontrolle und damit alles verloren. Sein Brustkorb wurde eng, und es bereitete ihm Mühe, ihn zu heben und zu senken. Ein zentnerschwerer Brocken aus Schuld lastete darauf. Am Boden liegend krümmte er sich zusammen, umschlang die Beine in einer verzweifelten Geste des Trostes. Stunden vergingen, in denen er reglos verharrte und ihm die Kälte in die Glieder kroch. Die Flasche Whisky war leer, und ihr bernsteinfarbener Inhalt konnte ihn nicht mehr wärmen. Aber auch das empfand er als gerechte Strafe und nahm es als solche dankbar hin.

Am späten Nachmittag weckte ihn eine feuchte Schnauze. Sie gehörte zu einem kleinen Hund, der anscheinend der Meinung war, den größten Fund seines Lebens gemacht zu haben. Hektisch wechselte er zwischen hysterischem Bellen und Abschleckattacken hin und her. Als Peter registrierte, was ihm da ins Gesicht schlabberte, schrie er auf und schubste das Tier weg.

»Hau ab, du Vieh!«, fauchte er ihn an. Der Hund gehorchte und suchte sofort das Weite.

Peter war bis auf die Knochen durchgefroren, die Glieder steif und das Pochen an der linken Schläfe unerträglich. Sein Kopf wog zentnerschwer, und die ersten Versuche, aufzustehen, scheiterten kläglich. Irgendwann gelang es ihm, sich zu erheben, doch dadurch hatte er freien Blick auf seine Hose. Eine Mischung aus Dreck und Blättern klebte überall an der Kleidung. Er raffte sich auf und versuchte, den Schmutz abzuwischen. Als er sich dazu etwas bückte, musste er sich schlagartig übergeben. Die Platzwunde an der Schläfe war doch nicht harmlos. Er hockte sich auf den Waldboden und hielt mit beiden Händen den Kopf fest, als er Stimmen hörte. Sie kamen näher, dann raschelte es neben ihm im Gebüsch.

»Sir, ist alles in Ordnung mit Ihnen?«, fragte ein kleiner Mann, dessen rundes Gesicht eine altmodische Hornbrille dominierte.

»Hauen Sie ab! Ich will meine Ruhe haben!«, fauchte ihn Peter an.

»Ich kann Sie doch in diesem Zustand nicht alleine lassen. Ich hab die Polizei informiert, die müsste gleich hier sein.«

»Verschwinden Sie! Was fällt Ihnen ein!« Sein barscher Ton zeigte Wirkung. Der Mann wich zurück. Peter versuchte, aufzustehen. Vielleicht konnte er so diesem Idioten entkommen. Doch nach zwei Schritten stolperte er und landete ungebremst mit dem Gesicht auf dem Boden. Wieder verließ ihn der Mut und er blieb liegen, wie er hingefallen war. Sein Magen schmerzte, und bei der kleinsten Bewegung erfasste ihn wieder der Brechreiz. Er wollte sich in einer Ecke verkriechen und die Bilder aus der Zeit aufleben lassen, als Cara noch Teil seines Lebens gewesen war. Die Erinnerung nahm ihm den Atem. Er wollte nicht mehr. Er würde dem einfach ein Ende setzen. Doch der Überlebenswille, der jeder Zelle eingeimpft ist, zwang ihn, die Brust zu heben und Luft einzusaugen. Da hörte er schnelle Schritte und sah einen Schatten neben sich auftauchen. Eine Frauenstimme sprach sanft zu ihm.

»Sir, ich bin Dr. Martinson und hier, um Ihnen zu helfen. Können Sie mir Ihren Namen nennen?«

Peter reagierte nicht, spürte nur, wie sich sachte eine Hand auf seine Schulter legte. Dann wanderten ihre Hände über ihn hinweg, als suche sie nach etwas.

»Okay, außer der Wunde an Ihrem Kopf kann ich keine Verletzungen erkennen. Ich würde Sie gerne aufrichten, ist das okay für Sie?«

Er blieb ihr eine Antwort schuldig, und so drehte sie ihn vorsichtig um. Dann hörte er eine zweite, männliche Stimme und jemand langte ihm unter die Achseln. Sie richteten ihn auf, so dass er, am Rücken durch eine große Tasche abgestützt, sitzen blieb. Der Mann griff in Peters Brusttasche, doch die Ärztin schob barsch die Finger zur Seite. Dann setzte sie sich neben Peter, neben diesen stinkenden, verdreckten Mann und nahm seine Hand.

»Hey!«, er hörte Sanftheit in ihrer Stimme, die ihn anrührte. Als spräche sie mit einem kleinen, traurigen Kind, fragte sie ihn: »Können Sie aufstehen? Sie geben hier gerade nicht die beste Figur ab und ich würde Sie gerne von hier wegbringen. Weiß Gott, was mit ihnen passiert ist, aber Sie sehen nicht wie ein Obdachloser aus, der nur zu viel getrunken hat.«

Peter drehte wie in Zeitlupe den Kopf zu ihr und nickte fast unmerklich. Ihr Lächeln ermutigte ihn, sich zu bewegen.

»Sam, wir helfen ihm jetzt auf und bringen ihn zum Rettungswagen!«, instruierte sie ihren Assistenten. Dann wandte sie sich genauso bestimmt Peter zu: »Kommen Sie, stehen Sie auf. Ganz langsam. Das geht schon. Ich halte Sie.«

Mit ihrer Unterstützung schaffte er es in den Wagen und auf die Trage. Dann zog er sich in sein Innerstes zurück, schottete sich ab, als läge er in einer Kapsel, die sich schloss und ihn die Welt draußen vergessen ließ.

Das Zimmer auf der Intensivstation war abgedunkelt, nur wenig Tageslicht fiel durch die Jalousie. Das Geräusch des Überwachungsmonitors durchbrach die Stille und vermittelte mit einem regelmäßig wiederkehrenden Piepton die beruhigende Gewissheit, dass Caras Herz kräftig schlug. Ein Gewirr aus Kabeln und Schläuchen führte ihr Flüssigkeiten zu oder ab oder sammelte Daten über ihren Zustand. Der Verband um ihren Kopf sparte nur das Gesicht aus und betonte dadurch den Bluterguss um ihre Augen. Sie mutete inmitten der Menagerie von Monitoren klein und verletzlich an.

Michael saß, wie in jeder freien Minute in der vergangenen Woche, an ihrem Bett und redete mit ihr. Seit dem Unfall hatte sie das Bewusstsein nicht wiedererlangt, und die Ärzte wagten keine Prognose. So redete er mit ihr, im festen Glauben, dass sie ihn hören konnte. Er knetete unruhig ihre Hand. Die Anspannung und der Schlafmangel der letzten Tage ließen seinen Griff zittrig werden. Er war unrasiert, und die Haare fielen ihm strähnig ins Gesicht. Mit Mühe hielt er die Augen offen, so schwer wogen die Lider. Der Drang zu gähnen verzerrte in regelmäßigen Abständen seine Worte.

»Cara, mein Liebling. Ich bin's, Michael. Du siehst schon viel besser aus. Die Ärzte sagen, du wirst wieder gesund«, log er. Zärtlich küsste er ihre Hand und legte sie dann an seine Wange. »Ich bin völlig durcheinander. Kann an nichts anderes mehr denken, als wer dieser Mann war?« Nervös biss er sich auf die Unterlippe. »Bist du etwa mit ihm verheiratet?« Fragend blickte er sie an und sah da erst, dass Caras Augenlider flackerten. Ein leises Stöhnen entwich ihrer Kehle.

»Cara! Dem Himmel sei Dank!«, rief er aus, und Tränen der Erleichterung und der Freude erstickten seine Worte. Sie schluckte hörbar, als fühle sich ihr Mund staubtrocken an.

»Peter?«, krächzte sie kaum hörbar.

Michael zog seine Hand aus ihrer zurück. Nach einer Weile antwortete er mit einem dunklen Ton in der Stimme.

»Nein. Ich bin's. Michael.«

»Wo ist Peter?« Langsam schlug sie die Augen auf.

Michael war aufgestanden und stand an ihrem Bett. Er machte keinen Hehl daraus, dass er fassungslos war.

»Ist das dieser Dreckskerl? Das ist das Erste, wonach du fragst? Tagelang hab ich hier gesessen, hat jede Minute, jeder Gedanke dir gegolten und du denkst zuallererst an ihn und wie es *ihm* geht?«

»Oh Michael«, kam es schwach aus ihrem Mund.

»Der Bastard hat sich verdrückt, nachdem du gestürzt warst.«

»Du hast ja keine Ahnung.«

Er schüttelte heftig den Kopf. »Stimmt! Ich hatte nicht die geringste Ahnung, dass es da noch einen Kerl gibt, der dich …« Er brach mitten im Satz ab. Stattdessen atmete er tief durch. Er lief aufgeregt im Zimmer auf und ab.

»Du kannst nicht wissen, was Peter sich antut«, sagte Cara stockend.

»Ehrlich gesagt ist mir das scheißegal! Ich hoffe, er hat sich in die Themse gestürzt, sonst zeig ich ihn an!«

»Nein, bitte tu das nicht! Habt ihr euch geprügelt?«

»Denkst du das von mir? Du liegst am Boden und ich hab nichts Besseres zu tun, als mich mit ihm zu prügeln? Als er gesehen hat, dass du ernsthaft verletzt bist, hat er sich in die Büsche verzogen, der Feigling.«

Er blieb stehen und wandte sich ihr zu. Er legte eine Hand auf den Mund, als helfe es ihm, zu verhindern, dass er in

Stücke zerbrach. Im Gesicht spiegelte sich die Verzweiflung wider, die er empfunden hatte, als sie blutend am Boden lag.

»Cara, das wäre beinah böse ausgegangen.« Seine Stimme zitterte. »Du warst bewusstlos, und dein Herz hatte aufgehört zu schlagen. Ich hab dich wiederbelebt. Verdammt, du hättest sterben können.«

»Du hast mir das Leben gerettet?« Ihre Sprache wurde schleppend. Sie hatte die Augen wieder geschlossen, und es klang, als sei sie bereits in die Halbwelt zwischen Wachen und Schlafen abgedriftet.

»Das mein ich doch nicht. Ich wollte damit nur sagen, dass ich fürchterliche Angst um dich hatte.« Michael beruhigte sich und nach einer Pause fügte er leise hinzu: »Und dann fragst du als Erstes nach diesem Kerl.«

Er blickte minutenlang zu Boden, als müsse er seine Gedanken sammeln. Dann richtete er sich auf und streckte den Rücken durch. Mit fester Stimme sagte er: »Cara, es geht dir ja gut. Ich geh dann mal.« Er gab ihr einen Kuss auf die Stirn und verließ hastig den Raum.

Mittwoch, 20. November

Cara lehnte sich in ihrem Bett zurück. Für einen kurzen Moment stieg ihr der unangenehme Geruch des Bleichmittels, mit dem die Laken gewaschen wurden, in die Nase. Nie würde sie sich daran gewöhnen! Nach den Wochen hier im Krankenhaus sehnte sie sich nach ihrem eigenen Bett, nach Ruhe und nach vernünftigem Essen. Der fade Dunst der Mittagsmahlzeit lag noch in der Luft, obwohl Livy das Tablett mit rausgenommen hatte, als sie gegangen war. Beim Gedanken an ihre Freundin entspannte sie sich ein wenig.

Was für ein Glück, dass Livy für mich da ist, dachte sie. *Es ist merkwürdig, dass mich Michael noch nicht besucht hat? Bei Peter kann ich das ja verstehen, aber Michael?*

Andererseits hatte sie in den letzten Wochen mehrere OPs über sich ergehen lassen müssen. Danach war sie nicht fähig gewesen, Besuch zu empfangen. Schon das Zusammensein mit ihren Eltern, hatte sie an die Grenzen der Belastbarkeit gebracht.

Da klopfte es an der Tür. Langsam öffnete sie sich und eine Rose lugte herein. Cara stutzte und war gespannt, wer dahintersteckte. Da sah sie Michaels Gesicht auftauchen, das zu fragen schien, ob er eintreten dürfe.

Ihr entfuhr ein kurzes Lachen. »Du? Eben hab ich an dich gedacht und mich gefragt, wo du steckst.«

Mit einem um Entschuldigung bittenden Gesichtsausdruck trat er an ihr Bett und streckte ihr die Blume hin. »Wie geht's dir?«

»Ich fühl mich schwach, genervt, der Kopf tut mir weh, es juckt fürchterlich unter diesen Mullbinden, mir wird von den Tabletten schlecht, und ich hasse das Essen«, zählte sie auf und nahm zur Unterstützung ihre Finger.

»Was sagen die Ärzte?« In Michaels Stimme schwang Besorgnis mit. Er warf einen prüfenden Blick auf den Verband um ihren Kopf.

»Das Schlimmste ist überstanden. Halb so wild«, antwortete sie in einem Tonfall, als erzählte sie von einer Zahnreinigung und nicht von dem Schädelbasisbruch, der die OPs notwendig gemacht hatten. Er setzte sich auf die Bettkante und sah ihr in die Augen.

»Dem Himmel sei Dank! Das war verdammt knapp.« Dann nahm er ihre Hand und spielte gedankenverloren mit ihren Fingern.

»Wo zum Teufel warst du die ganze Zeit?«, fragte Cara vorwurfsvoll. Er stutzte.

»Du erinnerst dich nicht mehr daran, oder?«

Jetzt horchte sie auf. »An was?«

»Ich war hier, als du aufgewacht bist. Endlich, nach all den Tagen, die du im Koma gelegen hattest.«

»Nein, ich erinnere mich nicht mehr.« Sie schaute ihn erschrocken an. »Aber warum klingst du so verbittert? Ich merk doch, dass da noch was ist. Was ist denn passiert?«

Michael erhob sich und ging zum Fenster. Er stand nun mit dem Rücken zu ihr, steckte die Hände in die Hosentaschen und ließ den Kopf hängen. »Na ja, als du aufgewacht bist, hast du als Erstes nach diesem Peter gefragt.«

»Oh mein Gott!«

Er schaute wieder zu ihr »Du hast nur an diesen Kerl gedacht! Du hattest Angst, dass er sich was antut. Pah! Das würde ihm recht geschehen!«

»Weißt du was über ihn?«

»Nein!«, wurde er laut. »Warum auch, ich kenn ihn ja gar nicht. Und ich will ihn auch nie wieder sehen.« Er drehte sich um und war mit zwei großen Schritten bei ihr am Bett.

»Verdammt, Cara, was willst du eigentlich von mir?«

»Oh Michael, ich mag dich wirklich.«

Er lachte höhnisch auf. »Du *magst* mich? Ist das alles?«

»Was erwartest du nach so kurzer Zeit?«, versuchte sie sich zu rechtfertigen.

Er wich einen Schritt zurück, blinzelte, als wäre er gerade aus trübem Wasser aufgetaucht, und könnte jetzt plötzlich klarsehen. »Gehst du mit jedem x-beliebigen Kerl ins Bett, oder bedeutet es dir was?«

»Werd nicht unfair.« Sie zog sich murrend die Decke über die Nase.

»Du sprichst von Fairness?« Seine Stimme überschlug sich.
»War es fair, mir den anderen Kerl zu verschweigen? War es
fair, so zu tun, als würdest du etwas für mich empfinden?«

»Du denkst, dass ich eigentlich *ihn* liebe?«

»Man kann es drehen und wenden, wie man will, darauf
läuft es doch hinaus.«

»Es gab eine Zeit, da hat das gestimmt. Aber nicht, als wir
zusammen waren, glaub mir.«

»Was ist es dann?«

»Ich bin vor ihm geflohen.«

»Hat er dir was angetan?« Sein Körper spannte sich an, als
wollte er Peter sofort dafür herausfordern.

»Nein, nicht so. Wir haben nicht zusammengepasst. Aber
wir beide, wir hatten doch Spaß, oder?« Sie lächelte ihn
gequält an und rieb sich dabei die Schläfen.

»*Ich* dachte, da wäre mehr.« Er tippte sich mit dem Daumen
auf die Brust. Dann fuhr er fort, klang verletzt, als ob durch
das erneute Aussprechen der Frage die letzte Hoffnung
verpuffen würde. »Cara, noch einmal: Was willst du von mir?«

Sie wirkte zunehmend erschöpft und antwortete
ausweichend. »Sei mir bitte nicht böse.« Sie musste sich
zurücklehnen und schloss die Augen.

»Meine Frau hat auch geglaubt, dass sie mit einem anderen
besser dran wäre. Ich lass mich nicht mehr auf Spielchen ein,
Cara. Davon hab ich die Schnauze gestrichen voll.«

Der Schmerz pochte zwischen ihren Schläfen, und sie
wurde unkonzentriert. Nur noch stockend brachte sie Silben
hervor. »Es tut mir leid?«

»Na Klasse! Das war's dann ja wohl.« Mit diesen Worten
zog er raschelnd eine Papiertüte hervor und stellte sie in dem
kleinen Nassbereich unter das Waschbecken. »Deine Sachen.«
Dann wandte er sich wieder ihr zu. »Alles Gute, Cara, ich
wünsch dir wirklich alles Gute.«

»Oh Michael, können wir nicht einfach Freunde bleiben?«

»Das reicht mir nicht. Ich mach keine halben Sachen. Leb wohl, Cara, aber komm mir bitte nicht mehr in die Quere!«

EPILOG

22. April in Italien

Der Himmel hüllte die Ostküste Siziliens an diesem Nachmittag in ein makelloses Blau, das nach den trüben Wintertagen der vergangenen Monate wie ein Geschenk daherkam. In der Luft lag die salzige Würze des Meeres und des Seetangs, der das Ufer wie ein fransiger Saum einfasste.

Cara saß auf ihrer Matte und beobachtete den Trubel am Strand. Eltern riefen ihren Nachwuchs, packten Badetücher ein und klappten Schirme zusammen. Sie lächelte über den lautstarken Protest der kleinen Burgenbauer, die ihre halbfertigen Werke aufgeben mussten, weil das Wasser nach ihnen leckte. Teenager rieselten an ihnen vorbei zum Meer, um sich zwischen den Felsen zu sammeln.

Süße Erinnerungen an ihren ersten Kuss an diesem Ort kamen ihr in den Sinn. Paolo hieß er, war zwei Jahre älter als sie gewesen. Sie war in den Sommerferien zu Besuch bei ihrer Großmutter, damals, mit dreizehn.

Doch dann verdunkelten sich ihre Gesichtszüge und sie nahm ihr Handy in die Hand. Wie so oft in den letzten Wochen schrieb sie eine Textnachricht an Peter, in der sie ihn fragen wollte, wie es ihm ginge und ob es möglich wäre, sich auszusprechen. Manchmal hatte sie ergänzt, dass sie ihn vermisse. Doch auch an diesem Tag legte sie das Handy wieder zur Seite, ohne die Nachricht abzuschicken. Oft hatte sie sie sich eine Begegnung mit ihm ausgemalt, ja sogar herbeigesehnt, so unwahrscheinlich es nach ihrem Wegzug aus London auch war. Immer wieder hatte sie sich gefragt, wie groß sein Groll gegen sie wäre? Er musste sie für den Betrug hassen. Schließlich hatte sie ihn verletzt, ihn in den Wahnsinn getrieben. Welche Antworten hätte sie darauf? Würde er eine Entschuldigung akzeptieren, wenn sie denn den Mut fände, ihm gegenüberzutreten?

In Gedanken versunken spielten ihre Zehen mit dem feuchten Sand, als sie plötzlich die Kälte eines Schattens auf ihrem Rücken spürte, dort wo die Sonne sie eben noch gewärmt hatte. Sie drehte sich um und schattete ihre Augen mit der Hand ab. Im Gegenlicht konnte sie nur die Umrisse einer großen Person erkennen, und doch war ihr diese Silhouette so vertraut, dass es keinen Zweifel gab.

»Peter!« Sie schnellte auf die Beine. »Du meine Güte, wo kommst *du* denn her?« Sie legte die Hand auf die Brust, um ihr wild pochendes Herz festzuhalten. »Was machst du hier?«

Sie konnte seine Augen hinter der dunklen Sonnenbrille nicht erkennen, doch sein Lächeln zeigt ihr, wie sehr er sich freute, sie zu sehen. Und in diesem Augenblick erkannte sie, dass ihre Befürchtungen unbegründet waren. Er stand ihr gegenüber, hatte die Hände in die Hosentaschen seiner Jeans gesteckt und die Schultern hochgezogen. Und plötzlich wirkte er jungenhaft wie der fünfzehnjährige Paolo, der schüchtern vor ihr verharrte, unsicher, was als Nächstes passieren würde.

»Endlich hab ich dich gefunden!« Sanft und ein wenig zaghaft brachte er die Worte hervor, doch Caras Herz schwang mit jeder einzelnen Silbe mit.

»Ich fass es nicht! Und ausgerechnet *hier*! Erzähl! Wie ist es dir ergangen? Du musst mir alles ganz genau erzählen. Ich kann es nicht glauben, dass du vor mir stehst …« Die Worte purzelten aus ihr heraus. Dann entstand ein kurzer Moment der Stille, in dem sie nicht wusste, was sie tun sollte. Sie starrte ihn an, fragte sich, ob er real sei oder sie etwas zu viel Sonne abbekommen hätte. »Komm, setz dich!«, fuhr sie fort und versuchte, Gefasstheit in ihre Stimme zu legen. Sie setzte sich auf die Strandmatte und klopfte mit der Hand auf den Platz neben sich. Peter folgte ihrer Aufforderung.

»Du siehst gut aus! Warst du im Urlaub? Du bist so braun?«, fragte sie ihn.

»Ja. Unglaublich, aber wahr. Ich war drei Wochen in Sydney.« Er untermalte seine Worte mit mehr Gestik, als sie es bei ihm gewohnt war. Vielleicht war es der Einfluss des Australienaufenthalts, möglicherweise war er aber ebenso nervös wie sie selbst.

»Ich hab alte Freunde besucht und meine Surfkünste aufgefrischt. Das war fantastisch!«

»Genauso siehst du auch aus!« Sie lächelte ihn an, dachte aber gleichzeitig: *Er hat sich so verändert. Seit wann trägt er Jeans und T-Shirts? Und dann hat er noch Zeit für Urlaub? Sitzt da wirklich Peter vor mir?*

»Schau nicht so skeptisch drein, es stimmt, was ich sage!«, meinte er lachend, und Cara ärgerte sich, dass ihre Gedanken vor ihm zu liegen schienen, wie ein offenes Buch. Doch dann musste sie lachen.

Peter nahm seine Sonnenbrille ab und schaute aufs Meer hinaus. »Es ist wunderschön hier! Als würde die Dämmerung die Landschaft weichzeichnen.«

»Ich hab viele Sommer hier verbracht. Es ist meine Heimat und für mich einer der schönsten Plätze auf der Welt.«

»Ich weiß, was dir Italien bedeutet.«

Er sah ihr in die Augen, und ihr wurde bewusst, dass sie vergessen hatte, wie sein Blick ihr Innerstes aufwühlen konnte.

Die Sonne ging hinter den Häusern unter, und bis auf ein paar Möwen, die neugierig um die beiden herumschlichen, hatte der Strand sich geleert. Ein leichter Wind kam auf und trug die blecherne Handy-Musik der Teenager von den Felsen zu ihnen herüber, kleine Wellen brachen sich am Ufer.

»Aber wie kommst du hierher? Wie hast du mich gefunden?«

»Das ist eine laaange Geschichte.«

»Leg los, wir haben alle Zeit der Welt«, erwiderte sie und wusste genau, dass er damit, wie er das »a« in die Länge zog, die Erinnerung an ihre erste Verabredung im Restaurant heraufbeschwören wollte.

Er runzelte die Stirn, und sein Blick wanderte weit hinaus aufs Meer, als suchte er dort das Vergangene. Er räusperte sich bevor er mit der Erzählung begann. »Kurz nach der Geschichte im Park kamen zwei Polizisten zu mir und befragten mich über den Hergang. Sie meinten …«

»Warum war die Polizei bei dir?«, unterbrach ihn Cara. »Woher wussten die von dir? Hat Michael dich angezeigt?«

Er senkte seinen Kopf, als wäre es ihm unangenehm, darüber zu reden. »Das musste er nicht. Es gab automatisch eine Anhörung. Die Staatsanwaltschaft leitet Untersuchungen ein, wenn ein Verletzter zu einer Anklage nicht in der Lage ist.

Im Zuge dessen hat Debisham bestätigt, dass es ein Unfall war. Nein, sie hatten mein Auto in der Nähe gefunden.« Er stockte kurz. »Somit bestand der Verdacht, dass ich mit deinem Unfall was zu tun hatte.«

»Wieso gefunden?«

»Naja, ich hab's in den Graben gesetzt.«

»Du meine Güte! Warst du verletzt?«

Er drehte sich zu ihr und sah ihr in die Augen. »Oh Cara. Es geht doch nicht darum, was mir passiert ist. Ohne Debisham hättest du tot sein können! Das wäre meine Schuld gewesen!« Seine Stimme klang brüchig, als würde die Erinnerung an damals ihn aus der Bahn werfen. »Nie hätte ich damit leben können!« Seine Hand strich über die Matte halbwegs zu ihr, als wollte er ihre Hand nehmen. Doch dann erhob er sich und ging zum Wasser.

Cara war nie auf den Gedanken gekommen, dass er sich Vorwürfe machen könnte. Sie hatte ihn eiskalt sitzen lassen, ohne ein Wort oder eine Erklärung. Und sie hatte keine Sekunde darauf verwendet, zu überlegen, was das bei ihm auslösen würde. Erst im Krankenhaus hatte sie sich Sorgen um ihn gemacht. Und irgendwann, nach all den OPs, hatte sie ihn im Internet gesucht. Sie fand Prozessankündigungen mit seinem Namen. Da war für sie klar, dass er wieder arbeitete und dass er sie überwunden hatte. Als er sich nicht blicken ließ, war die simpelste Erklärung die, dass er sie nicht sehen wollte. Und erst jetzt wurde ihr klar, was für ein großer Fehler es war, nicht doch die *SMS* abzuschicken.

Sie erhob sich und ging zu ihm. Kurz schaute er sich nach ihr um. Dann richtete er den Blick wieder hinaus aufs Meer. Sie blieb schräg hinter ihm stehen, beobachtete wie er die Schultern hochzog und sich anspannte. Sie wollte ihn berühren, trösten, Frieden schließen, doch etwas hielt sie zurück.

Er holte tief Luft, bevor er mit seiner Erzählung fortfuhr. »Ich hab die Krankenhäuser abtelefoniert, doch sie verweigerten mir die Auskunft, weil ich kein Angehöriger bin«, fuhr er mit gesenktem Kopf fort. »Livy hat mir wortlos die Tür vor der Nase zugeschlagen.«

»Davon hat sie mir nichts erzählt. Oder ich hab's einfach vergessen. Wie so Vieles.«

»Ich bin fast verrückt geworden vor Sorge, und überall hat man mich abgewiesen. Ich wusste nicht, wie es um dich steht.« Er schluckte deutlich hörbar den Kloß im Hals hinunter. »Ich war sogar im *St. Thomas*, um mit diesem Debisham zu reden. Ich musste all meinen Mut zusammennehmen, um ihm in die Augen zu sehen, so sehr hab ich mich geschämt.« Er fasste sich in den Nacken, als massierte er einen verspannten Muskel.

»Du wusstest, wo er arbeitet?«

»Ja.« Peter drehte sich zu ihr um, und zog den Kopf ein wenig ein, als rechnete er mit ihrer Entrüstung. »Nach deinem Fahrradunfall hab ich eins und eins zusammengezählt.«

»Hast du uns nachspioniert?«

»Ja.«

Cara zog scharf die Luft ein.

»Die Zeit nachdem ich euch zusammen gesehen hatte, war die Hölle! Ich wollte dir wehtun. Und gleichzeitig wünschte ich nichts mehr, als dich im Arm zu halten. Cara, ich war nicht mehr Herr meiner Sinne. Bitte verzeih mir!«

»Was ist passiert als du bei ihm warst?«, versuchte sie, abzulenken.

»Er hat mich aus dem Zimmer geschmissen, kaum, dass ich die Tür geöffnet und er mich erkannt hatte. Details erspar ich dir lieber.«

Cara zog überrascht die Augenbrauen hoch.

»Dann hab ich's bei Souka probiert«, fuhr Peter fort. »Sie rückte wenigstens damit raus, dass es dir den Umständen entsprechend gut geht und in welchem Krankenhaus du liegst!«

»Und warum hast du mich nicht besucht?«

»Ich war oft bei dir. Doch ich durfte nicht auf die Intensivstation. Irgendwann hatte dann eine Krankenschwester Erbarmen mit mir und hielt mich auf dem Laufenden. Dann, eines Tages, als du endlich auf der normalen Station untergebracht warst, wollte ich dich besuchen. Doch dann sah ich diesen Debisham auf dem Flur vor deinem Zimmer stehen, mit einer Rose in der Hand. Da war mir klar, dass ich nicht derjenige bin, den du gerne bei dir hättest.«

»Damit hast du sowas von falsch gelegen! Und ich dachte, du willst *mich* nicht mehr sehen.«

Sie sah Wehmut in seinen Augen, als gestehe er sich einen großen Fehler ein.

»Gehen wir ein Stück?«, fragte er.

Sie packte ihre Sachen in ihre Umhängetasche, dann spazierten sie am Ufer entlang. Peter krempelte seine Hose hoch und watete durch Wasser. Cara hob im Gehen eine Muschel auf und rieb den Sand von der Oberfläche ab. »Die Zeit im Krankenhaus war der reinste Albtraum!«, fing sie an zu erzählen. Ihr Blick haftete auf der Muschel, als suche sie Halt. »Es verging keine Woche, in der ich nicht operiert werden musste.« Vergeblich versuchte sie, die Bilder von damals nicht aufleben zu lassen und schluckte die aufsteigenden Tränen hinunter. »Ich war nicht mehr Herr über meinen Körper, wurde herumgereicht, durchleuchtet, aufgeschnitten und zugenäht.« Wütend warf sie die Muschel zurück ins Meer. Dann kramte sie in ihrer Tasche nach einem Taschentuch und wischte sich damit über die Augen.

Mit einem Schritt war er bei ihr und nahm sie ohne zu zögern in den Arm.

Cara hatte nicht mit dieser Reaktion gerechnet und plötzlich brach der Damm, der kurz zuvor noch von ihrer Selbstbeherrschung zusammengehalten worden war. Sie sank an seine Brust.

»Das tut mir so unendlich leid!«, flüsterte Peter nach einigen Augenblicken, seine Wange an ihren Haaren.

»Ist schon wieder gut.« Sie löste sich und nach einem kräftigen Schnäuzen meinte sie zu ihm: »Du hast noch nicht zu Ende erzählt. Was ist passiert, nachdem du im Krankenhaus warst?«

»Oh«, brachte er nur schwach hervor. Er atmete tief durch und seine Augen weiteten sich erstaunt, als läge Zurückweisung in Caras Reaktion. Doch dann berichtete er über die darauffolgende Zeit. »Ich hab erst Wochen später Souka angerufen, um zu fragen, wie's dir geht. Sie hat mir gesagt, dass du das Land verlassen hast. Sie rückte aber nicht damit raus, wohin du gegangen bist. Sie halte sich raus, es sei schließlich deine Entscheidung, ob du mich wiedersehen willst.«

»Ich brauchte Abstand, Zeit für mich. Deshalb bin ich aus London weg.« Sie sah ihm in die Augen, in der Hoffnung, erkennen zu können, dass er sie verstand. Doch sie lag falsch. Er presste seine Lippen zusammen und sog hörbar Luft durch die Nase ein.

»Ich dachte, du willst mich nicht mehr sehen«, fügte sie hinzu. »Du hast wieder gearbeitet. Da dachte ich mir, dass es dir wieder gut geht und du über mich hinweg bist.«

»Ha!«, lachte er höhnisch auf. »Das dachtest du von mir? Du bist schwer verletzt und ich stürz mich in die Arbeit und mach weiter, als wäre nichts passiert?«

Sie warf ihm einen Blick zu mit dem sie ihm sagen wollte, dass der Gedanke nicht ganz abwegig sei. »Ich hatte dich betrogen. Du musstest mich dafür hassen. Was lag näher, als dass du dich wieder in die Arbeit stürzt?«

Er verstand. Stumm blickte er zu Boden. Dann fuhr er mit ruhiger Stimme fort. »Fast hätte ich aufgegeben. Doch mir wurde klar, dass das kein zweites Mal passieren durfte. Ich *musste* mit dir reden, hatte so viele Fragen und wollte dich um Verzeihung bitten. Trotzdem habe ich lange gebraucht, bis ich mutig genug war, dich zu suchen. Luigi hat mir die entscheidende Information gegeben.«

»Woher wusste Luigi, wo ich bin?«

»Du hattest ihm von deiner Großmutter erzählt, erinnerst du dich nicht mehr? Er stammt aus der Gegend hier. Ich musste mich hier nur nach einer Signora Mazzini umhören, die eine deutsche Enkelin hat. Das war einfach. Sie ist sehr nett, deine Oma. Ich hab extra ein paar italienische Sätze vorbereitet, was bei ihr gut ankam.«

»Das kann ich mir gut vorstellen«, lachte Cara, erleichtert darüber, dass das Thema einfacher wurde.

»Weiß sie Bescheid über uns?«, fragte Peter und kniff dabei ängstlich die Augen zusammen.

»Nein, sie hätte sich zu sehr aufgeregt. Ich hab ihr was von einem Autounfall erzählt. Außerdem würde sie sofort versuchen, mich an irgendeinen Kerl aus dem Dorf zu verkuppeln, da der Mensch nicht allein sein darf.«

»Allein? Was ist mit Debisham?«

»Ich hab ihn schon lange nicht mehr gesehen.«

»Nicht, dass ich ihn mögen würde, aber ohne sein Eingreifen, wärst du jetzt vielleicht nicht mehr am Leben. Ich stehe für immer in seiner Schuld.«

»Michael war für mich da, bis ich aus dem Koma aufgewacht bin. Ich kann mich gar nicht mehr daran erinnern, aber er hat mir später erzählt, dass ich als Erstes nach dir gefragt habe.«

Peter zog überrascht die Augenbrauen hoch.

»Dann stand er eines Morgens mit einer Rose in der Hand im Zimmer und fragte mich, was ich für ihn empfinden würde. Die Antwort hat ihm nicht gefallen. Das war das letzte Mal, dass ich ihn gesehen habe.«

Peter drehte sich weg und blickte in den Himmel als wollte er sich bei Gott über dieses üble Spiel beschweren.

Cara atmete tief durch, bevor sie den Faden wieder aufnahm. »Erst nach und nach wurde mir klar, was mich zu ihm getrieben und damit diese Katastrophe ausgelöst hatte. Ich bin vor all den Schwierigkeiten, die unser Leben umklammerten, geflohen. Statt zu kämpfen, bin ich abgehauen, und Michael war meine Zuflucht. Er schien mir die einfachste Lösung zu sein. Es war leicht und tat gut.«

Peter kommentierte den letzten Satz mit einem Schnauben. Er wandte sich zu ihr um. Seine Augen verengten sich eine Winzigkeit. »Mit dieser Affäre hast du mich verletzt, hättest mir nicht mehr wehtun können, wenn du mir das Herz aus dem Brustkorb gerissen hättest. Was ich zugegebenermaßen verdient hätte. Denn ich bin genauso abgehauen vor unseren Problemen statt für uns zu kämpfen. Aber als ich dich am Boden liegen sah, wurde mir klar, dass ich nichts mehr wollte, als dass es dir gut geht.« Er ging weiter, den Kopf gesenkt.

»Wir tragen beide Schuld am Versagen unserer Beziehung, Peter. Du hast dich immer mehr in dein Schneckenhaus zurückgezogen. Vielleicht hätten wir gemeinsam eine Lösung gefunden, aber wir waren zu feige. Haben das getan, was wir immer getan haben. Wir hatten die falschen Strategien.«

»Ich hatte Angst, Cara. Und das Unsinnige daran ist, dass ich aus Angst dich zu verlieren, dich verloren hab. Das weiß ich jetzt, aber damals war mir das nicht klar.«

Versöhnlich streckte sie die Hand nach ihm aus und berührte ihn am Arm.

»Mit Michael war es anders, es hat etwas gefehlt«, fügte sie nachdenklich hinzu. »Das, was uns vom ersten Augenblick an verbunden hat.«

Er lächelte sanft. »Wir hätten es schaffen können, denke ich manchmal, wenn wir uns mehr Zeit gegeben hätten, Cara.«

Er hob einen Stein auf und ließ ihn übers Wasser hüpfen.

»Henry war für mich da. Und Emily. Sie ganz besonders. Sie hat mir mit einer Engelsgeduld zugehört, wenn sich meine Gedanken im Kreis drehten. Und nach und nach konnte ich dir durch diese Gespräche vergeben. Und Violet. Und mir.« Kurz schaute er zu ihr herüber. »Ich verbringe viel Zeit mit Emily. Wir treffen uns, wann immer es geht zum Mittagessen in der Nähe des Gerichts. Sie berät einmal die Woche in einem Bürgerbüro im *East End* Leute, die sich keinen Anwalt leisten können. Ich helfe ihr, wenn ein Fall vor den Richter gehen soll. Es macht Spaß, mit ihr zusammenzuarbeiten.« Er beendete das Steinewerfen und kam, den nassen Sand von den Händen klopfend, auf sie zu.

»Man hört, dass es dir guttut. Du hast dich verändert, Peter. Du bist irgendwie weniger perfekt, kann das sein?«

»Ich arbeite an mir. Und ich mache Fortschritte.«

»Gehst du noch immer am Samstag früh raus zum Rudern?«

»Ja, und ich treffe mich dazu mit jemanden. Und sie ist richtig gut. Hat die Vereinsmeisterschaft gewonnen.«

»Okay.« Cara zog für einen winzigen Augenblick die Augenbrauen hoch, doch dann fasste sie sich wieder. »Das freut mich für dich, Peter. Freunde, Urlaub, soziale Aufgaben, es scheint dich glücklich zu machen.«

»Ja, und dafür danke ich dir, Cara. Auch wenn es eine harte Schule war.« Er lächelte sie versöhnlich an.

Inzwischen war es dunkel geworden. Die Laternen der Promenade streuten ihr orangefarbenes Licht auf den Strand. Das Rauschen des Meeres wurde stärker, und Wind kam auf. Cara zog ein Tuch aus ihrer Tasche und wollte es auseinanderfalten, als sich eine Bö den Stoff schnappte. Peter fing es auf und legte es ihr um die Schultern.

»Die kurzen Haare stehen dir gut.«

»Ja, vielleicht lass ich sie so. Neues Leben, neue Frisur.« Sie fuhr sich mit der flachen Hand über die Stoppeln und war immer noch überrascht, wie seltsam es sich anfühlte.

»Hast du Pläne?«, fragte er.

»In drei Wochen trete ich eine Stelle bei einer Zeitung in Rom an.«

»Das klingt großartig, gratuliere!«

»Zwar nur für ein Jahr, aber es wird ein Neuanfang. Und ein großes Abenteuer.«

»Ich drück dir die Daumen!« Doch dann wurde sein Ton weich. »Auch du hast dich verändert. Du wirkst ausgeglichener, besonnener.«

»Ja. Mein Kompass zeigt nicht mehr nur in Richtung Party. Genaugenommen besteht mein Nachtleben aus Spätnachrichten und einer Wärmflasche an den Füßen. Aber es ist gut so. Ich hab mich genug ausgetobt, denke ich. Jetzt werde ich erst einmal meine Karriere vorantreiben. Die Stelle in Rom ist möglicherweise ein Sprungbrett für einen Job bei der EU.«

»Das klingt ja fantastisch! Ich drück dir fest die Daumen.«

»Und du?« Sie stupste ihn mit dem Ellenbogen an. »Was hast du dir für die Zukunft vorgenommen?«

»Ich würde gern mein Leben mit jemandem teilen, möchte für jemanden da sein.«

»Dazu solltest du weniger Zeit im Büro verbringen, kann ich dir aus Erfahrung sagen.«

»Ja, du hast recht, und ich schaffe es auch schon, die eine oder andere Aufgabe abzugeben. Ich brauch die Arbeit nicht mehr, um mich vom Nachdenken abzuhalten. Ich hab Vieles endlich losgelassen. Außerdem wurde meine Traumstelle anderweitig besetzt. Vielleicht fang ich was ganz Neues an.«

»Du spinnst!«

»Nein, ich öffne mich den Möglichkeiten, die das Leben mir bietet.«

Sie gingen weiter den Strand entlang.

»Hatten wir eine Chance?« Cara schaute ihn lächelnd an. »Wir sind unterschiedlich wie Maus und Elefant, wie Grün und Rot, wie Tag und Nacht.«

Ein sehnendes Lächeln schlich sich auf sein Gesicht und seine Stimme nahm einen sanften Ton an. »Und doch gibt es da die Dämmerung, in der Tag und Nacht zusammentreffen.«

»Doch das ist zu wenig, oder?«, fragte sie ihn.

»Vielleicht nicht.«

Sie versuchte, in seinen Augen zu erkunden, was er dachte.

Nach kurzem Zögern trat er nah an sie heran. Er berührte ihre Wange und sein Daumen strich sanft darüber. »Cara, ich hab lange nachgedacht, und ich bin nicht nur hergekommen, um mich mit dir auszusprechen.«

»Sondern?«

»Ich wünsche mir nichts mehr auf der Welt, als dass wir es noch einmal probieren. Ich möchte mein Leben nicht mit *jemandem* teilen, ich möchte es mit *dir* teilen.« Er zog sie zu sich, atmete tief und ruhig. »Verzeih mir, Cara und gib mir eine zweite Chance.«

Und Cara spürte, wie die Worte etwas in ihr zum Vorschein brachte, das weggeschlossen war, wie eine Perle in einer Auster. Ein Zugang zu ihrem Herzen öffnete sich. Ihre Arme schlüpften unter seine Jacke und sie schmiegte ihren Kopf an seine Brust. Sie spürte sein Herz schlagen. Und plötzlich hatte sie das Gefühl heimzukehren. An einen Ort der Wärme und der Ruhe. An einen Ort, den sie nie wieder verlassen wollte. Und so nuschelte sie in den Stoff seiner Jacke: »Das geht nie und nimmer gut, aber ja, ich will!«

— Ende —

ANHANG

Die Royal Courts of Justice sowie die Middle Temple Hall sind reale Orte, in denen man den Hauch der Geschichte ganz besonders spürt.

Das Theaterstück, das an dem Abend in der Middle Temple Hall aufgeführt wurde, gibt es ebenfalls. Es wurde vom Kanadier Keir Cutler 2002 uraufgeführt und basiert auf Mark Twains „Is Shakespeare dead?"

Der Old-Spitalsfield-Market ist ein herrlicher Platz zum Shoppen, Bummeln und Essen.

Das Krankenhaus St. Thomas gibt es ebenfalls.

Die Bucht und das Cottage sind frei erfunden, ebenso wie das Herrenhaus in Schottland.

Wer sich für das britische Rechtssystem interessiert, dem sei die BBC-Dokumentation *The Barristers* empfohlen. Hier bekommt man einen detaillierten Einblick in die sehr von Traditionen geprägte Ausbildung und die Arbeit dieser spezialisierten Anwälte.

DANKSAGUNG

Mein besonderer Dank gilt meiner Familie, die auch mal den einen oder anderen Sonntagsausflug ohne mich unternahm, während ich nicht vom Schreibtisch loskam.

Meinen Testleserinnen Karin Hünninghaus, Anke Heinz, Judith, Martina Schlosser-Gauch, Natalia Koch, Gabi Kreher, Jutta Frey und Nichti (in chronologischer Reihenfolge und damit in abnehmendem Zumutungsgrad, dessen bin ich mir sicher) bin ich für ihre ehrliche und konstruktive Kritik unendlich dankbar!